どれほど似ているか

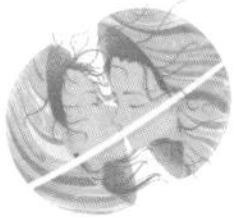

キム・ボヨン

斎藤真理子訳

河出書房新社

どれほど似ているか

もくじ

ママには超能力がある

「ママには超能力があるんだ」

　私がそう言うと、あなたはそっけなく答えたね。

「超能力のない人なんて、この世にいないよ」

　そして不満げに、こうつけ加えた。

「私の『ほんとの』ママには、『試合を見てると、応援してるチームが負ける』っていう能力があった。パパには『旅行に行くと必ず雨が降る』っていう能力があって、家族旅行のたびに洪水が起きてたし」

「それでパパは干魃《かんばつ》のとき、雨を降らせるために旅行に出かけてたんだよね。あなたのママは外国のサッカーチームのファンになって、ワールドカップを見に行ったしさ」

「そんな話、つまんない」

「超能力って、初めはどれも役立たずに見えたりするもんだよ。だけどちゃんと受け入れればそうでもなくなる」

　言ってからすぐ、しくじったなと思った。あなたの超能力は「触った機械が全部故障する」っていう力だもんね。だからあなたはゲームもインターネットもできないし、スマートフォンも使えない。友達が新しいゲームやネット上の最近の流行《はや》りの話をしていると、あなたはそこを離れて、ぶすっと一人で遊んでいたりする。

「あー、そう。将来、ＡＩコンピュータが地球を支配しそうになったら、私が故障させればいいってことだね。そしたら私は人類の英雄になれるもんね」

そんな話をするつもりじゃなかったのに。


「おばさんが私を捨てられないのは、この古着を捨てられないのと同じだね」

あなたは私の古いクローゼットを見てため息をつきながらそう言ったっけ。

「十年も同じ服着てる人がいったいどこにいるの？　映画だって時代遅れのものばっかり見てるし。いまだにビデオテープを大事に抱えて暮らしてる人なんて、おばさんしか見たことない。画面もちゃんと映らないアナログテレビ、捨てなよってあんなに言ったのに、捨てないしさ。あのうんざりする置き時計、もう見たくないから捨てたのに、また拾ってきて直して使ってるじゃない」

「ママには超能力があるんだもん」

「おばさんは私のママじゃないでしょ」

あなたが口をとんがらせて言った。

「私を産んでもいないし、親戚でもないし、何の関係もないじゃない。おばさんは単に、私のパパが若いころの恋人だっただけでしょ。おばさんを見た友達に『お姉ちゃんなの？』って聞かれるとき、どんだけ恥ずかしいと思う？」

「だから……」

「だからー、おばさんは何で私と暮らしてるの？　私は単なるたんこぶだよ。私と暮らしてたら、おばさんはお嫁にも行けないよ」

　いつだったかあなたと、あなたのパパが勤めていた工業団地に行ったとき、こんな話をしたよね。

「あの煙突で二酸化炭素を吸収してるんだよ」

「見てきたようなこと言わないで」

「本当だよ。ほら、あの上から液体みたいなものまいてるけど、あそこで二酸化炭素が吸収されるの。上にはきれいな空気だけが出て」

　あなたは煙突をしばらく見上げていた後でこう聞いた。

「じゃあ、二酸化炭素はどこに行くの？」

「液体に溶けるんだ。そしたら体積が減るから。地下鉄に人をぎゅうぎゅう詰め込むみたいにね」

「じゃあ、もともと二酸化炭素があったところはどうなるの？　その分だけ大きな穴があくんじゃない？」

　私はぽかんとして、あなたをしばらく見ていた。

「気体は動くから……穴はあかないよ。まわりの空気が集まってきて埋まるんだよ」

「そしたら空気が稀薄になるでしょ」

　私はまたあなたをじっと見たよ。

「空気には重さがあるから、そんなことにはならないんだ。重力がずっと引っ張るからさ……レンガを詰んだいちばん底のとこを抜いたときみたいに、上から降りてきて埋まるのよ」

「そしたら大気圏が低くなっちゃいそう」

私は口をあんぐり開けてしまった。

「大気中の二酸化炭素は〇・〇三……とにかく、ほんのちょっぴりしかないんだよ。それが全部なくなるんじゃなく、大気中に場所ができたら、海なんかに溶けていた酸素が蒸発して……」

「じゃあ、そんなに少ないものを何でわざわざ減らそうとするの?」

私は髪をかき上げて、出陣する将軍みたいに気を引き締め、腰に手を当てて説明を始めた。

「その、いくらでもない二酸化炭素が毎年、百万分の二ずつ増えていくんだけど、このまま放っておいたら二十年くらい後には生物の五分の一が絶滅して、砂漠が増えて、台風はもっと巨大化して、北極は溶け、沿岸部分は水に沈んで……」

それからこう言うつもりだったんだ。

「私には超能力がある。そしてあなたがこんな質問をしたのは多分……」って。

だけど、あなたが一言言ったせいで、もう会話が続かなかった。

「娘にこんな話ばかりするママがどこにいるの」

だから、こんな話をするつもりじゃなかったのに。

こんなふうに思わない? あなたはもともと無口で静かな子だったのに。質問攻めにしたり、際限なく話しつづけるのは私の方だった。いつからあなたは私みたいに振る舞いだしたんだろう。私も、いつからあなたみたいに振る舞いだしたんだろう。

私には超能力がある。

私には原子の動きが見える。分子とイオンの流れが見える。

それが私の持ってる能力なの。

目に顕微鏡みたいなものがついていて、それがたまに作動するといえばいいかな。

そのとき私は、あの煙突から雨のように降り注ぐ透明な液体に二酸化炭素が結合するところを見ていたの。二酸化炭素の分子が、魚が網にかかるみたいに捕まって、磁石に導かれるようにくっついて、長年の友達みたいに手を伸ばし、熟練したサーカス団員みたいにお互いをつかまえた。それは結合して一つになり、変化し、違うものになって降り注いできたんだよ。私はあなたに、あの日私が見たことを話してあげたかった。

私は小さいときから空気中で分子が結合しては散っていくのを見てたんだ。水素と酸素がお互いに肩をすり合わせ、手をつないで水蒸気になり、それがまた分解されるところを眺めたりしてね。顔を洗うときも、水の分子が友達みたいに手を差しのべて、お互いを捕まえたり離したりするところを見ていたの。大人たちはそんな私を「ぼんやりして、何考えてるの」と叱ったりした。

思春期のころは、自分の能力が本当に嫌だった。街に立っていると、みんなが吐く息の動きが見えてしまうから。車の排気管から吹き出す排煙とか、建物のセメントやアスファルトが吹き出す化学物質とか、そんな汚い分子が私の毛穴や鼻の穴をかき分けて私の中に入ってくるのを見なくちゃいけなかったから。私は潔癖症の人みたいにずーっとシャワーを浴びたり、誰も私を汚さないように家に閉じこもって過ごしたこともあるんだよ。

私が自分の能力を受け入れられるようになったのは、あなたのパパとつきあうようになってからだよ。変な話だけど、あなたのパパが雨を降らせる能力を受け入れているのを見て、それを学んだの。

私はときどき部屋に座って、原子や分子一つの動きを追ってみたりする。私が吐いた二酸化炭素が世の中に混ざっていくのを見守るんだ。

あなたが眠った後、私はあなたが吸い込んでは吐き出す息を見守ってるの。あなたの体に入った酸素が肺に入り、血管を通ってあなたの体全体に広がっていくのを見る。あなたが流す一滴の汗から出た元素が空気中に蒸発するのを見てる。空気中に蒸発したあなたの元素を、呼吸とともに私の中に受け入れる。

みんな、自分たちは区別され、隔てられ、分離独立した、かけ離れた何かだと思ってるよね。でも私の目には、世の中の人たちが一種の気体に見えるの。みんなが混じり合っているように見える。目に見えているその境界線ではなく、それよりもうちょっと外側に境界線があるように見える。

みんなが近づくと、その境界線が合わさって混ざるのが見える。私が会う人、挨拶する人、ちょっとすれ違って握手をする人の方から私を見てみようか。私たちが手を握るとき、私の手のひらから蒸発した分子が手のひらを通して相手に伝わり、その人の一部になるのが見える。

今も私たちの体では原子がずっと交替しつづけているんだよ。今この瞬間にも、死んでは、新しく生まれ変わりつづけるの。そうやって何年か経つと、もともと私たちの体にあった原子や分子は一つも残ってない。

あなたのパパは私でいっぱいだった。

私たちは血によっても、何によってもつながっていなかったけど、あなたのパパが亡くなったとき、あなたのパパの体を構成している分子のほとんどは私から来たものだった。あのとき私は文字通り、自分の死を見つめて泣いた。

私にはこういうこと全部が見えるの。

今、私は、あなたの中に私を見ている。

私の体の八割を構成しているのはあなた。

あなたの体の八割を構成しているのは私。

あなたは日ましに私に似ていき、私は日ましにあなたに似ていく。全然似ていなかった私たち二人を見て、みんなは今、自然に家族だと思い、「何となく似てるね」と言ってくれたりする。日が経つにつれてあなたは私みたいに話し、行動し、私もあなたみたいに話し、行動する。あなたを産んだママと同じくらい、私はあなたを構成している。私を産んだ母さんと同じくらい、あなたが私を構成している。だから私はあなたのママで、またあなたの娘で、あなたは私の娘であり、また私の母さんでもある。

だから、こういう話をするつもりだったのにね。

でも、話さなくてもいつかわかるでしょう。あなたが工場で質問したことの意味はわかってる。何を見てそう思うようになったのかもわかってる。変に思うこともないし、恐れることもない。あなたのパパと一緒に過ごしていたら、私も旅行のしたくをすると雨が降るようになったからね。そして今では、機械を触ると全部故障するようになってきたんだもの。

0と1の間

1

みんなが言ってたっけ。イエズスが十字架に磔《はりつけ》にされているゴルゴタの丘や、ブッダが瞑想にふけっている菩提樹の前や、マホメットが啓示を聞いているヒラー山の洞窟の前にカメラを下げた観光客が詰めかけなかった事実だけでも、未来のどの時点であれ、人類がタイムマシンを作れないことを証明してるって。

　ゆりかごの中のヒットラーのもとを訪れた暗殺者。収容所のユダヤ人を脱出させるべく派遣されたイスラエル軍。奴隷船で運ばれていく黒人たちに面会を求めた国際人権団体。そんな人たちがいなかっただけでも、第一次・第二次世界大戦のどの戦場にも祖国の歴史を変えようと未来からやってきた支援部隊は存在せず、トロイア戦争や赤壁の戦いのただ中でノートパソコンを抱えて走り回る従軍記者の姿が記録されていないことだけでもね。

　ゴッホは絶対貧乏暮らしなんかしなかったはず。彼が筆を洗って拭いた布きれだけでも手に入れようとして、画商たちが押し寄せただろうから。モーツァルトも長生きしたはず。診療かばんと手術器具を携えた医者たちが、彼の死の床に雲霞《うんか》のごとく集まっただろうから。率居《ソルゴ》の老松図（新羅時代の絵師・率居の名画）を求めて、また『留記』『新集』『書記』といった歴史書を求めて博物館長たちが先を争って押し寄せるだろう。失われた歴史遺物なんてものはこの世になくなり、不遇の生涯を送って死んだ天才も、もはや存在しなくなるだろうね。

警察は、犯罪が起きる前にそれを食い止めることができる。法廷での攻防戦も真相糾明も、もう必要ない。裁判は、事件の現場を直接見ながら開かれるだろう。運転者たちは追突事故の前に道路局から連絡をもらうだろうし、消防士は火事が起きる前にドアをノックして家に入り、タバコを消し、ガス栓を閉めるだろう。両親をなくした子供たちは父母の懐に抱かれ、道に迷った子供たちは家に帰れるだろうね。

だから、私たちにタイムマシンは作れない！　誰にでも、結果を知っていたら別の方法を選んだのにという経験があり、たくさんの試行錯誤や取り返しのつかない失敗が歴史上に存在することだけでも、私たちが生きてきて多くの失敗をしたということだけでも、今すぐにでもやり直したい後悔だらけの瞬間に誰かが現れて警告してくれなかったことだけでも、それはもう証明されたも同然だ。

それでも私たちは研究を続けたの。外部向けには「理論構築作業」と言っていたっけ。黄金は作り出せなくても科学の基礎固めをした錬金術師みたいに、永久運動機関は作れなくても物理学の土台を築いた十九世紀の学者たちみたいに、私たちも何かを築き上げることができるだろうと。

もちろん、私たちはそこまでまじめくさった目的を持っていたわけじゃなかった。「本気で」タイムマシンを作るつもりだったんだよ。

2

世の中が突然ガックンと揺れたはずみで、キム女史も頭をガックンと揺らした。それからめまいを感じて時計を確認した。秒針が分針の後ろに隠れて様子をうかがっていたかと思うと、何ごともなかったかのようにまた動き出す。

六時半だ。何回めの六時半だろう。前に座った女が、確かにさっきまで四回も五回も言っていたことをまたくり返す。ちょっと前には空っぽだった菓子皿が、いつの間にかまた山盛りになっている。

ああー、そうなのよ、ほんとよね。担任の先生がほんとにかっとしやすい性格でね、生徒のお尻をモップの柄《え》でぶつもんだから柄が折れて、それを買い直すので大変だったんですよ。いつだったか、生徒を一列に並ばせてお尻をぶったんだけど、途中で気絶して病院に運ばれる子までいて、大騒ぎどころじゃすまなかったの。私、そのときズルしていちばん後ろに立ってたんだけど、もう、最後だからって残りのモップがすっかり折れちゃうまでぶたれてねえ。一か月間、座ることもできなくて……でもあのころはよかったですよ。そんなことも全部、思い出ですもんね。短いおかっぱ頭で、下校時に制服のスカート揺らしてぴょんぴょん跳ねるみたいにして走っていくと、近所の男の人たちがみんな振り返って見たわね。あのころのおかっぱってすごくダサかったじゃない、だからとにかくおしゃれに見せようとして、前髪を立ててみたりしてさ。

その前に座っている女も、初めて聞く話みたいにまじめに相づちを打っている。

そうですよ、ほんとにあのころはよかったですよ。何も考える必要がなくてね。言われる通りにしてりゃよかったんですもん。先生に隠れて食べるお弁当はほんとに美味しかったし、あんなに美味しいものはもう一生、食べられないでしょうね。ある日トッポッキがすごく食べたくて、塀を乗り越えたんだけど捕まって、一週間ずっと全校の先生から叱られてね、それ以後私、トッポッキ食べられなくなりましたもん。でも、そんなのも全部、今じゃ思い出です。

私は好きな歌手のコンサートにむちゃくちゃ行きたくて、友達何人かと一緒にさぼってバスに乗って行ったんです。帰ってきてどんだけぶたれたか、今も傷跡が残ってますよ。まあ、あの年ごろってみんなそうですよね。


ガックン。

ああー、そうよね、ほんとよね。でもあのころはよかったですよ……。


いつからか、時間は一方向だけに流れるのを拒否しているかのようだった。宇宙の法則を統《す》べたもう方よ、私はストライキに入ります、今から私は休みたいときに休み、行きたければどこにでも行くのです！　って。今、時間は古いレコード盤の上の針のようにジャンプして、ビデオテープのように巻き戻されていく。キム女史は不安な気持ちで考えた。このまま一生、月に二度の町内会の集まりに縛られて生きていかなければならないのかと。

うちの子たち、何がそんなに不満なんでしょうね。寝るところも三度の食事も用意してもらって、勉強もさせてもらって、あの子たちに足りないものなんて、何があるの？　母親がお金を稼いでこいって言いますか、家事を手伝えって言いますか？　座って勉強だけしとけっていいうのに、それがそんなに辛いんですかね。

苦労がないからですよ。ちょっと食べ物に不自由でもすれば正気になるはずよ。だって昔は食べものがなくて、給食なんて考えられなかったでしょ。おやつなんてものもないしね。バスなんかありゃしないし、真冬の寒いときも歩き通しで学校に通ってたじゃないですか。大学に合格しても行けなかった人がどれだけ大勢いたか。頭のいい子だって、家族を食べさせるために早く就職して、大学なんて行けなかったじゃない。お金のあり余ってる人が大学に行ったんですよ。

子供たちは分別がありませんからね。後になって、名もない大学の看板しょって就活してみたらやっと正気に戻るわよ。話のついでだから言いますけど、近ごろ、ありきたりの大学の名刺なんか持ってたって誰が受け取ってくれますか。

ずっと歳とってから後悔するんですよ。社会に出てみてやっと、勉強がいちばん楽でした、とか言い出すのよね。いざそのときになったら、お母さん、何で縛りつけてでも勉強させなかったのって恨むんですよ。後で恨まれたくなかったら、今、つかまえておかないと。

ところで、昨日の新聞ごらんになりましたか。どこかの高校の生徒たちが光化門《クァンファムン》に行ってデモをやったんですって。

軽はずみなことするもんだよねえ、今が勉強のしどきなのに、何やってるんだか。そんな時間があったら英単語の一個でも覚えるべきでしょ。

そんなことする生徒に考えなんかあるもんですか。あの年齢で頭にあることなんて、トッポッキ食べることとか歌手を追っかけることだもん。全部、勉強したくなくてやってることでしょう。

スエのママは無口なのねえ。

キム女史はみんなの視線が集中してようやく、それが自分を呼ぶ名前だということに気づいた。頭を振るとパラパラと、埃のような言葉が耳から落ちた。

スエは最近どう？　ちょっと前に席次がすごく落ちたって心配してたでしょ。私、いい家庭教師を知ってるんだけど、紹介してあげましょうか？　ちょっと授業料が高いけど、でも、試してみたお母さん方がみんな、お金は惜しくないって言いますよ。

「スエは自殺しました」

あ、やっと静かになった。

3

私たちは今もタイムトラベルをしているんだよね。一分につき一分ずつ、一秒につき一秒ずつ未来に向かってる。起きて、どこへでも歩いていけば、ほとんど気づくことはなくても、〇・〇〇〇〇……〇〇一秒くらい早く未来に到着することもできるだろう。時間は空間と同じように、一つの尺度だから。あ、もちろんあなたは私よりよく知ってるだろうけど……。走っていけば、汽車に乗れば、飛行機に乗れば、宇宙船に乗れば、もうちょっとずつ早く未来に行くこともできるだろうしね。光と同じ速度で飛ぶ宇宙船に乗れば、理論上、時間を停止させることもできるでしょ。

そう、私たちは未来に行く方法を知っている。だけど引き返すことはできない。それはマイナスの速度やマイナスの距離を仮定するのも同然だから。そんなの、「ずいぶん速く走ったんだな、今日出発したのに昨日着いちゃうなんて」とか、「学校はものすごく近いんだね、一歩踏み出す前にもう着いちゃった」なんて言うようなもので、おかしな話でしょ。

だけどＨＵＮ《フン》——私たちのコンピュータの名前だよ——はいつも、その可能性は大いにあってという結論を出すんだ。私たちはフンが何でそんな結論を下すのかわからない。誰にもわからないだろうな。フンが一秒間に行う演算の種類は理論上、この宇宙のすべての粒子を合わせた数より多いからね。もちろん私たちはそれについて常に混乱と矛盾を感じているけど……。

私たちはタイムトラベルの際に起きうる問題点について討論したりする。ある人は、映画によくあるみたいに、到着地点一帯を電磁気的に消滅させるべきだと言う。でないと、私たちが移動した直後、その場所にある何らかの物体と合体してしまうかもしれないからって。木や自動車なんかにはさまってしまうかもしれないってことね。

また別のある人は、時間移動をした後で宇宙の真っただ中に落っこちるかもしれないと言っていた。地球は自転と公転をしているし、銀河系全体がそもそも回転しているわけだから。それに対して別の人は、タイムマシンが地球に置かれている以上、慣性と重力の影響を受けるはずだから心配ないと言うし。

五分前の過去に行って自分に会うことを考えてみよう。丁重に腰をかがめてお互いに挨拶するの。「こんにちは、私は私です」「こんにちは、私は五分後の私です」と挨拶して、その十分後にまた過去に行く。「こんにちはお二人さん、私、十分後の私です」。そうやって宇宙を「私」でいっぱいにすることもできるよね。ずっと前からみんな、そんなことを考えてたら頭痛がしてきて、「同じ人が同じ時空間にいたら爆発して死んじゃう」と思って、布団をかぶって寝ちゃったりしてたんだ。

私たちはお互いに、近況を尋ねるみたいに聞く。

いつに戻りたいですか？

誰でも、映画みたいな事情を一つぐらいは胸にかかえているでしょ。恋人を失った人たち、子供をなくした人たち、初恋の思い出を胸に抱いて生きる人たち、故郷を懐かしむ人たち、若いころの小さな失敗を取り戻したいと思う人たち。話し込むうちにいつしかテーブルにグラスが用意され、夜がしらじらと明けてきたりする。

私に事情を聞く人はいないの。誰も私には質問しない。みんな私のことを、亡霊みたいねって言う。いるかいないかわからないような人だって。いい点もあるんだよ。仕事に専念できること。

4

どこでしくじったんだろう。キム女史はそれを考えつづけてきた。私の何がそんなに悪かったんだろう。他のお母さんたちとそんなに違っていただろうか。どこの親子も同じようなけんかをしてるって聞いていた。そもそも子供って、そういう質問で時間を無駄にするもんでしょ。何で勉強しなくちゃいけないの？　何で学校行かなきゃいけないの？　何でご飯食べなきゃいけないの？　何で野菜食べなきゃいけないの？　何でお風呂入らなきゃいけないの？　何で手を洗わなきゃいけないの？

子供と最後にけんかした日のことが頭に浮かぶ。成績表が届いた日だった。キム女史は皿洗いをしていた手を拭きもせず、震える手で封筒を開けた。またもや何十番も墜落した席次を見て髪をかきむしり、椅子に倒れ込んだ。悔しくてたまんない。私、悔しくてたまんない。

それから鍵でドアを開けて娘の部屋に入り、捜査官のように部屋を探し回った。引き出しを開けて日記帳を探し、かばんを逆さにした。

だが、それらしい証拠は全然見つからなかった。最近の子が持ち歩くものは、何が何だかまるでわからない。アクセサリーみたいでもあり、ヘアピンみたいでもあり、奇々怪々な装置みたいでもあって、逆さにしてもぶったたいても何がどう作動するのかわからない。けれどもかばんをがんがん振ってみるとようやく、キム女史の頭でも理解できそうなものが見つかった。バッジと鉢巻と燃えさしのキャンドル、「時代錯誤な教育を中止しろ」「無限競争を中止しろ」「入試教育撤廃」といった文字が書かれた紙類。

この子、どうかしちゃったんだ。

キム女史は髪の毛の先まで怒りが込み上げるのを感じた。ちょうどそのとき玄関のドアが開き、娘が家に入ってきた。キム女史はかばんの中から見つけたものを投げつけて、速射砲のようにまくしたてた。

あんた、いったい正気なの、一分一秒が大事なときに何やってんの？　英単語一個でも覚えるべき時期にこんなことして、どういう神経なの？　修能（「大学修学能力試験」の略。全国一斉に行われる大学共通の入学試験）が明日あさってに迫ってんのに、みんな、食べたり寝たりする時間も惜しんでるのに、あんた一人がどういう度胸なの。こんなことしてて大学に行けずに終わって、お母さんに赤っ恥かかせるつもり？　何でこんなにお母さんを困らせるの、え？

娘は目をぱちくりさせて、いったい何の騒ぎかというような顔をしていたが、床に散らばったものを見て理解したように、ほんとのところはあまり理解できてない顔で、じっと母親を見つめていた。

あんた大学行かないつもり？　韓国で大学出てなくて人間扱いされると思う？　こんなことしてて、みんなが大学生になったのにあんた一人行けなくて浪人なんかしたら、お母さん、恥ずかしくてこの町内で生きていけないよ！

え、何？　勉強がしんどい？　社会に出たら、勉強ばっかりしてたころの方がよかったって言い出すんだから！　そんなに若くて、いい時期なのに。幸せすぎて不満なんだよ。こんなことにも耐えられなくて、社会に出てやっていけると思ってるの？　そんな根性のないことで、どうやって生きてくの！　そんなことならさっさと死んじゃいな！

ちょっと、どこ行くの？　あんた、お母さんの話が聞けないの？　どこでそんな癖をつけてきたの。でっかい頭して、ろくなこと習ってこないんだね！　こっち来なさい！

∞

ガックン。

また世の中が揺れた。キム女史は心臓がビクッとして、服の裾を握りしめた。私がほんとに死ねって言ったんだろうか。よく思い出せなかった。ただ口から出ちゃっただけの言葉で、あの子が本気にしたわけではないはずだ。

私の何が悪かったんだろう。何が悪かったにしろ、そこまでひどい過ちだったかしら。それも全部あんたを思えばこそで、自分のためにやったことではなかったのに。放任していていいんなら、その方が私も楽でよかったよ。母の愛情でやったことだと、わかってくれてもよかったじゃない。

黙って玄関に立ち、自分を見ていた娘の目を思い出す。いつから私をあんな、仇《かたき》を見るような目で見ていたんだろう。自分を徹底的に裏切り、踏みにじった恋人を見るみたいに。幼いころに信じ、愛したことを骨の髄から後悔しているという顔で。私との関係のすべてを断ち切ってしまいたいという顔で。

私がそんなに悪かったんだろうか。悪かったとしても、こんな刑罰を受けるほどだったかしら。もうちょっと待ってくれてもよかったのに。もう少し歳を重ねて時間が経ったら、それぞれの考えも変わって、お互いを許せるときも来ただろうに。

私に別の記憶を残してくれるべきだった。もうちょっとチャンスをくれるべきだった。いや、もうくれてたのか。私をつかまえていてね、というサインをひっきりなしに出していたのに、憎しみや反抗という形でそれを伝えていただけなのに、私がバカで、気づかなかったのだろうか。それで今、こんな罰が下ってるのか。

ガックン。

5

花が咲く瞬間を待っていたことがあるかな。花は、見守っていたら咲かないの。どんなにその瞬間をとらえたくても、花はいつもあなたがちょっと目をそらしたすきにもう咲いてる。それは、あなたの観察が量子的カオスを安定状態に変えるからなのよ。

動物たちが去ってしまった土地は砂漠になり、人が暮らしていない家は廃屋になってしまうでしょ。放射性物質だって、見守っている人がいたら分裂を止めるし、やかんに入れた水も見守っていたら沸かない。もちろんあなたはそんなこと、私よりよく知ってるだろうけど……。

生命が生まれる前の海はカオス状態にとどまってた。誰かが空を見上げる前、空は存在しなかった。人間が望遠鏡を作って宇宙の向こうをのぞき見るまで、宇宙は自分の形態を決定していなかった。宇宙船が月に到着する前の月は、無限の可能性を持っていた。初めて月に足を踏み入れた宇宙飛行士が科学者ではなく芸術家だったら、あれより美しい月を創造できただろうけど。

今もあなたは時々刻々、カオスに秩序を与え、確率と可能性によってのみ存在する世の方向を決定している。お母さんはあなたに遺伝子を提供することであなたを産んだけど、あなたを見守ることによって産み直した。

過去が変化しないわけは、過去がすでに観察されたものだからだよ。大勢の人の視線が過去を固定したからだ。未来が可能性の領域に向かって開かれているわけは、まだ誰も未来を観察したことがないからだよ。もしもこの世に誰もいなかったら、過去も未来も単なる果てしないカオスとして存在するだけだから。

遠い昔、若い学者たちがこうした可能性についておずおずと話すと、年老いた学者たちは鼻で笑ったんだよ。世の中はそんなふうに動きはしないって。だって、そんな世の中を見たことがなかったんだから、そうとしか言えないでしょ。「観察されていない」世の中とは、文字通り誰も見たこともない世の中だから。

それが私たちの見ている世のすべて。人は自分が観察したものしか知りえない。誰もが一生、自分の人生を生きることしかできないでしょ。それでも人は歳をとると、世のすべてを見てきたみたいに大きなことを言うようになるんだよね。

6

お金がかかっても惜しくないですよ。一年間棒に振って受験勉強することを考えたら、今投資しておいた方が得ですから。

この薬、すごく効くんですって。隣の団地じゃもう三か月前から売ってるんですってよ。これ飲んだら、寝ないで勉強できるのよ。睡眠時間三時間で頑張れば合格、四時間なら落ちるっていうけど、睡眠時間を一時間減らせたらすごいじゃない。私の言葉を信じて、買ってみて。

うちの子、科学高校（科学関係の英才教育を行う最難関の高校）なんかに入れて損したわよ。有名大学への進学率が高いからって何さ。内申点が取れないんだもん。あーあ、あの子だって他の学校に行ってたら全校一番になれたのに、今はせいぜいクラスの上位圏ですもんね。頭のいい子なのにやる気をくじかれて内申が下がるなんて、たまんないわねえ。

うちの子も小さいときにアメリカにやるべきだったわ。人がみんなやってることをうちの人は何でできないんだろう。アメリカで暮らしてた子が英語をすらすらしゃべるの見ると、ほんとにいらいらします。躊躇《ちゅうちょ》してたら、子供の人生を台無しにしてしまうのね。え？　だって英語ができなかったら人生、棒に振ったも同然でしょ。人がみんな前の方から出発するのに、うちの子だけずっと後ろから追いかけなきゃいけないんですから。そんな安易な精神で、どうして競争社会で生き残れますか。

「うちの子は学校に行きたくないんですって」

キム女史は口を開くとすぐ後悔した。こんなことしか言うことがなかったっけ。

子供はみんなそんなことを言いますよ。思慮分別がないからね。

うちの子は大学に行くつもりがないそうです。あの子、どうかしてしまって。このご時世で、大学出ていなかったらどうやって生きていくんだか。

こんどは小学生が声明を出したんですって。何だっけ、「旧時代的教育を中止せよ」だったかな？

そんなの子供が出せるもんですか。誰か後ろで操ってる人がいるに決まってるのよ。その子たちの母親から調べないとだめですよ。

全部、勉強のできない子が劣等感からやってることよ。勉強のできる子は行動もきちんとしてますよ。うちの子は家に帰ってきて椅子にパッと座ったらもう立ちません。トイレに行く時間も惜しいって、水も飲みません。私たちは子供のためにテレビもコンピュータも全部しまっちゃったんです。邪魔しちゃいけないから、声も出しませんよ。

うちの子はそそっかしくて、必ず一、二問は間違えてくるから悔しくてねえ。何であんなに要領が悪いんだか、夫に似たんでしょうね。クラスの一番で満足していちゃだめよね。クラスの一番になれるのに、どうして全校一番になれないの？　一、二問のミスをなくせばいいのに。ちょっと努力すればいいだけじゃないですか。それがそんなに大変なこと？

キム女史は口をつぐんでいた。それは自分の顔につばを吐くようなことだから。あたりを見回すと、黙っている女たちは自分と似たような立場の人らしかった。みんな家に帰るや否や「他の子たちはみんな一生けんめい勉強してるのに、どうしてあんたはこのざまなの」と怒っているのだろう。

嫌な気持ちで言葉を噛みしめていると、誰かが隣でトントンと自分に触れた。そっちを向いてみると、一人の女がニッと間抜けな微笑を浮かべている。顔を半分ぐらい隠す黒縁めがねをかけて、何日も洗ってないようなぼさぼさの髪をシュシュでざっとまとめ、化粧もせず、男性用のワイシャツとスーツを着ていた。しばらく考えてやっと思い出した。しばらく前に引っ越してきた家の奥さんだが、勉強のしすぎで頭がおかしいという噂が広まっていた。

「うちの子もそうですよ」

「何がですか」

「学校に行きたくないっていう、あれです。頭がいいんでしょうね。頭のいい子はみんな学校に行くの嫌がりますから」

キム女史はちょっと気まずい思いでお尻を少しずらしてよけた。女はにこにこ笑いながら、気にせずぴったり寄ってくる。女が指にはめている物体を見たキム女史は、さらに落ち着かない気分になった。人差し指に、指と同じぐらいの大きさの汚れたうさぎの人形をはめている。女はキム女史の顔の前に人形を持ってきて、挨拶をするように指を動かした。

「スエちゃんのお母さん、許してくださいね、この子ったら礼儀知らずで。お天気の話から始めなさいってあんなに言っといたのに」

女の口は動いていなかった。腹話術だろうか。キム女史は軽く眉根を寄せた。

「子供が喜ぶでしょうね。私も、うちの子が小さかったとき遊んでやろうと思って、ちょっと人形劇を習ったことがあるけど」

　黒縁めがねの女は、何のことかという表情で目を丸くしてからうさぎを見やり、何がおかしいのかくすくす笑った。

「あ、私が言ったんじゃないんです。この子がしゃべったんですよ。最新ＡＩ搭載のコンピュータなんです。えーと、その一部っていうか。メインサーバと通信中なんだけど、何て言ったらいいかな。とにかく、しゃべったのはこの子です。これは通信機なので」

　あー、そうなんですね。キム女史はまたちょっとお尻をずらしながらうなずいた。

「コンピュータなんですか、通信機ですか。どっちですか？」

「あ、つまり、しゃべったのはコンピュータでうさぎは通信機……まあ、そういうことですね。大したことじゃないんです」

　もちろん、そうでしょうとも。

「何で電話出てくれないの、私がそっちに行くべき？」

　こんどはうさぎの中から別の声が聞こえてきた。

「コンピュータが電話もするんですね」

「あ、これはコンピュータじゃなくて……」

　女はうさぎの人形を携帯電話のように耳に当てて、「後で電話する、今は忙しい」というようなことを言った。

「火星から電話が来たんです」

　そうでしたか。キム女史は急いでまわりを見回した。大勢の女たちが集まっているこの町内会で、この瞬間、特に自分に注目している人は誰もいなかった。キム女史は不服そうな声で言った。

「宇宙人のお友達がいるのかと思いましたよ」

「アハハハ、スエちゃんのお母さん面白い。火星のどこに宇宙人がいるんです」

「タコみたいな宇宙人が住んでると思ってたんですけど」

「それはマンガに出てくるやつでしょ。火星には酸素も水もないから、宇宙人は生きられませんよ」

この人、頭がおかしいにしてはそれなりに論理があるじゃないの。

「さっき、火星から電話が来たって言ったじゃないですか」

「あ、それは宇宙人じゃなくて私の友達です。ちょっと前に一家で火星に移住したんですよ」

「火星も住みやすいんでしょうかねえ」

「何にせよ、地球よりはましでしょうね。あ、私も地球からは出ていきたいですよ。火星で暮らしたい」

夕方になって女たちが一人二人と立ち上がり、キム女史も立って挨拶をしていると、黒縁めがねの女が空中に向かっておじぎをし、握手をしているのが目に入ってきた。

「はい、わかりました。それではお元気で行ってらっしゃい」

女はキム女史と目が合うと、悪事がばれた人のようにニッと笑った。

「ホログラム通話してたんです。めがねに映る映像だから、私の目にしか見えないんです」

「誰とお話しされてたんですか?」

「えーと……保健福祉省の長官とです」

7

時間って、相対的な数値だよね。高いところより低いところの方が時間がゆっくり流れるし、止まっている人より速く走っている人の時間の方がゆっくり流れる。時間は人の認識の中を流れていくんだよ。あなたもときどき、ちらっと眠った間に何時間分とか何日分もの夢を見たことがあるでしょ。

ところで学者たちは、速度や重力によって生まれる時間の差異については公式を作ったけど、時間と年齢の関係についてはなぜ公式を作らなかったんだろう。子供の時間がいちばんゆっくり流れるということ。あなたの一年と私の一年が同じではないということ……。

私が一年を一日みたいに過ごす間にあなたは何十年もの歳月を生き、私がやっと一日分成長する間に、あなたは何十歳も歳をとり、私が何年も生きてようやく手に入れる知識と経験を、何日かの間に獲得する。誰かがそのことを数字記号混じりの公式にして教科書に載せるべきだったんだ。みんな、数字で書いてなければ信じないから。

そうすれば大人たちが、あなたの時間をそんなに軽く扱ったりしないだろうに。あなたが大人になった後のたかが何日分かの時間のために、何百年もの時間を犠牲にしろって強要しているという事実に気づいたら、少しは世の中が変わることもあるだろうに。

8

「国英数中心、教科書中心で勉強して家庭教師や塾は利用しませんでした、授業に集中し、予習復習を一生けんめいやりましたって、後輩たちにはそう言えばいいんですか、先生？」

「日が暮れました、日没後の集会は違法です、帰宅が遅くなりますから中高生はみんな帰りなさい……って警察は言いますけど、うちの学校、十二時まで夜間自律学習（夜遅くまで学校に残って受験勉強をする、韓国独特の風習）やってるじゃないですか」

「あのねえ、デモなんかに行く子はみんな勉強のできない連中なんだよ。勉強のできる子は、社会への不満なんかありません。勉強のできない子に限って、差別だの何だのって騒ぐんだ。

青少年には集会結社の自由はない。憲法読んだことある？　『満十八歳以上の大韓民国国民は集会結社の自由を有する』となってるよね。それがどういう意味かわかる？　その自由が君たちにはないってことだよ。え？　そうじゃないはずだって？　検事や判事じゃあるまいし、憲法の条項に書いてあるのに、いったい何を知ってて文句つけるの？　法的にいえば、サークル活動だって違法なんだよ。犯罪だってこと。集まって遊ぶのはいいよ。だけど会議をしたり、ちょっとでもサークルに関係する話をするんなら、必ず職員室に来て、どこで何をするか報告書を上げなきゃいけないんだよ。それにしても先生の話にいちいち口答えするんだね。どこでそんな態度を覚えてきた？　先生は君の友達？

友達なんて何の役に立つのかなあ。みんな君の敵でライバルなんだからね。一人でも多く踏んづけて上に行かなきゃいけないんだ。どうせ大学に入ったらみんなバラバラになるんだよ。

無名の大学なんか行ったら恥ずかしくて、名門大に行った子たちとは顔も合わせられないよ。友達は大学に行ったらいくらでもできる。その時間で数学の問題をあと一問でも解きなさい」

「人格教育だなんて全部、たわごとですよ。高校がすべきことは何でしょうか？　大学に入れることですよね？　生徒の本分は何ですか？　勉学でしょう。人格教育は大学に行ったらいくらでも受けられます。今は勉強するときじゃないですか。今を逃したらもう勉強できませんよ。一分一秒が大事な時期だってことですよ。今出遅れたら、永遠に出遅れるんですからね」

9

私がタイムマシンに乗って一九七九年に移動したと考えてみよう。私は、私が生きていた時代までの過去については何でも知っている。そして私は、一度起きたことは変わらないってことも知っている。私は間もなく大統領が暗殺されることを知ってるし、一九八八年にソウルでオリンピックが開かれ、二〇〇八年に金融危機がやってくることを知っている。すべてがもう起きたことだ。私は望みさえすれば新聞資料や記録を動員して、未来についていくらでももっと詳しく知ることができるよね。

だけど、一九七九年に生きる人の立場ではどうなるか。その人の未来は無限の可能性に向かって開かれていた。その人は世の中を変化させることも壊すこともできた。誰でも愛せたし、憎むことも、殺すこともできただろう。ところが、その人の時空間に急に私が現れた。その人は私の存在を知らないし、私もその人に会ってない。単に、その時空間にちょっと出現しただけで、未来に影響を及ぼすようなことは何もしなかった。

でもその瞬間、その人が持っていた、または持っていると錯覚していたすべての可能性は消える。

すべては、すでに起きたことにすぎない。その人は予定された時間に予定されたことをやるだろうし、予定された人と結婚して、たくさんの遺伝子の中の予定された遺伝子を選んで子供に伝達するだろうね。その人の自由意志は終わってしまい、可能性に向かって開かれていた未来はもう四方の壁に阻まれて、狭い道みたいに、一方向に進んでいくだけ。

そんなことが可能なの？

未来から人が一人飛んできただけで、時空間全体が自由意志を失うなんてことが。決定されていない未来に向かって進んでいた人類が、今では運命の奴隷になって、台本通りに動く機械のように生きる。そんなことがありうるだろうか？

宇宙が終わる日、時間が終わりを告げる日に、たった一人の人が（人でなくてもいいよね）宇宙が始まった地点に時間移動するだけで、その宇宙のすべての歴史が、星の誕生と消滅が、何億もの惑星でこれから先、生きて進化して子孫を産んで滅んでいくすべての生命の歴史が決定してしまうなんてことが、いったいありうるだろうか？

フンは言った。そういう「可能性」も存在すると。可能性という言葉はフンの好む用語だ。フンはいつも、中立的に語るから。そして、その逆の現象が起きる可能性はそれより若干高いと言った。なぜなら固定されたものは固定されてないものより不完全だし、不安定だから……。

10

この町は町内会の集まりが多すぎる。キム女史はそう思った。おしゃべりは、おやつが変わるのにつれて大勢対大勢から三対三へ、二対二へ、一対一へと小規模な組を作る方向へ発展しているところだった。

スエが学校に行きたくないって言うんですよ。うちの子もそうですよ、子供はみんなそうでしょ。生きていたくないんですって。その年ごろならみんな言うことですよ。勉強はうんざりなんですって。子供はみんな遊びたがるもんよ。スエが小さいときはいつも一番だったのにうちの子もそうですよ。スエは小さいとき、神童って言われてました。一歳になるとすぐ文字をすらすら読んだんですから。あらー、うちの子もそうだったんですよ。

ほんとに、よそでもみんな同じなんだろうか。よそでも毎朝うちみたいに戦争してるんだろうか。鍵の閉まっているドアをたたいて、大声で叫んで、ドアを鍵で開けて、まだベッドに潜っている子供を無理やり起こして立たせて、ごはんを口に突っ込んで食べさせて、かばんをしょわせてるのか。毎朝哀願したり、脅迫したり、隣にすっかり聞こえるような声でけんかしたりしてるのか。毎朝、今日はまたどんな騒ぎが起きて何を壊すのかと心配しているんだろうか。もう足元は傾いていて、子供は崖からすべり落ちていくのに、平らな地面に立ってるお母さんたちがぐるになって、「あらー、みんなそうよ、うちの子もそうなのよ」と合唱しているんじゃないか。

「楽しくなかったです」

「はい？」

振り向いてみると、黒縁めがねの女が自分の方へ向かってニッと笑いかけていた。

「私の学生時代。あんまり、楽しくなかったです」

誰かが何か質問したのかな。

「どうしてです、何かあったんですか？」

「まあ、特別なことはなかったんですけど。人と似たりよったりでしたけど、でも、よくはなかったです。ほんとはあんまり覚えてないんですけどね。いろんな可能性が混ざってるから。振り返るたびにちょっとずつ違ってて」

いったい何のことやら。

「ムーアの法則って聞いたことあります？」

女がいきなり尋ねた。この人、私のこと話し相手に決めちゃったみたいだな。ひどいのにあたったもんだ。キム女史はつっけんどんに答えた。

「だい《ム》こん《ー》がどうしたんですか？」

「半導体チップに入ってる部品の数が、二年間で二倍に増えるっていう件ですよ。つまり何ていうか、機械がだんだん小さくなるわけですね」

「そういうことはありますね」

「このスピードで進むといくらも経たないうちに、機械という機械が全部、量子力学の影響圏に入ることになるっていうんです」

いつも思うけど、この人、頭がおかしいにしてはずいぶんそれっぽい用語を使うよね。

「量子が、どうしたんですって？」

「部品がだんだん小さくなって、ミクロの世界に入っていくと、ニュートン力学ではなくて量子力学の支配を受けるってことですね」

「それで困ることはないんでしょ」

「困るんですよ。何でかっていうと、その世界が確率の影響を受けますよね。そしてコンピュータは基本的に0と1で計算をしますよね。つまり、スイッチが入ってるか、切れてるかによってですね。それが基本です。どんなに膨大な計算でも結局のところ、どれだけたくさんのスイッチを入れるか切るかの違いというだけのことです。でも、量子は同時に二つの状態で存在します。0と1の中間状態が生まれてしまうんです」

「そうなったら?」

「カオスですよ！　データが全部ぐちゃぐちゃになっちゃいます。一定の確率で1が0になるなら、1足す1が2になることも、1になることも、0になることもありうるわけですから」

いったい何を言いたいのかな。

「もちろん、そうならないようにする装置があります。その装置を開発しようとして、量子コンピュータを作るのに長い時間がかかったんです。でもその方法を逆利用するハッカーも登場したんです。わざとカオスが生じる確率を高めて、理論上不可能な結果が飛び出すように仕向けるわけですね。最近の若い子ってほんとに怖いですよね。アナログからデジタルへ移行するときも似たような現象があったそうですけど、今じゃもう子供たちの頭についていけません。生まれたときから量子論に触れていて、世の中が確率によってのみ存在するという事実を『完全に』理解している人だけにできることがあるんですよね。何億万分の一の確率で存在するものを、何億万分の一の確率を計算して作り出すんですから」

この人を治療する医者は頭がよくないとね、とキム女史は思う。

「それで、子供たちが何を作ったんです」

「タイムマシンです」

黒縁めがねが言った。キム女史は女をじっと見つめた。

「タイムマシンです。それってどういうものか、ご存じですよね？」

まさかこの人、私が思い浮かべたもののことを言ってるんじゃないよね。

「何のことですか？」

「時間を行き来できる機械ですよ。過去や未来に行ける乗り物。基本ロジックが明らかになって以来、この一年間で少なくとも二十六機、作られたんです。私の聞いたところでは、量子コンピュータの個数とタイムマシンが作られる確率を比較すれば、それも可能だろうってことでした」

「そうなんですか」

「これがその一つなんですよ」

女はポケットからマッチ箱を取り出した。よし、面白いことになってきた。少なくともくだらない町内会のおしゃべりよりは面白いかもしれない。この人が包丁を持って、うちのドアを開けて入ってこない限りはね。

「マッチ箱みたいでしょ？　それが仕掛けなんです。そう見えるように作ってあるんです」

「そうなんでしょうねえ」

「国際政府（なに政府ですって？）では、見つけ次第すぐに廃棄するようにって言ってますけど」

「どうして？」

「世の中がめちゃめちゃになるからですよ。でも、防ぎようがないんです。もう過去に行ってしまった人たちが、現在をぶち壊しにしているでしょ。未来からやってきた過去の人たちもまた同じことをするしね。今できることとしては、みんなを火星に移住させる以外にないんですよ」

「それがタイムトラベルなら、それによって過去に行けるんですよね？」

「もちろん」

「人もですよね？」

「何でも行けます」

「ちょっと見せてくれませんか」

女は深刻な表情をしてみせた。

「困ります。時間がもっとめちゃくちゃになっちゃうから」

なるほどねえ。

「でも、小さな品物なら大丈夫ですよ。ごく近い時代に行くぐらいなら。生物じゃないものならね。そういうものは今も、確率的に消えたり現れたりしますから。靴下が片っぽなくなった経験があるでしょう？　鉛筆とか消しゴムなんかもね。存在する確率が低いからですよ」

女は鉛筆を一本地面に置き、まるで写真を撮るように「マッチ箱」を目のところに持っていった。しばらく必死に、何か計算するような身振りをしていたが、やがてため息をつくとマッチ箱をおろした。

「今、過去に送りました」

うん、やっぱり頭のおかしい人なんだな。それにしても、私は何でこの人とずっと話してるんだろう。最近ずっと感じている違和感のせいだな、とキム女史は思った。ずっと時間がガタついているような違和感。その違和感とこの人がどう結びつくのかはわからないけど、何か、私がなくしてしまったネジをこの人が持っているような気がする。おかしなことだけど、ときどき、うちの子がずっと前に「死んでしまったような」気がすることがある。世の中がガタガタ動いて、そのことが抹消されてしまったような。

「何も変わってないじゃないですか」

「見たところではそうでしょう。だけど、この鉛筆はタイムトラベルをして戻ってきた鉛筆なんですよ」

キム女史は無表情に黒縁めがねの女を見た。

「今は現在ですよね。この鉛筆はさっき過去へ行きました。つまり、行って、戻ってきたわけです。もちろん、自分では何も起きていないと思っていますが……」

「思っている？」

「もしも思うことができたら、ですよ。生物と仮定したらってことです」

キム女史はため息をついた。

「とにかく、過去の時間帯にはその鉛筆が存在するってことですね」

「それは、ないんです。質量保存の法則に反するから。質量保存の法則、ご存じですか？」

何でこんな質問に答えつづけなきゃいけないんだろ。キム女史は黒縁めがねの女を無表情に眺めた。

「宇宙にどんなことが起きても質量の総量には変化がないっていう法則ですけど、とにかくそういうわけで、この鉛筆が二つ存在するようなことは起こらないんです。それが可能なら、ずっと過去へ鉛筆を送りつづけて宇宙を鉛筆だらけにすることもできるでしょ。パラドックスですよね。そんなことは起きません」

「ということは？」

「〈意識〉だけが移動するんです。そうやって過去の自分自身の中に入るんです。小さいころの自分の体にね。他人の中に入ることもできるけど、成功率は低いです。連携がうまくいかないからですね。倫理的にも問題があるし。誰かの体を奪っちゃったら大変じゃないですか。そんなことをやらかす人たちがいて、国際的にも問題になってはいるけど……。とにかく、普通は自分が生きていた時点にだけ移動するんです」

「過去の自分の中に入ったら何が変わるんですか？」

「その鉛筆は、若い鉛筆の姿をした年寄り鉛筆ということになるわけですね。もちろん記憶は維持されないんですけど。仕方ないですよね、記憶は脳に貯蔵されるもので、過去に行った人は脳や神経の構造も若いときに戻るわけですから。あ、もちろん鉛筆に脳があったらの話です。人で説明すればもっと簡単なんだけど」

「未来に移動させたら？」

「同じことです。未来の自分の体に入るんです」

キム女史はだんだん腹が立ってきた。

「言い換えれば、こういうことですかね。私がこのタイムマシンを使って過去へ行けば、若いころの私の体内に入ることになるが、そのときに今までの記憶を失い、若いころの記憶だけを持つことになる」

「その通りです」

「未来に行けば未来の私の体に入るけど、そのときも未来の私自身の記憶を受け継ぐ。タイムトラベルをしたかしなかったかは、覚えていられない」

「その通りです！　わあ、難しい問題なのによく理解していらっしゃいますね」

女は拍手した。キム女史は少しも嬉しくなかった。

「だったら何が違うんでしょう？　何も違いはないじゃないですか！」

「違い、あります」

「何が違うんです！」

「〈自我〉です」

「じがって何ですか？」

「自我って知りませんか？　スエちゃんのお母さんは、誰かが自分と全く同じ姿をして同じ記憶を持っていたら、それを自分と同一の人間だと思います？」

「それは……」

「思わないでしょ？　自分が記憶をなくしたり、手術によって他の人の姿になったら、それは自分じゃないから殺しちゃってもいいですか？　そんなことありませんよね？　アイデンティティが移動してるわけですからね。他の人の立場から見れば何も変わりません。でも本人の立場では、世界の終わりみたいな経験ですよ。自分の人格から記憶から、世の中のすべてが引っくり返るわけですから」

「でも記憶がないなら、本人にもわからないじゃないですか？」

「もちろんそうです」

「それなら、タイムマシンが本当に作動してるのかしてないのか、いったいどうやってわかるんです？」

「タイムマシンは作動しますよ」

「どうしてわかるんですか？」

「実際に、自分自身の体を持ったままで移動する人がいるんです。その人たちは、自分がタイムトラベルをしたことを覚えていきます。脳を持っていくから……」

「何だかの保存の法則のせいで、そういうのはできないんじゃないですか？」

「はい、でも、できる人がいるんです。存在確率の低い人……」

キム女史は口をつぐんでもう何も言わなかった。自分の言葉の余韻に浸ってしばらく停止していた黒縁めがねの女は、頭をかきながら笑った。

「本人はわかってないけど他の人が気づくんです。気配でわかるんですね。タイムマシンそのものの問題かもしれません。原本をコピーするたびにミスが増えるようなものかな。タイムトラベルをした人たちの多くが、もともといた時代に生きているような行動をします。自分たちがどの時代に来ているのかもわかってなくて、突拍子《とっぴょうし》もない話ばっかりするんです」

あなたみたいにね。とキム女史は心の中で独り言を言った。黒縁めがねの女はキム女史をじっと見つめた。

「こんなこと想像してると、面白いじゃないですか。ね？」

家に帰る道すがら、キム女史は急に、雪が降っていることに気づいて歩みを止めた。この季節に雪？

じっと見ていると、マンションのあちこちの窓から紙飛行機が雪のように舞い落ちてきた。青々とした坊主頭のちびっこから制服姿の年長の子まで、子供たちが窓やベランダから飛行機を飛ばしている。通りを歩いていた人たちが驚いて空を見上げた。「旧時代的教育を中止せよ」という垂れ幕が、どの家からだろうか、長々と垂れ下がった。

「あの子たち、いったい何であんなことしてるんだろう」

キム女史は首を振った。

11

人はみんな、ある程度は確率的に存在している。ある確率においては、私が存在しないこともありうる。あなたも同じだよね。

私たちは独立した存在というより、ある波形であり、ある場だと見るべきだろう。今この瞬間にも絶え間なく、周囲にあるものと原子を交換しているから。時が過ぎれば、その体を構成している原子のすべてがほかのものと交代する。だからもしかしたら、若いときの私と今の私は他人と呼ぶべきかもしれない。

恋人や夫婦がお互いに似ていく理由は、彼らがずっとお互いの原子を交換しているからだよ。お母さんとあなたも同じ。お母さんの体から出てきた原子が次にあなたの体に入り、そしてあなたの体から出てきた原子がこんどはお母さんの体に入る。私たちは別々の存在ではない。みんなお互いに混じり合っている。一緒に過ごした時間と同じだけ、お互いを共有しているんだよ。

12

「とにかく、1足す1が0になることもありうるとか言うんだからね。本当にどうかしちゃってる。何であの家では病院に連れていかないで放っておくんだろう。おっかなくてしょうがない」

キム女史が食卓の前でそんなことをまくしたてているときだった。黙々と聞いていた娘が顔を上げた。

「0になることもあるじゃん」

キム女史はかっとなった。そうですか、あんたは私の言うことを全然信じようとしないんだね。

「しょうもないこと言ってないで、ご飯食べなさい」

「1足す1は非常に高い確率で2になる、ってだけのことだよ。非常に低い確率だけど、0になる可能性もある」

腹を立てはじめていたキム女史は、娘の顔色を見て思わず口をつぐんだ。娘はまるで、ばかな人の言うことに耐えてきたが、ついに耐えかねて口を開いてしまったというような表情をしていた。

「そう、それで成績がこのざまなの？　1足す1は0だって答案用紙に書いたの？」

「世の中は不確定性の影響下にあるんだよ。小さなものがしょっちゅうなくなったり出てきたりするじゃない。見られていないものはカオス状態にとどまるってことなんだよ。長い間人の視線に触れなかったものたちは、ときには完全に消滅することもある。不確定性が大きくなりすぎたためだよ。記憶も、ものも、人も同じこと」

この子はいったい何の話をしてるんだろう。もしかして最近はこんな遊びが流行ってるのかしら。

「いったい何の話をしてるの？」

「お母さんは自分の記憶を信じてる？　記憶は常に新たに作られて、修正されて、新しい形に変わっていくって知ってる？　光だけが波動と粒子の性質を同時に備えているわけじゃなくて、何もかもがそうなんだよ。マクロの世界では、そういう揺らぎは無視すべきレベルだったけど、いつからかそうじゃなくなった。タイムマシンのせいだよ。タイムマシンの流行を国際社会が食い止められなかったから……」

キム女史は混乱し、だんだん不安になってきた。娘は自分をからかっているのだと思い、同時に、自分にはわからない何かを知っているのだとも思った。キム女史はこのような状況でできる唯一の対応をした。女史は食卓をたたいて怒鳴った。

「いったいどこで何の本を読んだの？　不確定性だって？　そんなのが試験に出る？　修能に出る？　教科書に出てるの？　役に立たない本は大学に行ってから読みなさいって言った、言わなかった？　そんな時間があったら英単語の一個でも覚えなさい！　教科書に出てこない本は読んじゃだめって言ったでしょ？　暗記することがいっぱいあるのに、何でしょうもないことを頭に詰め込むの？」

13

私たちは知ってる。最初からわかっていたんだよね。時間を巻き戻すことは、起きたことを変えもしないし、固定もしないって。

単に揺さぶることができるだけだって。

まるで、止まっている音叉《おんさ》の海に、振動している音叉を新たに投げ入れるみたいに、波動が収まった湖に投げられた石みたいに、固定された世界に新しい波形を投げ込むんだ。

今では過去も未来と同様、固定されたものではなくなっている。

世の中が確率として存在しなかったときがあっただろうか。夫婦がお互いに似ておらず、人の住まない家が廃屋にならず、思い出すたびに記憶が変形することのない、量子が確率的に揺らいだりせず、光が粒子と波動の性質を同時に備えたりしない、光子が二地点を同時に通過したりしない、そんな世の中が存在したことがあるだろうか。今となってはわからない。もしもそんな世の中があったとしても、もう私たちの記憶から消されているはずだから。

こうなることはわかっていたと言ったけど、「本当に」最初からそうだったのかどうかはわからない。

私は罪の意識を感じるべきだろうか。

フンは私に言ったっけ。しょせんすべての発明品は、未来を取り返しのつかない方向へ変化させるものだと。蒸気機関が発明されなかったら、自動車が作られなかったら、人類が化石燃料の利用法を知らなかったら、印刷技術がなかったら、電気がなかったら、原子力がなかったら、爆弾や銃やミサイルがなかったら、人類の未来は完全に違う方向へ進んだだろうと。私たちは単に、未来と同様、過去も変えただけだと。人は何も作るべきではなかったと言うのは無意味だと。結局は作ることになるのだから。ただ、次はもっとましなものを作るべく努力しよう、というわけ。

どのみち、わからないんだと言っていたな。タイムマシンが生まれたその瞬間、過去は固定されたものではなくなり、再び多くのスタート地点が生まれるだろう。私たちが無意識のうちにこの知識を過去にばらまくだろう、その影響によって、みんな過去でまたタイムマシンを作ることになるだろう。私たちは「確率的にタイムマシンを作った可能性の高い」人にすぎないというわけだ。

14

スエはマンションの廊下の欄干《らんかん》に片足を立てて座っていた。がらんと空いた下の空間を見下ろせる廊下だ。髪の毛を真ん中分けにして、顔はニキビだらけ、口元が頑固そうに見える子だった。指にうさぎの形の人形をはめて、何やらぼそぼそ言っているところだった。片手を胸に当てて目をつぶり、何か崇高な誓いでも立てているように。

黒縁めがねをかけた女が近づいてきたとき、スエは手を後ろに隠し、警戒するようににらみつけた。そして女がはいている野暮ったい青のストライプの裾の広いパンツや、時代遅れのチェック柄のシャツを疑わしげにうかがい見た。

「何見てるんですか？　あっち行ってよ」

「あ、ここ、賃貸に出てるのね？」

女は物件を見ているようなふりをしながら、何もかも知っているかのような微笑を浮かべた。スエは欄干から降りて反対側に走っていった。女は落ち着いた足取りでスエについてきた。やっとのことでまた欄干に上って座ったスエは、嫌そうな表情で尋ねた。

「何で追いかけてくるんですか？」

「行きたいところに行ってるだけだよ」

スエは女を黙って見ていたが、こう尋ねた。

「おばさん、政府から派遣された心理カウンセラーでしょ？」

「何でそう思うの？」

「量子力学を理解している大人はここにはいないから」

向かいのマンションから、火のついた紙飛行機が落ちてきた。これに応えるように、その下の階から、また上の階から紙飛行機が落ちてきた。さっきのデモの残りの火種みたいに。

「今日お母さんに、1足す1が0になることもありうるって言ったら、殴られそうになったんです」

スエは、ふうーっとため息をついた。黒縁めがねの女は、わかるよ、というように笑った。

「昔の人って生まれたときから、そういう概念を持ってないんですね。認識の単位が小さいんじゃないかな？　毎日同じようなことばかり言うんだもん。子供はみんな同じだ、人が生きてるところはみんな同じだ、女はみんな同じだ、男はみんな同じだ、母親はみんな同じだ、娘や息子はみんな同じだ。認識の範囲がどれだけ狭かったら、あんなに多様な波形が全部同じに見えるんでしょう？　世の中を平均値でしか見られないみたい」

スエは唇を尖らせてマンションの下を見下ろした。

「大人たちは、虹は七色だって言うんです。異なる波長の波がつながっているだけなのに。それに、人間を白人、黄色人、黒人なんていうふうに区別するんですよ。その間にある無数の色素の違いが見えないんです。言葉は、単に平均値を代表する象徴というだけなのに、言葉に世界を詰め込もうとするの。黒や白にどんなにいっぱい種類があるか、大人たちは理解してるのかな?」

スエは指にはめたうさぎの形の通信機に音声メッセージを入力し、指を曲げて入力信号を送り、ピアノを弾いているように空中をたたいた。

「この町じゃ、お母さんたちから先生たちまで、一九七〇年代にまるごと飲み込まれてしまったんです。現在に生きている人は誰もいないの。だからうちも、もっと早く火星に移住するべきだったのに」

スエの指の動きにつれて、通信機に接続していた他の子たちのホログラムが次から次へ現れた。ベッドに寝て本を読んでいる青い目のめがねの少年もいれば、椅子に後ろ向きに座り、足首まで来る長いネグリジェを着てクマの人形を抱きしめている、黒い肌の少女もいた。ありとあらゆる国籍の、知らない言語を操る世界各国の子供らが小さなホログラムの中に浮かび上がった。

「三十代から発症する病気だったけど、最近は二十代でもかかるんですって。政府でやってくれることといったら、精神科の医師をよこして一か月に二度、集団診療するだけです。お母さんたちはそれを町内会の集まりだと思ってるんですよ」

スエがその中の一つのホログラムをうさぎの耳に近づけると、映像が拡大された。「ポーランド」という字幕のついた少年が何か大きな身振りをすると、スエはそれに応えて指を動かし、ファイルを受け取った。伝送されてきたファイルはプレゼントボックスの形に変わり、指の上で動き回った。

「お母さんは完全に過去の中で暮らしてるんです。私たち子供はみんな、百六十か国の言語をリアルタイムで翻訳してくれる翻訳機を持ち歩いてるのに、英単語を一個でも余計に暗記しろって私に言うの。アメリカが滅びて英語が世界語じゃなくなったのがいつだと思ってるんだろう。大学ランキングなんかとっくに消えたのに、大学に行かないと人間扱いされないって、口癖みたいに言うんです」

向かいのマンションにかけられた「旧時代的教育を中止せよ」という垂れ幕が、風が吹くたびに悲しげにはためいた。スエはポーランドから送られてきたプレゼントボックス形のホログラムを指でいじった。箱が開くと、光の形と一緒に音楽が流れ出てきた。

「私、学校に行きたくない。学校の先生もみんな過去から来た人です。その人たちが、入試準備教育とか、模擬テストまで復活させたんです。物理の時間にはもう使ってないニュートン力学を教えるし、世界史や韓国史では七〇年代式の解法を使うんですよ。一日に五時間、国英数だけを教えて、それも昔の言語と昔の計算法で、友達とは大学に入ってからつきあえって言うんです。でも、七〇年代から来た人たちはまだましなんですよ。朝鮮戦争のときに避難してきた人たちもいて、『アカ』っていう単語が完全に口癖になってるんです。もうずっと前に南北統一されたことも知らないの。日本の植民地時代や、朝鮮時代から来た人たちもいます。あの時代から来るには誰か他の人の体を横取りしないと来られないのにね。良心もない人たち」

スエが指を動かした。紙飛行機の形のホログラムが現れ、爆竹の音を立ててマンションの下へ落ちていった。それに呼応するように、同じ形のホログラムがマンションのあちこちに現れた。

「何か言ってくださいよ」

「何を言えばいいのかな？」

「政府から派遣された心理カウンセラーなんでしょ？　私のこと、かわいそうだと思いませんか？　ちょっと慰めてくださいよ。私、ほんとに死にたいんだから。どうにかしてくれなかったら、死んじゃうかもしれない。何で大人たちは、子供たちが死にたいって言うと冗談だと思うんだろう？　本当に、冗談じゃないんですから」

「冗談じゃないってこと、知ってるよ」

黒縁めがねの女は静かにうつむき、スエの耳元に口を近づけた。スエは目を大きく見開いて、女を見つめた。

15

最初、タイムマシンは、みんなが過去を恋しく思う気持ちから生まれたのだろう。老いた人々は過去を懐かしんで振り返るから、その気持ちが病気を作り出し、時間線を歪めてしまったのだろう。今ではそのどちらも見きわめがたいことになってしまったけれど。

今でもあなたの死を覚えてる。

私が死んだことを覚えてる。とても高い確率で……。

私がタイムマシンの原因ではなく、結果として存在していることもわかってる。過去が揺さぶられて生まれた存在だってことを。なぜ結果が原因を提供できるのかって言われるかもしれないけど、あなたは理解できるよね……。未来は確率としてだけ存在し、私がその確率を私の未来に引っ張り込んだということを。

タイムマシンが永久に作られなかったら、私は永久に消えたままになるだろう。それで作る必要があったのだけど、それだけのために始めたことではなかったの。

混ざり合ってしまった過去をコントロールする方法を見つけるためには、私自身がタイムトラベルの始点になる必要があったからだよ。その作動原理も形態も、私が決めなくてはならなかったから。タイムマシンを初めて作った人が私でないなら、それだけ私の影響を受けないはずだから。

だけど今では、この記憶も信じられなくなった。最初、私がどんな意図でこんなことをやったのか、もうわからなくなっているから。原因と結果が混じり合って、何と言ったらいいのか難しいけど、あなたが死んだのは私のせいかもしれない……。火星基地を建設して地球人を移住させ、カオスの収拾策を探して走り回っている渦中でも、ときどきその可能性について考えたりしていたんだよ。

∞

私はある世の中を見た。その時代にはタイムマシンが人々の間で流行みたいに広がっていたのね。大勢の人が自分の時代から他の時代に逃げ出した。その人たちがそこへ自分の時代を持っていき、古い考え方や行動様式をその時代に広めたの。墨汁から逃げ出した墨みたいに、埃の塊から飛んできた埃の粒のように。

だけど、誰も自分の時代から逃げることはできない。その人たちが嫌ったものは結局すべて、その人たち自身が作り出したものだったから。その人たちは、自分が他の時代から来たことを覚えていられなかった。時間が流れていることに気づかず、時代を読めず、自分たちが出てきたその時間にとどまった。

過去に生きる大人たちは、子供たちが自分より賢いことを知らず、恥ずかしげもなく過去のやり方で子供たちを教えていた。自分たちの知っていることは子供たちも全部知ってるとは思わず、自分の経験したことは全部過去の時代のものだとも思わず、あなた方に時間を浪費させ、縛り上げ、ばかなことに時間を使わせ、古い頑なな価値観を強制し、あなた方の人生の先輩であり、多くを知っている人みたいに振る舞った。自分たちが過去の人間だということを忘れてしまって。

そこであなたに会ったの。あなたのお母さんにも会ったよね。政府の仕事で、お母さんの治療を試みたけど、うまくいかなかった。お母さんは自分がタイムトラベルをしたことを覚えてなくて、引き返す方法も知らなかったから。

そう、あなたも想像がついてるだろうけど、私が体を持って過去に行けるのは、時代を飛び越えて行き来できるのは、私が存在する確率がとてもとても低いからなの。私は0と1の間に存在しているから、同じ場所に二人いても問題を起こさない。二人で一緒にいても、結局、高確率で0になったりするから。

あなたの死を覚えてる。

幼かった私が死んだことを覚えてる。

欄干に腰かけていたあなたを覚えてる。あなたが片足を欄干の外に出して座り、自分に向かってささやいていた言葉を覚えてる。あなたは多くの場合、あの日言った言葉を忘れて死を選ぶけど、あの日あなたには生きる可能性があった。あの日確率が揺らいで、あなたの未来は分かれた。今、私はあの日のとても小さな可能性として、あなたが選ばなかった道から枝分かれしてきたかすかな影として生きている。

過去に旅をするたびに、行けないことを祈るの。この記憶を持った「私」が、この体を持ったままで目覚めることがないようにって。それは私の存在確率を高めることを意味するから。それでもまた過去に行くことになったら、私はやっぱりあの日のあなたに会いに行き、耳元でささやくだろう。私はまだあの日を覚えてて、あなたが立てた小さな誓いをまだ守っていると。あなたはあの日、片手を胸に当てて、自分に向かってささやいていた。

「私は子供たちに、『今がいちばんいい時期なのに』なんて言わない」

あのころはよかったなんて言わない。

あんたぐらいの年ごろはみんなそうだとか、誰でも経験することだとか、そんなことも言わない。私のそばにそういうことを「言わない」大人が誰もいないなら、それができる大人がこの世に残っていないなら、私が歳をとって、それを言わない大人になる。その言葉にこめられた鈍感さや卑怯さを、愚かさを知る大人になる。

あの誓いを守るために大人にならなくてはいけないなら、今日死なないで、歳を重ねるよ。三十歳になり四十歳になり、五十歳になり六十歳にもなるよ。今日の私のために老いていくよ。今、この瞬間の私のために。

赤ずきんのお嬢さん

お客がスーパーに入ってくると、売り場の中にはぴりぴりした静寂が漂った。

ちょうど同時にドアを強く押して入ってきた男が、何気なくそのお客に視線を向けてから、あっと驚いて尻餅をついた。入り口に積み上げられたカゴがどどどっと崩れた。パックされた肉にバーコードを貼っていた店員も、缶ビールを紙袋に入れていたお客も、棚からティッシュペーパーを下ろしていた店員も、申し合わせたように動きを止めた。静寂の中で、ティッシュペーパーの箱が店員の頭の上にぽんと落ちる。

やっと二十歳になったかというぐらいの、小柄なお嬢さんだ。

赤いチェック柄のずきんをかぶり、胸に大きなリボンのついた赤いワンピースを着て、赤い靴をはいて、買いもの用らしき布のバッグを両手でぎゅっと持っている。濃い化粧をしているせいで、顔が白く浮き上がっていた。お嬢さんが緊張していることははっきりわかった。つばを飲み込み、こわばった足取りで、周囲の視線から顔をそむけたまま売り場の中へ入っていった。

カゴを倒して転んだ男は「あ、あの、あの人……」と言いながら、一緒に驚いてくれる人を探してあたりをきょろきょろ見回した。後ろから続いて入ってきた人が、男の背中をトントンたたいて、たしなめた。

「じろじろ見ちゃだめだよ、失礼でしょうが」

お嬢さんがしゃがんでマヨネーズを選んでいる間、お嬢さんのまわりには視線がどんどん集まってきた。売り台の後ろで誰かがスマートフォンを掲げると、まわりの人が目配せをして下げさせる。かなり年がいっていそうに見える男二人が、咳払いをしながらおずおずと近づいていく。

「お嬢さん、どこ住んでるの？」

お嬢さんはマヨネーズのラベルだけに視線を据えている。じっくりと成分を吟味するふりをしているが、読んでいる様子はない。濃い化粧をした頬には血の気がなく真っ青だ。

「あのー、私たち、怪しい者じゃありませんよ。ほら、そこで店をやってるんだ、新鮮商会っていうんだけどね。有機農法の果物を商っているんです」

前に立った男が重要書類でも見せるようにのろのろと住民登録証を取り出すと、後ろにいた人も同じく登録証をぎこちなく出してにこにこ笑った。

「買いもの終わったらすぐ帰るんですか？　ちょっとうちの店に寄って、ゆず茶でもどうです？　サービスしてあげますよ……」

「おじさんたち、もうやめてあげて」

男たちの後ろから、少年たちの合唱が聞こえてきた。制服を着た中学生ぐらいの子供たちが三人、腰に手を当てて言った。

「その人はただ買いものに来ただけです。買いものが終わったら帰してあげてください」

「ゆず茶を飲みに来たんじゃありませーん」

「そうです。ゆず茶を飲みに来たんじゃありませーん」

生徒たちは、学校で先生に覚えさせられて言ってるんじゃないかというような言葉を合唱した。新鮮商会の主人が腹を立てて、「この子たちはまあ、大人に向かって何を言うんだ……」と言いながら立ち上がると、帽子を目深にかぶったスタッフが近づいてきた。

「失礼します。この方のお知り合いですか？」

「知らないけど、話をすれば知り合いになることもできるだろ」

「だめですよ。知らない方に声をかけないでください。こちらのお客様はどうぞお買いものをお続けください。何かあったら呼んでください」

「おい、人をセクハラ犯人か何かみたいに言うじゃないか。私たちはただ、善意から……」

お嬢さんがレジに並んでいる間、お客たちは息の音さえ立てずに沈黙していた。それでもなぜか隣のレジはがらがらで、お嬢さんの並んだ列だけが長かった。豆もやしの袋のバーコードを読み取っていた店員が、がまんできずに口を開いた。

「あのー、こんなこと申し上げるのも何ですが、私、ここに勤めて以来、女性のお客様に会うのは初めてです」

お嬢さんは黙ったまま急いでレジを通過して、もう計算の終わっている商品を布バッグに入れていった。

「いや、一度見たな。真っ黒いバンに乗ってきて、タバコだけ買ってすぐ出ていきましたよ。ガタイのいい男が四人は一緒にいましたね。女一人で買いものに来ることはめったにないでしょ。っていうか、普通は道を歩いたりしないですよね、何でなのかわかりませんけど。女の人たちがいると街が華やかになるのにね」

「早くしてください」

お嬢さんがそう言うと、店員はにっこり笑った。

「声がきれいですね」

「そんなこと言うもんじゃないですよ」

「誤解しないでください。本当のことですよ。ふだん、声がきれいだって言われたことがないんですね」

「ちょいと店員さん」

後ろで待っていたおじいさんが横槍を入れた。

「お嬢さんの言う通りだ。そんなことを言うもんじゃない。お嬢さんは買いものが終わったらすぐ帰るんだ。早くやってあげなさい」

店員は沈んだ顔で玉ねぎを布バッグに入れて、つけ加えた。

「本当にほめたんですよ。悪意はなかったんです」

お嬢さんは布バッグを両手でしっかり持ってスーパーを出た。

スーパーの前にはもう人だかりができていた。みな一様に男たちだ。スマートフォンを出して写真を撮る人と、それを止めようとする人たちがあちこちでやりあっていた。

「撮ったらだめだ」「だけど、記念に」「学校で何を習ったんだ？　失礼だぞ」

そのさなかにも、カシャッという音が立て続けに鳴った。

目の前に立っている高いビルのホログラム広告には、半裸の肉感的な女性モデルがお尻を半分ぐらい露わにして立っている。隣の携帯ショップの入り口では女のマネキンが、「いらっしゃいませ」という機械音声を反復しながらおじぎをくり返している。看板、立て看板、広告スタンドのすべてに女性モデルの写真が使われているが、店にいる人も道を歩いている人もみんな男だった。

男をいっぱい乗せたバスが埃を立てて目の前を通り過ぎた。車体には「女性義体無料提供！」という広告がついている。バス停では「生まれたときの性で暮らしましょう」という文句が書かれた公共広告が目につく。

お嬢さんはぐっとうつむいたまま立ち去っていく。

黄色いタクシーが一台、お嬢さんの横に止まってクラクションを鳴らした。タクシー運転手が窓の外に頭をひょいと出して叫んだ。

「お嬢さん、お乗りなさい。乗せてあげるから！」

後ろに続いていた乗用車が、スピードを落としてタクシーの隣に並んだ。乗用車の運転手は窓を開け、携帯電話を耳に当てたまま、お嬢さんに「行きなさい」という手振りをした。トラブルになりそうなら警察に通報してあげるというニュアンスだ。

「私はちゃんとした人間ですよ！ここに身分証もあります。会社に電話して確認してもいいですよ！このブラックボックス、見えるでしょう？私が何をしてるか、全部ブラックボックスに記録されてるんですよ！心配しないでお乗りなさい。お金はいらないから！そんなふうに一人で出歩いちゃいけませんよ！」

運転手が叫ぶと、後ろの車がブーブーとクラクションを鳴らした。タクシー運転手が窓から顔を出して叫んだ。

「おい、そのお嬢さんにかまうんじゃない！ちょっかい出すな！」

「本当に危ないからだよ！さあ、早く乗りなさい！」

お嬢さんは立ち止まった。お嬢さんがきょろきょろしながら立っている地下鉄の入り口には花とキャンドルが置かれ、ポストイットがたくさん貼ってある。ポストイットの一枚一枚には、糾弾の言葉がぎっしりと書いてある。

「女の貴重さがわからないのか」

「ただでさえ少ない女を殺すなんて」

食堂でご飯を食べていた人たちも喫茶店でコーヒーを飲んでいた人たちも、みんな窓にくっついたり、ドアの外に出てきている。路地に隠れながら後をつけてくる人もいる。

お嬢さんは決心して車に飛び乗った。

「危ないところだった。どういうつもりでそんな格好で一人で歩き回ってるんです?」

タクシー運転手はバックミラーを調節してお客が座席にちゃんと座ったか確認し、ふうっとため息をついた。お嬢さんは手が青くなるほど強く布バッグを握りしめ、ドアにぴったり体をくっつけた。

「そこの身分証、見えるでしょ? 会社に電話して確認してみてください、ほら」

運転手が、横に貼ってある身分証をトントンとたたいて携帯を差し出したが、お嬢さんは受け取らなかった。

「家まで乗せてってあげますよ。住所を言ってごらんなさい……いや、近くの町名だけ教えてください。そこから歩いて帰ればいいでしょ。家を教えろって言ってるんじゃないですよ」

さっき後ろでブーブーとクラクションを鳴らしていた車が横につけてきた。中から叫び声が聞こえた。運転手は窓を開けて相手に接近すると叫んだ。

「お客だ、お客だよ! 家までお連れするんだよ! お前こそ追っかけてこないで、自分の行く先へ行きゃいいだろう！」

運転手は窓を閉め、何でもないさというようにくすっと笑った。

「だけど、ほんとに女なんですか？　女装をしてるとかそんなんじゃなくて……あ、いや、すみません」

運転手は頬をかいた。

「最近は、誰も女になろうとしないですからねえ」

「女です」

「おおっと、もしかして、女の義体じゃなくてほんとの女なんですか？　生まれつき女だったんですか？」

「はい」

「俺はもう、一生分の運を今日一日で使い果たしちゃったな」

運転手は嬉しかったのか、口笛を吹きながらラジオをつけた。ラジオからニュースが流れてくる。ある大学の女子学生が、キャンパスから女子トイレをなくすなと抗議活動をしている。

〝キャンパスにはもう女子トイレが一つしかありません。私は一日じゅう水も飲まずにがまんして帰宅します。生理の日には登校もできません。これは人権問題です〟

〝だったら、男になればいいじゃないですか〟

ある人が反論する。

〝私だってもともとは女だったんですよ。私が男として生きたかったと思いますか？　なぜ自分のことしか考えないんです？　なぜ学校で、一人のためにみんなが犠牲にならなきゃいけないんですか？〟

「サムスンが合成身体の製造販売を始めたとき、こんなことになるとは思わなかったでしょうね」

運転手が道をUターンしながらそう言った。

「企業側じゃ、女の義体の方が売れると思ったそうですよ。胸はむちむち脚はスラーッなんていう義体のCM、山ほど流してたじゃないですか。でもどういうわけか、みんな男ばっかり買ったんですよね。高級品でも安物でも、男でありさえすれば全部売り切れちゃって。まずかったらしいとわかったときには、時すでに遅し」

お嬢さんは道の方を見た。「女性の皆さん、生まれた性で生きましょう」という垂れ幕が目の前を通り過ぎた。「国には女性が必要です」という垂れ幕が続いて現れた。首にプラカードをかけた男が十字架を持って歩いている。プラカードには「サーバにデータを上げるのは神の倫理に背くことだ」という文句が、けばけばしい書体で書かれていた。

白いマスクをした男たちの集団が歩道を行進していた。プラカードに書かれた「合成身体の販売を禁止せよ」「我々には女性が必要だ」といったスローガンが通り過ぎていく。

「やっぱり、景気がひどく悪かったからでしょうね、就活中の女の子が続々と男に着替えたんですよね。まあ、男として生きるのも楽じゃないんだけどねえ。こうなる前に上でどうにかすべきだったのに、合成身体って何なのか、人格データをサーバに保存して新しい体に乗り換えるってどういうことなのかわかってる奴がお偉方の中に一人もいなかったのは明らかだね、この手首を賭けてもいいよ。のらりくらりで、ついにストップかけたときにはもう、男女比が完全に崩れた後だったんだから」

〝産婦人科がもっと必要です。産後ケア施設もです。保育園もほんとに足りないですし。産婦人科が一つもない地域が増えています。ただでさえ少ない女性が、出産事故で死んでしまいます〟

ラジオ番組の糾弾は続いた。

〝でも、女がいない地域だって同じくらい多いんですよ。産婦人科医になったら食べていけないでしょ〟

「結婚してますか？　するんでしょ？」

「わかりません」

「結婚もしないのに、何で女なんです？」

運転手はとまどいながら尋ね、お嬢さんはかなり経ってから答えた。

「女だからです」

「それ、確かですか？　体なんて入れ替えたらそれまでですからね。私だって女だったかもしれない。仕事につきやすいようにって、小さいときに親父が入れ替えてくれたのかもしれません。そんなこと誰にわかります？」

服屋に並んだ服は全部男の服だ。靴も下着も男性用だ。生理用品を買おうとしたら大都市に行かなくてはならない。女性用品の会社はみんな姿を消してしまった。女の子のための人形やおもちゃももう発売されない。芸能界やショービジネスの世界にも女はいない。ごくたまに、人形みたいにきれいな女がすみっこに笑いながら座っているだけだ。スクリーンに映るのも男だけだ。監督もプロデューサーも、作曲者や画家や作家もずっと前に男に改名し、男の体に着替えた。

「女のための施設や政策がもっと必要だってよく言うでしょ。学校にも育児室や授乳室やナプキンの自販機などがないといけないって。でも、そんなの可能ですか？　政治をやっている人もみんな男だし、投票権を持っている絶対多数が男でしょう。それこそ、女がもっといれば男も嬉しいでしょうけど、もともと人間って、そんなに遠い未来のことまでは見えないじゃないですか。せっかく頑張って男の体に乗り換えたのに、喜んで女に金をつぎ込む人もいないいないですよね。こんなことじゃ何年もしないうちにこの国は滅ぶとか盛んに言いますけど」

　学校にも女はいない。教授も学生も男だ。受験生は入試シーズンに男に乗り換えるし、教授になりたい人たちも男に乗り換える。会社にも女はいない。くじけず頑張ってきたビジネスウーマンたちも、年俸の検討とか整理解雇のシーズンが来ると次々に男になる。貧しい人たちは借金を肉体労働で返すために男になり、金持ちの子供は土地や会社を相続するために男の体に変える。

「でもやっぱり女でいるのが好きなんでしょ？　愛されるしね。注目されるし。この通りにいる男たちがみんな、お嬢さんばっかり見てますよ」

　お嬢さんがこわばった顔で言った。運転手はあわてて路肩に車を停めた。

「降ります」

「ねえお嬢さん。私もちょっといい気がしませんね。私は本当に好意で乗せてあげたんですよ」

　お嬢さんは何も言わなかった。

「でもまあ、独身主義とかそんなんじゃないんでしょ？　結婚はするんでしょ、ね？　子供は産まなくちゃね。国家のためですから。いや、国家は関係ないか。とにかく子供は産まなきゃいけないでしょう。そうは思ってるんでしょ？」

お嬢さんは急いで車から降りた。

「いったい何が問題なんですか？」

「私の話をすることです」

お嬢さんの言葉に、運転手は口をつぐんだ。

「話したいならむしろ、自分の話をしてください。私のことを話したいなら質問してください、そして、私の話を聞いてください」

「人に話しかけてもいけないいんですか？　私が何か悪さをしたわけでもないのに。じゃあ、何で街を歩くんです？　何でそんな服着てるんです？」

お嬢さんはずきんを深くかぶって路地に入っていった。

人影のない路地に入ると初めて平穏が訪れた。だが、すぐに他の種類の不安がやってくる。お嬢さんはずきんをきちんと直し、夕ご飯の食材を胸に抱える。寒さがいっそう募ってきて、手にはあはあと息を吹きかけた。

お嬢さんは注目を望まない。無視されることも消されることも望まない。ただ自然さだけを望んでいる。自分がどこにいても、どこで何をやっても自然であることを。風景に溶け込んで、特別に見えないことを。街を無心に歩いているすべての人と同じように自然でいられることを。

それは可能だろうか、そんな日が来ることはあるだろうか。

お嬢さんはデモをしている。平凡な一日を過ごすというデモ。

歩き、ショッピングをして、ぶらぶらして、車に乗り、夕食の食材を買う。日常を生きるというデモ。

こうして一人が街を歩く姿を見たら、別の一人が勇気を出すかもしれないし。もしかしたら明日は、二人になるかもしれないよね。あさっては十人になることもあるだろう。家の中に隠れていた女たちが一人、二人と外に出てきたら、お互いを見て励まし合うこともできるよね。そうやって街に女が満ちあふれたら、私は自然になれるだろう。そのときが来たら、誰も私に声をかけたりせず、質問したり命令したりする声を聞くこともなく街を歩けるだろう。

お嬢さんは明日も街に出ていくつもりだ。

静かな時代

俗っぽく言うなら、「メンタル崩壊」だった。

出口調査の結果が出た瞬間から、インターネット空間はショックに陥っていた。

予測が外れた先のソウル市長選挙のケースが改めて分析され、放送三社の合同調査とは異なる予測を立てていたケーブルテレビに絶大な信頼が寄せられた。一〜二時間の間にネットユーザーたちは、各局のアンケートの質問文の違いまで熟知するに至っていた。しかし、出口調査はいつも通り誤差なく正確だった。結末から始まる小説みたいに、夜は憂鬱で悲しかった。お祝いのために飲食店に集まった人々は茫然自失のまま立ち上がった。当選確実の報が出た後も、人々は現実を受け止めることができなかった。翌日から、不正選挙だったという主張のもとに集計のやり直しを求める人々が請願の列をなした。

国民の過半数の支持を得て当選した新大統領は、ネットユーザーの目から見て、そのような支持にふさわしい人では到底なく、正直、その資格があるのかどうかもわからない人物だった。

選挙期間中ずっと、ネット上はその候補への嘲笑の言葉でいっぱいだった。その人が討論会で披露した非現実的な公約や、世間慣れしていない言葉遣いがさまざまなネット掲示板で話題となった。いくらネットユーザーの平均年齢が五十代、六十代だとしてもだ。十代、二十代、三十代の驚異的に高い投票率と支持率によって大韓民国の大統領に選ばれたのは、今回、年齢制限が廃止されなかったとしても、立候補すらできなかったはずの人物だった。

シン・ヨンヒはソファーにもたれて横になったまま壁を見つめていた。研究室は汗くさく、ソファーのそばにはピザとフライドチキンの箱、栄養ドリンクの空き瓶が戦利品のように積まれていた。壁に広げてピンで止めた模造紙には、新聞や雑誌から切り抜いたキャッチコピーや見出し、写真がべたべたと貼ってある。赤いマジックで引いた線がそれらの間をクモの巣のようにつないでいた。

研究助手がドアを開けて入ってくると、こう言った。

「負けましたね」

＊

「〈ヤマ〉をお願いします」

ある国会議員の補佐官からシン・ヨンヒにアドバイザーの依頼が入ったのは、先の総選挙シーズンだった。全国的に、無所属の議員が政党所属の議員より優勢あるいは誤差の範囲内で拮抗していたころである。政界は混乱に陥っていた。ずっと国会畑を歩いてきた議員たちも、事態を把握できていなかった。

「政党政治の根幹が揺らいでいます。国家の危機です」

シン・ヨンヒは、政党政治が揺らいだからといって国家の危機が訪れるわけではないと思ったが、言葉にはしなかった。

「私たちは、今回のヤマを『無政府主義者の反乱』と捉えています」

「ヤマ」、記者たちがよく使う言葉だ。その意味は狭いようで広い。主題、中心、ポイント、考えの枠組み、フレームなどを指す言葉だ。

無政府主義者ねえ。無所属候補を支持したからって、無政府主義者だなんてことはない。でも、ある程度非難の対象になるのも悪くはないものだ。議論になれば、議論になったこと自体が大衆にその単語を定着させる上で役立つ。反論の内容は残らず、単語だけが残る。

反乱。十代の反乱、主婦の反乱、新世代の愉快な反乱。

「反乱という言葉は進歩的に聞こえます。もっと不安を感じさせる言葉にしてください」

「爆撃」

「かけ離れすぎてだめです」

「テロ」

「いいですね」

「ではひとまず、『無政府主義者のテロ』ということで行きましょう。このままでは政党政治が没落……」

「その言葉は使わないでください。みんな『政党』と『没落』を結びつけちゃうから。今後、政党について言及するときは、いかなる場合も否定的な表現を使わないでください」

シン・ヨンヒのアドバイスが功を奏したのか、単に運がよかったのか、その国会議員は議席を守り、総選挙もその政党の勝利に終わった。しかし、党籍もない無所属議員が政界に大挙進出するという趨勢は変わらなかった。

与党の重鎮議員からシン・ヨンヒに「ある対戦相手を落選させるキャッチコピーを一つ考えてほしい」という依頼が入ったのは、大統領選挙に関する世論調査で、地方出身のごく若い市民活動家の候補が支持率十パーセントを獲得したころだった。シン・ヨンヒの認知言語学の講義が学生数の不足のため閉講された時期でもある。それは、国立大学に残された最後の認知言語学の講義だった。

シン・ヨンヒは机と本棚を移動させて壁面を一つ空けた。壁に模造紙を貼り、真ん中に新聞から切り抜いた「無政府主義者」という見出しを貼った。その隣には、時事雑誌の誌面上で赤い文字で強調されている「テロ」という単語を切って貼った。

「よくわかりませんねえ」

助手が糊で紙を貼りながらそう言った。学費ローンの返済が滞っているため、ここ以外にアルバイトを三つもかけ持ちしている若手研究者だ。数年ぶりに登場した言語学の修士・博士学位志望者なので、逃げられてはいけない、気分を害しちゃいけないと、シン・ヨンヒが気を遣って指導している学生でもある。

「単にキャッチコピーを一つ依頼されただけですよね。なのにどうしてこんなに大騒ぎするんですか」

「心は水で、言語は器だよ。水は器によって形が変わるんだから」

シン・ヨンヒが答えた。

「認知言語学者らしい考え方ですね。認知言語学は言語学の主流ではないのに」

言語学自体も学界の主流ではないけどね、とシン・ヨンヒは思った。主流でないどころか、死滅しつつある学問だよね。どの大学でも言語学科は一様に、学生数が足りなくて統廃合の危機にある。今どき誰が本なんか読むっていうのか。ベストセラーがせいぜい数千部レベルに落ちて久しい。名だたる出版社の倒産のニュースを毎日のように耳にするようになって、かなり経っていた。

「まるで、広告さえうまく打てば、製品はどうだって構わないみたいじゃないですか」

「日刊紙は全部制覇してるし、街でも陳列台も独占状態。試供品もなければユーザーレビューもないんだし、全国民が同時に一回買って終わりの商品が選挙だよ。広告がこんなに効く商品、他にないのよ」

シン・ヨンヒはソファーに座り、もうちょっと、もうちょっとと手振りで紙の位置を動かした。ソファーに座って頭を上げたらすぐに「テロ」の文字が見えるように。古いやり方だが、電子製品を使うと情報流出の危険が大きすぎる。

「どういう戦略ですか？」

「**やりすぎ注意で防御姿勢**」

「どういう意味ですか？」

「やっつけるつもりで、かえって持ち上げちゃうこともあるからね。今回、政界では無所属候補を牽制しすぎた。それでかえって無所属候補を大挙当選させたんだよ」

人をばかにするときは要注意だ。嘲られる人ではなく、嘲る人の方に悪い印象が残るからだ。ときどき、びっくりするほど愚かな人が選挙で勝つのは、そのためだ。

一般に思われているのとは違い、言語はあまり優れたコミュニケーションの道具ではない。会話をするとき、実際伝達される内容の八十パーセントは、表情や身振りなどの非言語的会話が担っている。言葉が伝わるのは注意を払っているときだけで、多くの人は多くの問題に注意を払わない。

文脈は伝わらない。述語は聞こえず、名詞だけが聞こえる。もっと荒っぽく言うなら、その名詞にまつわる印象だけが聞こえる。

否定文は伝わらない。小学校の廊下に「走らないでください」という標語を貼っても、子供たちは関心を持たない。それは子供たちがあまのじゃくや問題児だからではなく、「走る代わりに何をすればいいのか」がわからないからだ。

この命令をコンピュータプログラムとして組むことを考えてみよう。どんなに天才的なプログラマーでも、コンピュータに「走るな」という命令を実行させることはできない。コンピュータはその命令をこのように理解するだろう。

走らないでください＝命令が何も入力されていません。

従って、この命令は次のように入力し直すべきだ。

走らないでください＝この言葉が入力されたら「歩け」というコマンドに変える。
条件：廊下や通路といった歩ける環境において実行。または……。

驚いたことに、この平凡な命令を理解するには、高度の認知力や知能と同時に、人類の文化や社会構造に関する経験と理解が必要だ。しかし大人たちはそれがわかっておらず、子供たちが言うことを聞かないとばかり思っている。だが、「走るな」という言葉が実際に想起させるのは「走る」ことだけだ。

その意味で、今回の候補者たちは選挙期間中、自分たちに弊害をもたらす言葉を乱発していた。

素人が政治をやるなんて……

政治も何もわかってない奴らが……

「素人」という言葉を口にする人は素人というイメージと結びつけられる。みんな、「あの人は何だか信頼できないな」と思っただろうが、なぜそう思ったのかはわからなかっただろう。

「それこそが、いつも進歩党が負ける理由なんだよ。『決して××せず』とか『××に反対する』って言うたびに、××を思い出させる」

「じゃあ、どうやって戦うんですか?」

「私の言語で」

シン・ヨンヒは答えた。

「私の言語に場を支配させるの。相手陣営が作った言葉は一言も口にせずにね」

「うーん、理論ではそうでしょうけど、実践なさったことはないですよね」

＊

この市民候補はどこから見ても不思議な人だった。党籍もなく、政治活動もろくにやったことがなかった。農民として暮らしており、父親とは死別しており、一家にはフィリピン系移住民の血も混じっているようだった。

だが、地域ではかなり知られた人物だった。幼いころから手先が器用で、真冬に破裂した水道管やボイラーを直してやったり、壊れた農機具やトラクターを修理してやっていたらしい。そうした頼みを嫌がりもせず引き受けていた彼はいつからか、まるでそれが自分の仕事であるかのように定期的に村を巡回するようになった。

そのうち、村の相談を引き受け、地元のちょっとした争いごとを解決するようになった。他の村からも彼に会いに来る人が出てきた。もともと人間が好きなたちだったのか、毎日家にお客があふれ返るようになると、村でお金を集めて広い庭つきの家を一軒建ててくれた。

なるほど、そういう話はある。世の中がもっと小さくて単純だったころには、そういう人が族長に選ばれたのかもしれない。人々がお互いの顔を知っており、朝、寝起きの顔で井戸端に集まり、顔を洗い、洗濯をし、一緒に畑を耕して家を建てていた時代には。

だが、今は二十一世紀だ。こういう人は、地元紙に写真一枚入りの一段の記事が出るとか、テレビの朝の番組で視聴者に涙をしぼらせる程度がちょうどいいのに、大統領候補だなんて。

＊

「知ってますよ、もちろん」

孫娘がご飯を食べながら、びっくりした顔でシン・ヨンヒを見た。シン・ヨンヒがその人を知らなかったことに驚いたのか、それとも今は知っていることに驚いたのかわからない顔だ。

「私もあの候補、支持してますよ」

確かにこの子も十代だから、支持者である確率は高い。理解はできないけど。

「どうして？」

「だって」

少女は用心深く自分を見つめた。その目はこう言っているかのようだった。「おばあちゃん、おばあちゃん。私たちは違う世界に住んでるんだよ。見ているものが違うんです」

「大統領にふさわしいからです」

「そんなことが何であんたにわかるの」

食卓に向かってスマートフォンを見ていた娘が孫娘を叱りつけた。

「わかりますよ」

子供は抵抗した。

「世の中どうなっちゃうんだろう。あんなひよっこが大統領候補だなんて。これだから、十代に投票権なんか与えるもんじゃないっていうのよ。何でそんな、不法移民労働者みたいな若造を……」

その人は不法移民などではなかった。フィリピン出身の祖母の代に韓国国籍を取得した、厳然たる韓国人だった。しかし、マスコミは巧妙にイメージを結びつけた。実際の記事に出てきた文章はおおむね、このようなものだ。「**不法移民**ではないものとされている」。

孫娘は口をつぐんだ。この子は口数が少ない。実際、最近の十代はだいたいそうだ。妙な静けさがある。

孫娘が黙って唇を突き出し、スプーンの先をそこに当て、一気に中身を飲み込んだ。シン・ヨンヒはそれが、若者たちがマインドネットに「味をアップする」方法であることを知っていた。孫娘の個人サイトに接続した人は、今、あの子がアップしたわかめスープの味をありありと味わうのだろう。

「広報活動までマインドネットでやってるの？」

シン・ヨンヒは助手がまとめてきた資料を見ながら尋ねた。

「はい。マインドネットを使っている候補は彼しかいません。マインドネット人口は百万人以上もいるのにですよ。もちろん、そのほとんどは若者ですが」

「他の候補は何で参入しないの？」

「参入するわけありませんよ」

助手は当然だという顔で肩をすくめた。

「心が読まれちゃいますからね。候補どころか、たいていの党員たちは接続を禁止されてるそうです」


マインドネットは開発初期に体験したことがある。広告コピーの検討依頼を受けてＩＴ博覧会を回っているときだった。

あのとき、試演者が渡してくれたマインドネット接続機は、今のような耳の後ろに貼る薄いチップではなかった。大きくて重いヘルメットをかぶり、電線がいっぱいついた手袋をはめなければならなかった。

ヘルメットをかぶると四方が暗くなり、静まり返った。あたりがしーんとして、感覚が鈍くなった。単に目隠しや耳を塞いだときのような静けさではない。感覚を受け入れる通路全体が変わったかのようだった。

待っていると食欲が湧いてきた。シン・ヨンヒは誰かが口の中に何か入れてくれたのだと思って、思わず舌を動かした。おいしい。サクサクだ。お菓子だ。えびせんだ。え、えびせん？

ヘルメットを脱いでみると、試演者がえびせんを食べていた。シン・ヨンヒは二人のヘルメットをつないだコードをじっと見た。

「どうですか？」

「面白いですね。どういう原理なんですか？」

「原理自体は簡単ですよ。例えば、テキストベースのインターネット上にも個人情報がありますよね。ＩＰ、住所、住民登録番号。それらは、抜き出そうとしたら抜き出すことができます。ＶＲネットで自分のアバターを動かすためには、脳波信号そのものをサーバに提供しなければなりません。この機械は、その脳波信号をそのまま他の人に向けて打ち出すわけです」

シン・ヨンヒは再び接続してみた。今度はもう少し注意を払って相手の気持ちをのぞいてみた。不安、疲労、自負心。えびせん咀嚼《そしゃく》完了。やれやれ。

「いずれ視聴覚イメージも共有できるようになるでしょう。商品広告の革命になりますよ」

「興味深いですね」

夫と話が通じないとき、このヘルメットを一緒にかぶって話せばいいってことか。子供が泣いたらおむつを手で探ってあやす代わりに、ヘルメットをかぶらせればいいんだね。子供が心で言ってくれるんだろう。「お母さん、私はこの前出た新製品の粉ミルクが飲みたいです。四十度くらいに温めて、二分の一カップ程度ください」

そんなことを考えてから、シン・ヨンヒは首を横に振った。とんでもないわ。今インターネットに公開されている私の個人情報だけでも耐えられないのに。

「これは売れないでしょうねえ」

「そうですか？」

「自分の心を外に見せたい人なんて、いると思います？」

インターネットが初めてできたころにも、こう言った人がいたはずだ。誰もが見るブログに私生活を記録する人が世の中のどこにいるんだ？

シン・ヨンヒは機械工学専攻の大学院生を一人見つけてきた。スーパー戦士の剣をあげるからと言ったら、素直に対話に応じてくれたのだ。シン・ヨンヒが新作のＶＲゲームで一か月も苦労して作った剣である。

「オンラインゲームと世の中には似ているところがいっぱいあります」

大学院生は拡大ルーペを装着して、はんだごてでマインドネット送受信機をじりじりと熱しながら話した。

「新しい企画者は入ってくるとすぐ、既存のゲームを引っくり返そうとします。もっとバランスを公平にすればユーザーが喜ぶと思うんですね。でも現実には……」

大学院生は、送受信機を蛍光灯の光で照らしながら言った。

「抗議が相次いでユーザーが大挙脱退して、結局、元に戻したりするんですよ」

わかった、と思ったときには注意しないといけない。わかったと思った瞬間に学びが止まる。学びが止まっている間に世の中は変わる。教えなくていい。青二才の若者たちから学ばなければならないのだ。彼らの不安、恐怖、虚しさを。

「でも、だからって放っておいてはいけません。インフレが突出して、新規ユーザーの手に負えないゲームになってしまいますからね……さあ、送信機と受信機を分離しました。送信機からダミー脳波が出ますよ。あ、気をつけてください。世の中に一つしかないんですから」

「このダミー脳波はどんなものなの？」

大学院生は自分もわからないというように肩をすくめた。

「誰かがその脳波に接したら、どういう人だと思うのかしら？」

「そうですね……。パターンはあまり入れてないんです。何も考えてないか、感情のない人だと思われるかもしれませんね」

「この機械を大量生産してマインドネットに常駐させたらどうなる？」

大学院生はシン・ヨンヒをじっと見た。ただの思いつきではないことがわかっているようだった。何か言ったらそれが、糸のように細いシン・ヨンヒの人脈をたどって国の政策に反映される可能性もあると知っている顔だ。

「みんなが……」

大学院生ははんだごてで机をトントンたたきながら言った。

「人間への信頼をなくすことになりますよね」

「信頼？」

「インターネットの草創期は、コミュニケーション革命がもたらす輝かしい未来への希望でいっぱいでした。みんなが声をそろえて集合知を大絶賛していましたよね。その希望が消えたのは、いつだと思います？」

「いつだった？」

「国や企業が介入するようになって以来ですよ。お金をもらった公務員や会社員、上官命令を受けた軍人たちがコメントを書いたり、投稿しまくるようになってからです。今インターネット上にあるのは、空っぽの死んだ言葉ばかりです。残っているのは年寄りたち」

そうね、そうだったね。


ダミー脳波を出しているだけの送信機を装着してマインドネットに入ると、透明人間になって江南《カンナム》駅を歩き回っているような気分だった。空虚な独り言をくり返すだけのシン・ヨンヒに、誰も関心を持たなかった。

接続者の個人サイトに入ると、今接続中のサイトのオーナーのイメージを体験することができる。イメージの形は各者各様だ。食べものの味のときもあれば、聞いている音楽のときもある。多くの場合は言葉が束になってすらすらと伝わってくる。「勉強したくない」「こんな契約ってあり？」「育児は半分ずつ分担するって言ったのに、どうなってるの？」「A型の血液が緊急に必要です」「××社が三か月間給料を払っていません」「断食闘争をしていた××同志の命が危機に瀕しています」「今日、光化門ではデモが……」

市場の雑踏みたいね。シン・ヨンヒはそう思った。

いったい、マインドネットで遊ぶ若者たちは何を考えているんだろう。自分の本音がすっかりむき出しになってしまう上に、ありとあらゆるうるさい考えがコントロールもされずに流れ込んでくるのに。

シン・ヨンヒは例の候補者の公式サイトに接続した。マインドネットにサイトを持っている候補者は彼一人だ。

入るとすぐに、目の前にある風景が広がった。

雪を戴いた山がうねうねと続いている。どこか、地方の駅らしい。すっきりと水で洗われたような鮮明な視野が広がる。空は水色、山野は黄色を帯びている。秋の収穫を終えた田畑が裸の地面を見せて広がっている。その上に冷たい雪がしんしんと降り積もる。指の上に舞い降りては溶けていく。風が冷たく、すがすがしい。

シン・ヨンヒは当惑してあたりを見た。

人が一人、駅前のベンチに一人で座っている。あの青年だ。十パーセントの支持を獲得した、地方出身の大統領候補。写真よりはるかに若く見えた。背中をまっすぐ伸ばして座り、山腹を眺めている。寒さで頰が赤く染まっている。

「あの人が心をすっかり解き放っているからですよ」

マインドネットから出てきてまだぼんやりしているシン・ヨンヒに、助手が温かいコーヒーを出して、説明してくれた。

「彼自身が経験したことだと思います。たぶんそれを思い出していたんでしょう」

「あんなに生き生きと?」

「じかに体験しているみたいでしょう。私も前に入ってみて驚きました。イメージ化する能力の高い人みたいですね」

「他の人もこうなの?」

「画家や音楽家が頭の中にあるイメージをそのまま伝えてくれることもありますが、あそこまでになると、できる、できないという問題を超えていますね。誰があんなに自分をさらけ出せるでしょう」

「隠しておきたいことはないのかな？　大統領選候補だもの、小さな傷が一個でもあれば嚙みつかれてしまうのに」
「友達が小さいときに消しゴムを一個盗んだからって、その人と二度と会うまいと思いますか?」
「友達じゃないでしょう」
「ほとんど友達みたいな感じなんですよ。知らない人なら新聞がイメージをでっち上げることができます。どこかで高価な贈り物を一つ受け取ったことが新聞に毎日毎日、何百回も載るようにすれば、他の長所は全部消えて、詐欺師という印象だけを残すこともできるでしょう。でもこの人はそうはならないんです。みんなが、あの人の人生全体を知っているから」

あの風景の事情はこうだった。駅前のある店で店員として働いていた移住労働者の女性が、店を解雇されそうになった。追い出されたら本国に送還されるはずで、送金が途絶えたら故郷の家族は路頭に迷うしかない状況だった。どこにも頼れなかったその女性は、わらをもつかむ気持ちで青年を訪ねた。

彼女の訴えを最後まで聞いた青年は、その日から毎日駅前に出かけて一日じゅうそこで過ごした。一か月過ぎると、駅前で彼を知らない人はいなくなった。青年はある日、さりげなくその店の店主に会いに行き、その女性の話を丁重に切り出した。それまでに青年にいろいろと助けられてきた店主は快く頼みに応じ、その女性を再雇用した。

不思議なエピソードだった。不思議すぎて、どこかが歪曲されたり間違って伝わった話みたいに思えた。

青年はよくその駅前のことを思い出していた。おそらく、この一件が何らかの契機になったのだろう。一つの段階を越えさせるような事件だった。そのとき心の中で何かが変わったのだ。

「ねえ、お若い方。あなたはまともな人かもしれないけど」

シン・ヨンヒは青年の隣に座って肩をたたきながら言った。

「世の中を一人で変えることはできないのよ」

それは事実だ。でも、事実でないときもある。

国の代表者は言語のようなものだ。それは心の扉だ。考えを盛る器だ。代表者が何もしなくても、その人の属性が国民の行方を決める。投票日を中心に国の地形図はせわしく動く。誰が顔をしっかり上げ、誰がうなだれるか、誰に力が集まるのか。

青年がシン・ヨンヒの方を振り返った。シン・ヨンヒは息を止めた。おっと、完全に遮断されていなかったみたいだ。ばれたらいけない。研究室のことを考えちゃだめ。壁のことを考えちゃだめ。私がこの子に勝つためのキャッチコピーを探しているってことも、私が監視していることも……。ばれたかな？

聞こえていなかったらしい。聞こえたけど関係ないと思っているようでもあった。心の中で青年の声が聞こえた。

……私は世の中が変わるようにと望んだことはありません。

シン・ヨンヒははっとしてマインドネットから離脱した。その後もずっと、彼の考えは伝わってきた。

大人たちの望みは現状維持ではありません。世の中が自分たちの慣れ親しんだ時代に戻ることを望んでいるのです。もっと荒々しく、野蛮だった時代にです。でも、世の中はそのままにしておいたら変わるんです、流れていき、変化します。私は世の中を流れるままにしておくことを望みます。

すべてがこのまま流れつづけますように。みんなが通っていた職場にずっと通い、学生たちは通っていた学校に通い、今日住んでいる家を失わないように、私が見ていたあの川がそのまま流れ、あの山野がずっと青々としていますように。

シン・ヨンヒは額の汗を拭いた。そのイメージはほとんど、自分自身の思いであるように感じられた。流れ込んできた考えを振り払うために、しばらく部屋を歩き回らなければならなかった。

シン・ヨンヒは壁を見た。「テロ」「無政府主義者」。

言語は考えを盛る器であり、心を支配する。ひいては世の中を支配する。シン・ヨンヒが一生かかって研鑽してきた学問だ。そうした考え方の全体がこれほどみすぼらしく感じられたのは初めてだった。

*

あくる日、その候補のサイトに接続したときは、朱色のコンテナが目の前にあった。

コンテナの後ろに李舜臣《イスンシン》将軍の銅像（文禄・慶長の役で活躍した英雄の像で、ソウルの光化門広場にある）がおごそかに頭を突き出している。真っ暗な夜中に、六台もの貨物用大型コンテナが通りを塞いでいた。コンテナはグロテスクな時代のインスタレーションのように見えた。ベルリンの壁のように、みんながそこにいろいろなものを貼りつけ、それらによって再び新しいインスタレーションになっていく。花や手紙、弔意を表す黒いリボンなどによって。

おかっぱ頭で制服姿の中高生たちが、マスクをして通り過ぎた。手にはプラカードを持っている。「0時間目反対」（「0時間目」は入試対策のため一時間目より早い時間帯に授業を行うこと）「一斉試験反対」「夜間自律学習をなくしてください」。医師の白衣を着た人たちは「医療民営化反対」のプラカードを持って座っている。「大運河反対」（李明博大統領の政権時代に検討されていた朝鮮半島大運河建設計画。最終的には韓国と北朝鮮を結び、船で往来可能にする計画だったが現在は白紙化している）を掲げた人もいる。予備軍（大韓民国郷土予備軍。兵役を終えた人がその後八年間ここに所属し、年に一度の訓練に参加する）の軍服を着た青年たちが自警団のように歩き回り、医大生たちがシートを敷いて、万が一の負傷者に備えている。ギターを弾いて歌う人がいる。解雇に反対する垂れ幕を体に巻いて横になった人々もいる。コンテナの前では一群の人々が集まって討論している。コンテナの列を突破して戦うか、それともこのまま今日を終えるか、七時間も会議中だ。

「どうしてこんな風景を……、この人はあのとき生まれてもいなかったのに」

青年は広場の真ん中に立っている。時間を旅する人のように、他の時代を見守る人のように。

しばらくしてシン・ヨンヒは、見る場所によって風景の角度が微妙にずれていることに気づいた。さまざまな方向から撮った写真を組み合わせたもののようだ。大勢のイメージを合成して作った風景なのだ。青年が質問を投げかけ、その日を記憶する人々が集まってきて、それぞれの記憶を見せてくれたらしい。それを青年が自分の心の中で組み合わせてみんなに見せる、そんなプロセスを経て作られた風景だった。驚くべきイメージの再現力だった。

でも、なぜこの場所を再現したのだろう。

他のどのデモの現場でもなく、ここを……。

「あのとき、自分もここにいたよ」

「私もいた」

集まってきたおばあさんやおじいさんたちがささやいた。

私もいたよ。私たちみんながいた。我々ぐらいの世代なら一度ぐらい行かなかった者はいないほど、それほどたくさんの人がそこにいたんだ。

シン・ヨンヒはそのとき十七歳だった。制服を着て、自分で考えたスローガンを書いた紙を持ってそこに出かけた。季節が変わり寒波が到来し、記者も機動隊も関心を失い、デモが減り、十人ほどの人々が市役所の片すみで語り合う形に縮小するまで、そこにいた。

二十歳を過ぎてからは、そのことが恥ずかしかった。ばかばかしく無意味な行為だったと思っていた。でも、そうじゃなかった。

あの日、百万人が集まり、一人も怪我をしなかった。ごみも散らからず器物破損もなかった。指導者も主導者もいない百万人の観衆が集まったが、彼らのすべてが自分の意志によって争わないことを選択し、帰っていった。世界史上、類を見ない風景だった。この国のデモの形はあのとき、そこで作られた（二〇〇八年、狂牛病報道を発端に起きたキャンドルデモを指す）。

国は言葉を選んだ。「怪談」「虚偽扇動」「根拠なき」。あの日そこにいた無数の人々を、狂牛病は真実か嘘なのかという問題によって痛めつけ、矮小化した。

しかし、そんなことをしてはいけなかったのだ。そんなに簡単に、一つや二つの単語で攻撃していいようなことではなかった。

だからシン・ヨンヒは言語学者になった。言語があの日を冒瀆《ぼうとく》して現象を変えたから。世の中を支配しているのは言語であり、人の心は言語に込められ、経験は消えて言語だけが残ることを身に沁みて感じたからだ。

シン・ヨンヒは呼吸も荒くマインドネットから離脱した。

そこは校庭のベンチだった。大学生たちがおしゃべりしながら前を通り過ぎた。どこかでライブをやっているのか、かすかに音楽が聞こえてきた。早い雪がはらはらと空から落ちてきた。

シン・ヨンヒはどきどきする心臓を押さえて空を眺めた。

あの時代、人々はどんどん死んでいった。その深刻さは、自殺率の急上昇という言葉ではとても説明できなかった。戦争よりも多くの人が死んだ。慰めることも癒やすこともできなくなっていた。若者はもう結婚せず、女性たちは子供を産まなかった。子供たちは荒野に捨てられた小さな動物のように、悲しみもなく命を絶った。自分が老いたと感じた人たちはそれだけでも命を絶った。子供たちは死に慣れていた。周期的に爆撃される難民キャンプで暮らす子供らのように、死を自然で日常的なものとして受け入れていた。

空から雪が降る。指に舞い落ち、溶けてゆく。袖口にとまり、袖を埋めつくしていく。いたわるように積もってゆく。

シベリアのイヌイットは、雪をさまざまな名前で呼ぶ。アプット（地面に降った雪）、アキトゥラ（水に降った雪）、ブリクラ（固くなった雪）、カピトゥラ（凍ってガラスのようにぴかぴかする雪）、クリプリアナ（明け方に青く光る雪）、ソトゥラ（日光を浴びて輝く雪）、トゥライン（泥混じりの汚い雪）、トゥラパト（音もなく降る雪）、クァナ（しんしんと降りしきる雪）。その言語を知らない人は、何日も雪が降りつづけたと言うだけだ。イヌイットの人々は、昨日と今日は違うし、一昨日とその前の日はまた違うと言う。

言語には思いが盛られている。

だが、次世代の人々がもはや、思いを扱う道具として言語を用いないなら、もう器を必要としないなら、人の心はこれからどこに盛られるのだろうか？

認知言語学は？

認知言語学？　のんきな話だ。

私が一生やってきた仕事はどうなる？　今後、主婦向けの教養講座の一コマでも担当したりして、食べていけるだろうか？　言語が世の中を支配しないなら、今後私は何で食っていくというのか？

新聞は、雑誌は、本は、出版社は、作家は、詩人は、詩は、小説は？　学問はどこへ行くのか、講義計画表は今後どうやって組めばいいのか？　言葉で食べてきた私たち、言語で考え、言語に心を盛ってきた私たちに、次世代に席を明け渡して退くだけの勇気があるだろうか？私たちはもう行くから、世の中は君たちのものだと？　そんなことはありえない。

マインドネットはいずれ弾圧される。為政者たちはすぐにこの空間を、危険きわまりない、不安な、世の中を脅かすものだと認識するだろう。彼らはまだその特性を理解していないが、理解しはじめたらつぶしにかかるだろう。統制と監視の対象と判断し、ぞっとするような考え方をそこに注入しだすだろう。かくして、すべてのよい価値は消え、踏みにじられるだろう。

シン・ヨンヒはスマートフォンを取り出した。

「憲政史上、初の事態ですよ」

これは政治家が非常に嫌う言葉だ。

「大統領選挙まであと二か月しかないのに、そちらの党員は誰もマインドネットに接続したことがないでしょう。事態を把握している人が一人もいないのです。政治家がインターネットの特性に無知だった第十六代大統領選挙（二〇〇二年、盧武鉉が政権の座についたときの選挙）のときも、ここまで出遅れてはいませんでしたよ」

長く退屈な返答が続いた。シン・ヨンヒは顔をしかめた。

「保守とか進歩とかのんきなこと言わないでください。みんな一丸となって戦うべき時期なんです。今彼らを放っておいたら、社会の根幹が揺らぎますよ」

シン・ヨンヒは電話を切りながら思った。人が保守主義者になり、自分の慣れ親しんだ世の中が変わらないようにするためには、何て多くのことを変え、引っくり返し、揺さぶらなくちゃいけないんだろうと。

＊

シン・ヨンヒは以後、暇さえあればその青年のマインドネットに接続した。

雪の降る冬の日、彼が友人たちにそりを作ってやるのを見た。木を切り、そこに包丁をくくりつけてロープで縛るのを見た。罠にかかったシカを放してやるのも見た。足が不自由な近所のお年寄りたちのために軽くて折りたためる車椅子を作り、子供のように嬉しそうに飛び跳ねているところも見た。月給を踏み倒された友人たちのために、狭い部屋で、夜が明けるまで法律書を読む姿も見た。

「疑惑作戦は通用しませんよ」

助手が新聞と雑誌の表紙を切り抜いて糊で貼っている間、シン・ヨンヒはずっとクライアントに電話をしていた。助手は新聞に出ていた「腐敗」「腐る」「膿」という文字を切り取って、「言語」というタイトルの横に貼りつけた。

「誰でもマインドネットに接続さえすれば嘘かどうかわかるんですから。税金を払わなかったとか、論文を盗作したとかいったところで……」

そもそも論文を出したことのない人なんだから。

「入って見てみればすぐにわかっちゃいます。言い訳じゃありません。そうすれば全体状況が把握できます。それに、彼の本音は友達に聞くみたいに詳しく聞けますが、疑惑を持ち出した人の本音は見えないでしょ。完全に逆効果です」

助手が「言語」の横に赤いハートマークを書き入れている間、シン・ヨンヒはクライアントに向かって大声を張り上げた。

「あのねえ、だめですよー、接続なさっちゃ。不正が全部ばれますよ……いいえ、そちらの先生に不正があるという意味じゃなくて……そもそも議員の先生方が内心を公開したりしたら、国家機密が全部漏れちゃうでしょ。はい、わかってますよ、あの候補は公職についたことがないからそれができるってことは」

シン・ヨンヒは頭をかいた。

「偽のエピソードを広めましょう。もっともらしい話を広めて大衆を熱狂させた後、あれは嘘だったと発表するんです。何度かくり返すうちにみんな、自分の目で見たことも信じられなくなりますよね。そうなったら次は、善良な人は政治家に似合わないという言葉を広めるんです。適当に傷も汚れもある人でないと大統領は務まらない、という雰囲気を作るんです」

間違いではない。といって正しくもない。しかし、どうせ言葉は残らない。残るのは印象だけだ。

「エセ教祖みたいな感じを与えなければなりません。何か人をごまかしているような、洗脳しようとしたり、不安感を煽っているような。教祖っていうのは……だめですね、ほめるときにも使う言葉ですからね。巫女？　いや、適切ではありませんね。シャーマニズム、シャーマニスト……」

シン・ヨンヒは連想した。原始人、アフリカ、貧困、内戦、飢えた子供たち。

「シャーマンで行きましょう。ネット上にその言葉を何度も露出させて、演説でもくり返し強調してください。リアルタイム検索ワードの上位に来るよう維持してください」

＊

その日以後シン・ヨンヒは研究室に閉じこもり、そこに寝泊まりした。チームを立ち上げてやるという提案も、チームに参加せよという提案も断った。セキュリティ維持のために、自分の存在は選挙期間中、徹底的に隠されているべきだと主張した。そしてソファーに座って毎日キャッチコピーを生産した。

広報チラシ、ポスター、垂れ幕のすべてでシン・ヨンヒの考えたキャッチコピーが唸りを上げていた。演説文やコラムや記事、ネット上の書き込みでもシン・ヨンヒの作った言葉が毒を吐いた。

シン・ヨンヒは、その候補の存在する欠点も存在しない欠点もすべてほじくり出した。嫌悪感だけを与える脈絡のない空しい言語を量産した。マインドネットを使う人々を指す呼称を作り、その言葉にありとあらゆる怪しいイメージを結びつけた。この選挙は、品位ある孤高の個人の知性の世紀が守られるか、精神的レイプ犯とでもいうべき者たちの反知性主義に占領されるかの岐路に立つ戦争だと宣言したこともある。あらゆる嫌な言葉が選挙戦に引きずり込まれた。

内情を知らない人たちは、支持率わずか十パーセントの候補者がなぜこれほど話題になるのか不思議に思った。

助手が資料の山をどかんと横に置いた。何週間かまともに寝ていないシン・ヨンヒは、ぼんやりした顔で振り返った。

資料のいちばん上には「シャーマン」という言葉を見出しに使った新聞が置かれていた。新聞の下には「赦免とは何か」を特集した時事雑誌があった。

「ご自分ではどう思ってらっしゃるんですか？」

シン・ヨンヒは女性雑誌のエッセイ、談話、時事コラム、議員インタビューに目を通した。指示通り、「シャーマン」という言葉すべてに几帳面に丸がつけてある。今やわが方だけでなく、私の敵もこの言葉を引用するようになったのか。「シャーマンだと中傷誹謗する人々」「シャーマンだなんてとんでもない」「シャーマンだったらどうする」。彼らもすでに私のフレームに属している。世の中が私の言語を使っている。

「人の考えを支配できると思ってるんですか？」

助手はひどく腹を立てていた。

「まさか」

わかったと思ったそのときからが危ないんだ。

「選挙において、変数は一つや二つじゃないんだよ。これは総力戦で、それぞれが自分の立場で一生けんめいやってるの。私は構想しただけで、書くのは彼ら」

「あの候補はいい人ですよ」

「わかってる。でも、戦争に飛び込んだ以上は、こういうのも受け入れなきゃ」

助手は口をぎゅっとつぐんで部屋を出た。

シン・ヨンヒは壁を見た。今や自分以外の誰も、壁面の関係図を説明できない。真ん中に貼った色あせた「無政府主義者」「テロ」という文字を中心に、四方を「シャーマン」が取りまいている。人海戦術で攻撃に出る兵士たちのように、どの位置にもついている。

戦争だなんて。まさか。彼らが敵だっていうわけでもないのに。これはただのクライアント誘致なのに。


シン・ヨンヒは雪の降る駅前に座っていたあの青年を思い浮かべた。彼の心を自分のもののように想像した。すると乱れていた心が静まった。頭の中に雪が積もり、肩にも降り積もった。曇り空から雪片が音楽のように落ちてきた。

◆

「負けましたね」

助手の言葉を聞くと緊張がほぐれた。壁いっぱいのマインドマップも、それと同じくほっとしてしわくちゃになったように見えた。

「そうね」

シン・ヨンヒは、どことなく晴れやかな気持ちで答えた。

「時代が変わったんです。みんな、もう言葉には惑わされません。言葉遊びで人を支配しようとする教授みたいな方たちは、旧時代に追いやられますよ」

シン・ヨンヒは答えなかった。助手は自分の荷物を全部持って、勝利者のように靴音を立てて出ていった。

マインドネットはお祭り騒ぎだった。支持率十パーセントから勝ち上がった当選者のまわりには、何十、何百もの思いが銀河のように巡っていた。当選者はもう仕事をしている。内閣にふさわしい人を探し、なすべきことについて深く考えている。

シン・ヨンヒが銀河の中心に近づくと、思いが流れ込んできた。言語は直線的で、独立的だ。だが心の会話は混じり合う。湖に水が流れ込むように。

多様で多彩でありつつも、秩序があった。かつてのあの日の鍾路《チョンノ》の街頭のように。今、自分が守っているものの貴さ、誇らしさを信じる人々、人生は祝祭だと知っている人どうしが分かち合える生命力にあふれていた。

器がなかったら、どこに水を入れておけるだろう。入れ物がなかったら、心はどこへ行けばいいのか。

水、渓谷、小川、溝、雨だれ、草木の葉から落ちる露、考えの川が人波の谷に沿って流れる。岩を巻き込み、砂利を乗りこえ、泡立ち、落ちていき、滑りやすい斜面を下り、砂浜にとどまって堆積し、川に集まって海へ流れていく。

世の中があんまり変わらないでいてくれたらいいのに。シン・ヨンヒはほろ苦い気持ちで思った。彼らにとっては、自分たちの慣れ親しんだ世の中が続くのだろうが、私の慣れ親しんだ水準でも回ってくれたらいいんだけどな。

シン・ヨンヒは接続を切ってソファーから立ち上がった。

壁に近づくと、「無政府主義者」に手を触れた。ここから出発したのだ。マジックで引いた赤く滑らかな線に沿って、クモの巣のようにつながった路線に沿って、イメージは汽車のように走った。

「シャーマン」の爆撃を仕掛けているときも、そこには潜在的なイメージが隠れていた。預言者、救援者、求道者、新時代、希望、光、変化、真実、偽りのない時代、一つになった心。逆に、嘲弄と冷やかしと悪口の中には巧妙に自爆装置が隠されていた。その言葉を使う人の方がむしろ笑いものになるイメージ。没落、危機、腐敗。倒れる。消える。

よいイメージはむこうに、否定的なイメージはこっちに置く。楽器を配置する。ハーモニーを聞く。オーケストラの指揮者のように演奏する。反対し、反駁し、言及しつづけることによってむしろ注目される。言葉は残らない。イメージだけが残る。

シン・ヨンヒは頭を撫でた。見ている人もいないのに照れたように笑った。

「すごいよね。こんなにしゃれた負け方で、勝利を収めるなんて」

自分の言葉で言葉の時代を終わらせてしまうなんて。

私のせいで彼らが勝ったわけでもない。誰が悪くて負けたのでもない。変数はたくさんあり、私もその変数の中の一つだったというだけだよね。みんなが自分の立場でできることをやり、私もそうしただけだから。

シン・ヨンヒは一緒に戦場をくぐり抜けた仲間たちに礼を尽くすかのように、壁に向かって軽く腰をかがめた。

ニエンの来る日

「家族に会いに」

旅行の目的と到着地を記入していると、駅が騒々しくなってきた。

私は窓の外を眺めた。赤い服を着た群衆が波のように押し出されてくる。年《ニエン》が一匹、列車から降りたらしい。久々のことだ。

いつ見ても派手な奴だ。家一軒ほどの大きな体、真っ黄色のぎらぎらした目、鋭い歯、黄金色のたてがみがバサバサ鳴る首、一面うろこでおおわれた体。

居眠りをしていた僧侶たちが、あわてて立ち上がると提灯を振りはじめた。獅子と龍を適当に合体させたような形の提灯だ。まだあんなものにだまされるニエンがいるのかな。今ではニエンたちも、それが異界の怪物などではないことをよく知っている。提灯はニエンを驚かせるためではなく、群衆の動揺を防ぐために用意されているのだ。提灯が怖い形ではなく、ユーモラスな形やかわいい形に作られているのもそのためだ。

私の書類を見た駅員は感嘆した。

「ご家族は全員、終着駅にいらっしゃるんですね」

私は窓に目を向けたまま、上の空でうなずいた。ニエンが来ようが来まいが、みんな荷物を頭に載せたり背負ったりしたままで、家族どうしでしっかり手をつないで歩いている。これから始まる旅への期待に思いきり胸をふくらませて。赤い服で武装したのだから、ニエンを怖がることはない。みんな下着まで赤なのだろう。

「いいお家柄なんでしょうね」

駅員はそう言ってから、私の粗末な身なりを見て首をかしげた。だが、それ以上は踏み込んでこない。私の財力は服装ではなく、チケット代が物語っている。

「私も頑張ってお金を貯めましたが、今の貯金額では二十年後になっても行けません。実際、二十年後に世の中がどれだけよくなっているかはわかりませんしね。まあ、どこに行ってもここよりはましでしょうけど」

さらに私の書類を見ていた駅員が首をかしげた。

「九八二年後の世界に土地を一坪買われたんですね。一坪なんて、何に使うんですか?」

私は答えず、しわくちゃの書類を握りしめて駅の中に入った。

私には大きな夢と小さな夢がある。

二つの夢は両方とも終着駅にある。

＊

ぞくぞくするような風が私の真っ赤なえり巻きの間から入り込んできた。私ははーっと手に息を吹きかけ、朱色の帽子をかぶって赤いかばんを持ち直した。駅にはすっかり熟した柿のような真紅の提灯が鈴なりになって、華やかな光を放っている。

新しく来たニエンは要領をつかめず、駅の中をうろうろしている。群衆は学校で教わった通り、用心深くニエンを避けて歩く。ニエンは駅舎いっぱいに漂うたんぱく質の香りに酔って鼻をひくひくさせているが、赤い色が見えるとぎょっとして避ける。ニエンたちは共感覚を持っているので色から味を感じるが、赤は苦い味がするそうだ。西北京駅を埋めた群衆はみんな、血のように赤い服を着ている。実際、最上の防御策は赤い下着を着ることだ。下着はめったなことでは脱げずに残るので、飲み込む前に気づいてニエンが吐き出す。

くんくんと鼻を鳴らしていたニエンが突然私を釣り上げた。予想外の事態に驚いて群衆が右往左往する。駅員があわてて無線機を手に取った。

「ニエンが人を襲っています……いいえ……服はちゃんとしてるんですが……最近こんなことはなかったんですが……」

私は高々と持ち上げられて下を見おろした。人でいっぱいの駅は、赤い花が咲き乱れる花園のようだった。

私は驚かなかった。おいしそうだから捕まったわけじゃないと、知っていたから。私の匂いが、かぎ慣れた匂いだったのだ。自分と同時代の匂いがしたのだろう。私にとっても見覚えのあるニエンだった。

ニエンは、何でお前がここにいるんだという表情でしばらくこちらを見ていたが、おとなしく私を下ろした。人々はようやく安堵のため息をつき、それぞれの行く先を急いだ。

春節。

ニエンが来る日だ。毎年この日、列車のドアが一日だけ開き、ニエンをはじめ古代からのお客たちがあふれ出てくる。

四十年あまり前に北京の西の結界で門が開き、ニエンがなだれ出てきたときは、国がその区域を閉鎖し、軍隊が四方百里の外に陣を張り、都市全体が避難の途につくという大混乱だった。しかし、ニエンが赤い色に弱いことがわかった後、軍や学者たちが赤い鎧と盾で武装し、閉鎖区域内に潜入して調査を始めた。

学者たちはすぐに、門から出てくる者たちが古代の妖怪や先祖たちであり、国を取り巻く見えない結界が、実は光速列車だったことを突き止めた。

先祖たちの話によると、この列車は科学が最も隆盛だった堯舜《ぎょうしゅん》（古代中国の神話に出てくる伝説上の二人の王。ともに仁政を布いた名君とされる）の時代に科学魔術師が作ったものだという。

彼らはレールから摩擦力を除去し、列車を載せて出発させた。摩擦力による速度の低下が起きないので、一年ほど加速すると列車のスピードは光速に達した。光速列車においては時間が進むことはない。列車に乗れば外の世界ではあっという間に何十年もの時間が流れ、下車する際は遠い未来に降りることになる。

この列車は、堯王と舜王が未来の世界に桃源郷を作るために造成したものだという。その時代の未来歴史学者らが最小限の介入で歴史を調整し、私たちはその歴史の中に生きている。列車から降りた先祖たちはそんな話をしてくれた後、科学魔法を利用して忽然《こつぜん》と消えたりした。

ドアが開けばこちらからも列車に乗れるという事実が知れ渡るにつれて、統制区域内に進入し、列車にこっそり乗る人が出てきた。みな一様に、赤い下着で武装して。

十年後には統制が解除され、さらに十年後には駅が造られた。今では、別の時代に移住しようとする人たちや、過去から来るかもしれない自分の先祖を迎えようとする人たちが蜂の群れのように集まってきてごった返している。国が天文学的な価格のチケットを販売し、人々はどんなに高価でも惜しまず金を払った。

　列車に関する噂は盛んに出回ったが、何一つ確かなことはなかった。ＶＩＰ車両に堯王と舜王が乗っているとか、孔子、孟子、墨子など各時代の思想家たちが桃源郷に行くために乗っているという説もある。

　そんなのは全部でっち上げだ、降りてきた先祖というのは偽物で、列車は国が人口調節のために作った装置であり、乗ったら最後、千尋《ちひろ》の崖に突き落とされたり、想像もつかない生き地獄に降ろされて重労働をすることになると言う者たちもいる。

　だが、確かめるすべはない。列車に乗った人々はもう降りてこないのだから。その理由もすぐにわかった。列車の入り口と出口が逆になっているからだ。中から列車に乗った私たちは列車が作る閉じた曲線の外、すなわち国の外に降りることになるわけだ。

　このことが知れわたると、駅には人が殺到するようになった。たとえ望まない場所や望まない時代に降ろされるとしても、少なくとも国外に出ることはできるじゃないかと。


「内と外の問題ということなら」

　あるとき娘が、私にそう言ったことがある。

　娘は、地方都市の名もない寺に昔の彫刻像を置いてきたり、モンゴルの砂漠の真ん中で旅行客相手に何か月か過ごした後、あっさりとその仕事をやめて帰ってきたりという私の旅を面白がって、追いかけてくるのだった。

「一度列車に乗って降りたら、そこは『外』でしょ。そこでまた乗って降りたら、結局『内』に戻ってくるんじゃありませんか？　ニエンや先祖たちみたいに」

「昔はそれも可能だったんだ。でも、もうチケットは一人につき一度しか買えない」

「誰がそんなルールを作ったんですか？」

「堯王様だよ」

「王様は何でそんなルールを作ったんでしょう？」

「内と外で行き来ができたら、計算すべき変数が増えすぎるからだろう」

娘はその言葉を聞くと、モンゴルの砂漠の青々とした地平線を黙って見つめた。

「なーるほど、王様は列車を利用して歴史をいじって、桃源郷を作ったわけですね。適当な時代にいろんな仕事をすべき人を降ろしながら」

あの子はそう言いながら私をちらっと見た。私はわざと視線を避けた。

「お父さんはそれが気に入らないんでしょ？」

「そうだね」

私が答えた。

「どうしてですか？」

「自然じゃないから」

それは私の大きな夢だった。

娘は二十五歳になったときに私のもとを離れた。

「現在には希望がないんです」

娘は、若者たちがよく口にすることを言った。

「どこに行っても今よりはましでしょう。成功して、地ならしをして待っていますよ」

妻はその翌年に発った。山へ行って転んで、腰をいためた後だった。一生座ったままで暮らすこともできないし、私に介護されて生きるつもりもないと言った。未来に行けばもうちょっと医学が発展しているんじゃないかと。

妻は発つとき、自分がいなくても大丈夫かと聞いた。

「寂しくなるだろうね」

私が言った。

「私も同じ」

妻は私を抱きしめて、自分に会いに来られるかと尋ねた。そうしようと、私は言った。だが、他の家族たちとみんな一緒に会おうと言った。妻は理解したが、私の本心を理解してはいなかっただろう。

「あなたがなぜまだあの人たちを懐かしがるのか、わからない」

妻が尋ねた。

「そんなにいい人たちじゃなかったのに」

それは私の小さな夢だった。


列車の前には一人の女性が立っていた。先輩だった。本人が出てくるとは思わなかったので少し驚いた。

私は私がこれまでやってきたことを書いた手帳を差し出した。どこかの奥地で冷たい湧き水を飲むとか、どこかの雪におおわれた山で裸になって踊るとかいう変な任務もあった。未来歴史学をちゃんと学んでいない私には、自分のやったことが起こすバタフライ効果（力学系の状態にごく小さな変化が起きると、その変化がなかった場合に比べてその後の状態が大きく異なるという現象）の原理がよくわからない。だが、彼女は満足したようだった。

「あなたはいつも仕事がよくできた」

「そうでしょう」

「そうだ、考えは変わってないか」

「はい」

彼女は見えない列車の前で、駅をぎっしり埋めつくした赤い服の群衆を眺めた。

「永遠の桃源郷は結局、私の力でも作れなかった」

堯がそう言った。

「桃源郷はある特定の時期に二百年間だけ維持されるだろう。それでも、洪水で基盤を失った私の民がしばらく暮らすには良い時間だろう」

堯が話を続けた。

「その後の未来がどうなるかは私にもわからない。列車が止まれば、国を取り囲んだ結界も解ける。そのときには、私が作ったすべての変数も無となる。終着駅以後の世の中にはどんな混乱が待ち受けているかはわからない。それでもその時代に行きたいか」

「だから行くのです」

私が言った。

「それでやっと初めてあなたの治世を離れ、私の治世を開くことになるのですから」

それは私の大きな夢だった。堯はにっこり笑いながら言った。

「望みはそれだけではないと思っていたが」

「私の家族がどの時代に降りたのかわからないからです」

私が続けて答えた。

「でも、終着駅では全員集めることができるでしょう。遺骸だけでも」

それは私の小さな夢だった。

堯は理解したが、私の本心を理解してはいなかっただろう。

「舜よ、私にはよくわからない」

堯が言った。

「さほどよい家族ではなかったではないか。なぜそこまで恋しがるのだ」

＊

父は私が屋根を直している間に家に火をつけた。私は前もって用意しておいたわら布団の上に飛び降り、足を引きずって部屋に戻り、何ごともなかったように父と一緒に食事をした。義母は私を井戸に投げ込んだ。私は前もって掘っておいた穴を通って外に出て、同じく何ごともなかったかのように朝食の支度をした。弟が私に毒を飲ませたとき、私は前もって準備しておいた血清で生き返った。私が何ごともなかったように生きていたから、彼らも自分たちのしたことを忘れて生きてきた。

生きるためだった。

私には家が必要であり、土地が必要だった。日々の糧《かて》が必要だった。彼らが持っているものが私に必要だったから、最善を尽くした。生き残るために備え、生き残るために笑い、生き残るために忘れたふりをした。

そうやって私が生きていると、人々は私が孝の道を実践していると言い、人徳があると言った。その噂が王の耳にまで入ると、王が私に関心を持った。いきなり家に現れて私の妻になってくれた女性が王の娘と知ったときには、呆然自失だった。堯の大胆さには、私がついていけない面がある。

堯は私を王位に就かせた後、私の家族を列車に乗せてそれぞれ別の時代に降ろした。彼らは最も厳しい時代に追放された。堯は私がそれを望んでいると思っていた。

だが、そうではなかった。

*

「無意味だという面では変わりません」

私が答えた。

「こんなに頑張って理想郷を作っても、結局、永遠に続きはしないのですから。その時代が終わったら、その民たちをまたどこに連れてお行きになる」

堯は笑った。

「憐れみだね。私のわがままだ」

「私もそうです」

「私がなぜお前を後継ぎにしたか、わかるか?」

堯が私に手を差し伸べる。

「私たち二人は似ている。民草《たみくさ》を愛することは闘争と同じだ、家族間の愛も同じだ」

私が彼の手を握った。これから我々はまた、同じ列車に乗る。

堯とその民は堯が作った桃源郷に降りるだろう。堯が国の歴史のすべてに関与して作った理想郷。犯罪もなく悪人もおらず、憎み合う者のいない場所、持てる者と持たざる者、幼い者と老いた者、賢い者と愚かな者がともに手を携えて暮らす、皆が幸せな場所。皆が夢見る楽園。

私はそんな時代を後にして、終着駅へと向かう。

列車が止まり、結界が消える時代へ。内と外がつながり、堯が作ったすべての変数が消える時代へ。堯の治世が終わったときへ。そして初めて私の治世が始まるときへ。

そして、そこで私の家族の遺骸を集めるだろう。

私があなた方を懐かしむのは、私たちが愛し合っていたからではない。まだ愛し合えなかったからだ。私は私が負った傷によってあなたたちを懐かしみ、私が与えた傷によってあなた方を懐かしむ。私たちがともに幸せではなかった時間のためにあなた方を懐かしむ。私たちがまだ持ってみたことのない、その幸せを懐かしむ。

私たちは明日を語り、昨日を語り、一度も今日を生きたことがなかった。私たちの時間はすべてそのようにして、砂のごとく指の間を流れ落ちた。私があなたたちを懐かしむのは、私たちがともにした時間がひどすぎたためだ。私は、そうでしかありえなかったその時間を懐かしむ。今や私が永遠に失ってしまったその機会を懐かしむ。

私はそこで再びあなたたちを探すだろう。時間のあちこちに散らばって死んだであろうあなたたちを集め、私が用意した小さな土地に家族の遺灰を撒くだろう。私たちの灰はそこで混じり合うことだろう。

この世でいちばん速い人

いがらっぽい煙と灰の匂いがあたり一面をおおっていた。土埃が立ち込めていた。国会議事堂のある汝矣島《ヨイド》一帯は、巨大なハンマーでたたかれたようにぺしゃんこにつぶれていた。救助隊や英雄を呼ぶ叫び声が耳に突き刺さる。議事堂は半分に割れて地面に食い込んでいる。どこかで危なっかしく傾いていた電信柱が一本バタンと倒れ、電線をギシギシ言わせて引っ張った。ドーンと音を立てて車が一台下敷きになると同時に、暗闇が広がった。まだ宵の口なのに、埃のせいで空一面が血のように赤かった。

「イェジに会いたいなあ」

私はその前に立ち、頭から黄色い灰を払い落としながら言った。ぼろぼろになった袖から、肌のささくれをむしるみたいに布を剝がした。糸が線維筋のようにすーっと抜けてきた。

「大事な娘を、水原《スウォン》駅に置いてきちまった」

一分前

速報が出たときにはもう手遅れだ。

テレビ局に情報提供が殺到し、局の奴らが事実確認し、近ごろ人気の芸能番組に差し替えても視聴者が怒らずに見てくれるか上に打診し、当直のアナウンサーが控え室から呼び出され、声の調子をチェックして、服装を整えたときには。

その間に私は、十回以上行き来できたはずなんだが。

少し前から道に薄氷が張りはじめ、ちらほら雪が舞っている。濡れそぼった空にはまだ白っぽい太陽が残っている。私は雪が怖かった。太陽はせめてもの慰めになるけど。

「さっさと行ってくればいいじゃないの」

娘のイェジがそうささやいた。昔、婚礼の宴で息子の手を取って「ねえ、ワインがなくなっちゃったんだって」とささやいた聖マリアのように。全能者がぐずったときになだめるのは、その人をサポートする者のささやかな義務だという表情で。

「イェジ、パパは行きたくないよ。遠すぎるよ……」

「それがパパの仕事でしょ」

テレビに映ったスーパーは煙におおわれ、目に見えて傾いていた。煙よりも傾きの方が異様だった。状況はまだはっきりしていないらしい。つまり、まだ余地はあるということだ。状況が把握できるだけの時間が過ぎているなら、人を助けられる見込みはないのだから。三階からはしご車で降りてくる人たちがカメラに映る。四階の窓から手が突き出ていて、叫び声が聞こえる。テレビに映っているのが録画映像であることを考えれば、今はもっとひどい状況かもしれない。

速報が出たときにはもう手遅れだ。

速報が出てもまだ希望が残っている場合は、スムーズに進まないものと決まっている。避難指示の放送が遅れたり、避難経路がふさがっていたり、誰かが勝手な自己判断で何とかしようとして通報が遅れたり。スムーズに進めば、私が乗り出す前に終わる。いい方向にでも悪い方向にでも。

　電車は、何か大変なことでも起きたの？　といわんばかりののんびりさで駅に到着した。ドアが開くと乗客たちは、これ以上の一大事があるかとでも言いたげに、急ぎ足で電車の中へ消えていく。

「だって、お前を家に連れていかないと……」

「パパ、早く行って」

　イェジが私の指に指をからませた。イェジの通園かばんにぶら下げた稲妻人形が、踊っているみたいに揺れる。人形は黒縁のめがねをかけ、花模様のパンツに赤いパーカーを着ている。前に、私が仕方なく姿を現わさなければならなかったとき、近くの服屋で適当に買って着たのと同じものだ。赤い糸で刺繍した口がうふふと笑う。

「行ってらっしゃい」

「うん」


　イェジと私は十秒後に再会するだろう。

　そのときもテレビはまだ録画映像を流しているだろう。イェジは私の指に指をからませたまままで立っているだろうし、私はイェジの前に、少々くたびれた姿でしゃがんでいるだろう。イェジはまばたきをしてにっこり笑い、私の頭を撫でながら言うだろう。

「あ、お帰りなさい」

「うん」

私はそう答えて、イェジのかばんに私と同じくらいくたびれた稲妻人形をぶら下げる。刺繍糸がちょっとすり切れているかもしれないが、人形はまだにこにこ笑っているだろう。

「ね、何でもなかったでしょ」

「そうだね」

テレビはそのときになってようやく速報を流し、私たちが電車に乗るころ、新しい映像を流すだろう。私が作った残像がビルを包んでいるだろう。人々が風のようにビルからびゅんびゅんと運び出され、スーパーの前の庭に一列に寝かされる珍風景を、電車の中でスマートフォンで見るだろう。次のニュースに変わったらテレビを静かに消して、窓の外の雲でも見ようとするだろう。

わずか十秒後には。

◆

「わずか十秒の間にですよ」

司会者がそう口火を切った。

「どうしてこんなにいろんなことができたんでしょうか」

司会者の後ろには何十個もの防犯カメラとドライブレコーダーの映像が流れている。残像、または突然の風、もしくは超常現象であることが明らかな何か。部分的に靄《もや》がかかっているのか、それとも画質が悪くてそうなったのか区別できない映像。

「走ることはできたとしましょう。この世でいちばん速い人ですからね。でも、じゃあ、いつ考えるんでしょう？　そんな短時間にそれほど多くの判断が下せるんでしょうか？」

「画質がまるでよくないですね」

パネラーの一人が言った。

「堂々と我々の目の前を歩き回ってるわけでしょ？　〈稲妻〉が行きそうなところに超高速カメラを設置すれば映像が撮れるんじゃないですか？　そうすれば、何をしているのかもわかりそうだし」

「撮れません。〈稲妻〉は光の速度で動いてるんですから」

どこどこ大学のなになに教授というテロップが出ている、禿げたおじさんが言った。

「時間が止まっている中で動く、という意味ですよ」

「つまり……？」

司会者にそう聞かれて、教授が説明を加えた。

「今、時間が止まっていると仮定してみましょう。そこでこのように、私が腕を一度左に伸ばし、もう一度右に伸ばすとします」

教授は体操をするように手を伸ばし、左右にさっさっと動かした。

「さあ、私は今、手をどっちの方向に伸ばしているでしょう？」

パネラーたちは「私たち、間違って呼ばれたのかな」「いや、アホ顔を見せるために呼ばれたんですよ」という表情を交わし合った。

「左右に素速く動いていますが？」

司会者がそう答える。

「時間が流れていないからです。私が左に手を伸ばしたときと右に伸ばしたときの間には、時間の変化がありません。ということは、二つの事件は同時に起こったわけです」

「腕が四本に見えるんでしょうか？」

「わかりません」

BGMがあったとしたらシンバルがじゃーんと鳴りそうな余韻の中で、教授が言った。

「何らかの重畳《ちょうじょう》状態にあると見ることができます。その中のある動作を偶然見ることはありえますが、だとしても何を見るかはわかりません。しかも、それだって動作が二つだけの場合ですからね。実際には〈稲妻〉は、その間に無数の動作をしながら無数の場所にいるわけです。ですから、そのとき〈稲妻〉がどこにいるのか、何をしているのか、私たちには知るすべがないんです」


「ツナ海苔巻きを食べたんですよ！」

キリスト教系の番組では牧師がそう叫び、演壇をたたいた。聴衆の間から小さく「ハレルヤ」という返事が聞こえた。牧師は、油と海苔のかけらがくっついたクッキングホイルを聴衆に向かって広げて見せ、また怒鳴った。

「ツナ海苔巻きを！」

どこからか「アーメン」という声も聞こえた。

「これが人間のやることですか？　人が倒れて死んでいく前で海苔巻きを食べるなんてことが、ありえますか？　現場には子供たちもいたんです。〈稲妻〉が海苔巻きを食べている間に、心臓麻痺や脳卒中を起こす人がいたかもしれません。その前でこの悪魔は、自分の腹を満たしていたんですよ！」

「相当の量を食べなきゃいけないんでしょうね……」

一般局の情報番組では、女性医師が頬をこすりながらそう言っていた。

「つまり、力とは、質量に加速度をかけた値ですからね。スピードを出すにはエネルギーが必要です。人でいえばカロリーですね。それだけごはんを食べなくてはならないということです」

医師は、「運動別カロリー消耗量」と「食品別カロリー」と書かれた図表二つを取り出して机の上に立てた。

「人は一キロメートル走るのに、自分の体重とほぼ同じだけのカロリーを消費します。六十キログラムの人なら六十キロカロリーくらい必要でしょう。ツナ海苔巻きは五百八十キロカロリー程度、普通の海苔巻きより高カロリーです」

医師は図表とカメラを交互に見ようとしてしきりに首をかしげながら言った。

「つまり、〈稲妻〉がツナ海苔巻きを一本食べたら、十キロくらい走れることになります」

視聴参加者たちは、海苔巻きにそんな驚くべき機能があるなんて、という顔でうなずいた。

「ですから、私たちに〈稲妻〉の姿が見えなくても、食べた量を見ればどれくらい動いたのかわかるわけです」

おおー、そうなんですね。みんな、ひたすら感嘆した。

「〈稲妻〉は今回の現場だけで、海苔巻き専門店が使う一日分の材料を平らげてしまいました。さらに居酒屋一軒とパン屋一軒、コンビニ四店舗の食料を食べつくしました。被害額報告に従ってカロリー計算をしてみると……」

医師は口ごもった。
「……〈稲妻〉は十秒間に約一万五千キロ走ったことになります。ソウルから釜山《プサン》まで十六往復できる計算です。秒速千五百キロですから、音速の四千四百倍、ジェット機の二千二百倍……」

私が加速すると、潮が引くときのようにさーっと音がした。遠くで風に揺れていたモミの木の枝が動きを止めた。しんしんと降っていた雪の動きが遅くなり、停止し、イェジのかばんのファスナーの先で揺れていた稲妻人形は、ブランコを大きく漕いだような姿勢で空中に止まった。

テレビの前でほら、あれ見て、と言っていた人は「て」という口の形をしたままで止まった。テレビはちょうど画面が切り変わるところで、残像を映したまま止まった。カチカチと音を立てていた時計の秒針が停止した。人々は前衛アートのワンシーンのように、思い思いの姿勢で止まっている。何かに引っかかって転びそうになった人が重力の法則に逆らって空中で傾いている。その人の紙コップに入っていたコーヒーが空中に広がったまま止まっている。

イェジの息が止まった。まばたきもせず、心臓も動いていない。次に脈打ちはじめるまでの時間がとても長いというだけなのだが、ひやりとする感覚は変わらない。私は反射的に人形に目をやった。少なくともそれは元のままなので、慰められる。私は半ば衝動的に人形をファスナーからはずして後ろポケットに入れた。

私はしゃがんでかばんをおろし、いつも持ち歩いているしわくちゃの地図を取り出した。また荷造りをやり直さなくてはいけない。不要なものがたくさんあるから。電気を消費するものは一切使えない。スマートフォンやインターネットは論外だ。

そのスーパーは蚕室《チャムシル》にあるので歩いて行けばギリギリだが、車は使えない。車はみんな道で止まっているだろう。奇妙な原理によってちょっと細くなって、傾いているだけだ。バスのドアを開けて入ってチケットを出したとしても、運転手は私が乗ったことも気づかない。車のキーを回してみることはできるが、それだけだ。車にしてみれば、ゼロ秒の間にエンジンがかかったのだから、何も起きていないということになるらしい。

新葛路《シンガルロ》に抜けて炭川《タンチョン》に沿って歩いていけば一日くらいかかるだろう。いや、今、一日という単位は存在しない。日も沈まないし地球も回らないんだから。海苔巻きで計算すれば三本から四本、二食から三食分くらい。それくらいなら面倒だけど行ってもいいか。

ただ、「ビジョン」が気になる。

加速するや否や、あらゆるテレビ番組が目の前を通り過ぎていった。それより先に、灰になった議事堂の前に立っている私の姿が見えた。あたり一面が火の海だったが、人を助ける気にもなれなかった。自分がこの国をめちゃめちゃに壊してしまいそうな気がして。

医者が私について、十秒に一万五千キロ走ると言っているのもすごく引っかかった。逆に計算すれば、私は今回、約千五百本の海苔巻きを食べることになる。一日に必要な海苔巻きを五本とすると三百日、約十か月だ。

そんなのありえない。いくら現場がお手上げだとしてもだよ。私がそんなに長く働くはずがないだろ。十日も働いたらそれが好意の限界だよ。人にはそれぞれ、自分なりの力量というものがあるのに……。

私は首を横に振った。「ビジョン」は「ビジョン」なだけだ。正しいときもあるけど、いつも正しいわけじゃないんだ。

「時間が止まったために起きる因果律の混乱だと思いますよ」

加速するときに未来の風景が見えると相談したとき、カウンセラーの先生はそう言ってくれた。

「まあ、時間が流れなかったら、未来も過去も同時に起きるのと変わりませんからね。それでそんな幻想を見たんじゃないでしょうか。ほら、光は自分の行く先を初めから知ってるとか言うでしょ」

そして励ますように私の肩をたたいてくれた。

「いいことですよ。未来が見えたら備えができるでしょう」

そうだね、備えればいいんだ。うん、それでいい。

駅を出ると、立ち止まっている群衆の向こうの広告塔が目に入ってきた。赤いマントを羽織った筋肉野郎が真っ白な歯をむき出しにしてさわやかに笑っている。顔出しで活動している超人の中でも有名な奴だ。「私は〈悪党〉にはなりません!」という吹き出しをつけて「近くの超人専門クリニックに連絡してください」というプラカードを持っている。「予防がベストです」というキャッチコピーも見えた。

もうイェジに会いたかった。

十秒前、または四か月前

「だめだよ」

〈隕石〉が言った。

「何がだめなんだ？」

「こういう能力があるのは俺たちだけだろ。あんたの娘がどうやってここに来られんの」

私は海苔巻きを頬張ったままでしばらく、こいつは誰で、今、何を言っているのか、私はどこにいるのか、頭を整理した。

私たちはスーパーの前の庭にテントと毛布とマットレスを置いて作ったコーナーに座っていた。〈隕石〉のマットレスには、奴が図書館から持ってきた武俠《ぶきょう》雑誌やファンタジー小説が積んである。『超人能力活用法』とか『超人世界で生き残る』とかいう子供向けの学習マンガもちらちら見える。私の横では、ほうきにかけておいた稲妻人形がにっこり笑っている。固定されていないのにほうきはまっすぐ立っている。

あたりにはもう不快な匂いが漂っていた。風がないので、飛んできた埃がたまったりすることはないけど、男二人ごろごろしていりゃ、そろそろ垢汚れが気になる。

私たちの後ろには、半分傾き、真っ黒焦げになった七階建てのスーパーが絵のように現実感なく突っ立っている。ひび割れた手足の指みたいに、びっしりと亀裂が入っている。大きな黒煙のかたまりが上りもせず、ふくらみもせず、広がりもせずに空に貼りついていた。土埃は地面に落ちず、消防車からほとばしり出た水の流れも氷のように止まっている。

私はさっきスーパーから人を五十人も背負って降りてきて、庭におろした。五十人めでへとへとになった。地べたに寝かせているのが気になるが、他に適当な場所がない。てんでの格好に曲がってみっともないから、目を閉じさせて一列にきちんと並べたが、そういうのも他の意味で、悪いいたずらみたいに思える。

道端には見物に出てきた人たちが大勢止まっている。私を見てはいないけど、その目の前で食ったり出したりしているんだから、気分的には動物園の猿みたいなもんだ。

「できないことを考えないでよ。そのうち気が変になるから」

さっきたくわんを食べながら、イェジに会いたいなあとつぶやいたことを思い出した。ただ言ってみただけじゃないか、いちいちマジに取るなよ。


〈隕石〉は私より先にスーパーの前に来ていた。

最後に会ったとき十五歳だったかな。もう二十歳を過ぎてるはずだが、まだ子供っぽいぽっちゃり体型で、でも背はずいぶん伸びた。頬には今もぶつぶつとにきびの跡がある。

奴に会ってすぐ、頭の中で七百五十本の海苔巻きを消した。超人二人で食べるなら四百五十食で五か月。五か月ならまあ、ありうる。こいつが私の二倍食うかもしれない、食べ盛りだからな。そしたら三か月だ。それでもまだ長いよなあ。どれくらい食うんだろうか。私は自分の妄想に自分で腹を立てた。

「何で来たんだ」

「そりゃ、来るだろ」

私が聞くと奴がそう答えた。

「俺の大事な前のお師匠様が〈悪党〉になるっていうのに」

「お前と私の能力は違う、ごっちゃにすんな。お前は重力だろ」

「知ってるよ、この野郎」

〈隕石〉が偉そうに言った。

「重力と加速度は見た目じゃ同じだ」

それは私が教えてやったことだ。以前、こいつが私の下にいたときに。

そのことを理解する前、奴にできたのは、逃げる泥棒の足をのろくさせて捕まえることぐらいだった。それだって、小さいとき偶然に一度やってみただけだそうだ。だよなあ、人生で泥棒に出くわす機会なんてそんなにないもんな。ただの弱虫能力者だ。

あいつは十五歳のときに人を四人殺した。軽傷者を含めれば、負傷者は何十人にも上った。会社を早退して行ってみると、居酒屋が修羅場になっていた。物品が粉々に割れ、天井と床は隕石が突き刺さったように凹んでいた。重力の中心にいた人たちは骨が粉々に砕けてしまった。一生、足や腕が使えなくなった人も数えきれない。重力波は何キロも遠くまで届いた。理論的にいえば音波と同様、宇宙全体に広がっただろう。近くのマンションで寝ていた人まで意識を失って搬送された。

「重力は重さを増加させるわけじゃないんだよ」

奴を自分の手で捕えて警察に引き渡した後、マンションで起きたことは自分の仕業ではないとあいつが抵抗するので、ざっと説明してやった。

「時空を歪めるんだ。調節しなかったら一か所だけ重くなって、世の中全体に影響が出る」

「俺、英雄にはなれない運命なんだね」

奴はうなずいて立ち上がった。それが最後だった。

私はこいつが苦手だった。

それは、あいつが殺人者だという以上の問題だった。私たち超人どうしの間には、鎖のようにがっちりはまって外せない運命的な相性がある。金属を使う奴は火を使う奴が倒し、火を使う奴は水を使う奴が倒す。

　あいつは私の捕食者《プレデター》だった。つまり、一対一で対決したら奴が私を倒すという意味だ。言い換えれば、奴が今、私を殺さない理由は、人間としての最低限の筋、良心、そのあたりだという意味だ。

「手伝う気がないなら家に帰れよ。気が散る」

「やだよ。〈悪党〉を一人捕まえたら、褒賞金をいくらもらえると思う？　俺だって一度、運をつかんでみたいもん」

　能力が似ているとこれだから面倒くさい。私が見た「ビジョン」はこいつも見たはずだ。灰になった都市とその前にいる私の姿を。私が世界を完全に破壊した未来の風景を。

「ただの幻覚だ。いくら気がふれたって、私はそこまでひどいことはしないよ」

「誰も生まれたときは狂っちゃいないよ。でも一瞬で気がふれる」

　私は消防車に近づき、消防ホースから噴き出す水しぶきで口を潤し、タオルを濡らして顔をこすった。水は節約しているが、もう、かなり使っちまった。これがなくなったら石村湖《ソクチョンホ》までバケツをしょって飛んでいかなくちゃいけない。考えるだけで力が抜ける。

「力抜くなよ。太陽まで傾いちまう」

　奴が言った。

「傾いたのか？」

　私は空を見上げた。

「ちらっと傾いた。二分の一秒くらい経ったと思う」

「見えるのかよ？」

「太陽を見てどうするよ。影を見なきゃ」

そうかな。えっ、影なら見えるのか？ 考えてみてから冗談だと気づいた。私がスピードを落としたら、こいつからは私の方が止まったみたいに見えただろう。

＊

「うつ病は危険です」

情報番組で、女性医師が真剣に言った。

「普通の人が心の病にかかったら、家族が苦労しておしまいですよね。でも超人の場合、病気が悪化したら国家規模の災難を招くこともありえます。以前、外国で一つの都市が破壊されたのもコウモリ少年のうつ病のせいでしたよね？ 予防がベストです。〈悪党〉になってしまったら手遅れです。ふだんからちゃんとごはんを食べて、常に楽観的な気持ちを……」


スーパーが傾いた方の地面はがくんと凹んでいる。地面は乾ききっている。

壁は今にも溶け落ちてしまいそうに赤く焼けて、ぴしぴしとひび割れている。屋上の水タンクは片側に寄っている。最初から荷重が偏っていたのだろう。どの柱も天井に半分ぐらい食い込んでいる。床がふにゃふにゃ柔らかくて、まるで濡れた段ボールのようだ。

すぐに、このビルの建設認可の過程で不正があったのではと想像したが、最近、このへん一帯の土地が再開発の関連でかなり掘り返されたので、ここ一か所の問題ではないのかもしれない。下の方は煙と土埃で真っ黒だ。火災の原因はもっと調べないとわからないだろうが、配管パイプが押されて圧力が増大し、それで温度が上昇したのだと思う。電線が圧迫を受けたとか。

こういう状況だと、火はどこからでも出る。

火災は避難を妨害したが、もしかしたら建物の倒壊も食い止めたのかもしれない。荷重のかかる方向で爆発が起きたため、建物が少し持ち上がった。二階が先につぶれたが、何か固いものに引っかかってしばらく止まっていたらしい。スチール机とか冷蔵庫とか。だが、それが何であれ、どれくらいもつか。

こういったことが起きるたびにみんな、誰が悪かったのか知りたがる。責任者を追及し、黒幕を探す。だが私の経験では、こういうことは、誰かがミスをしたときではなく、まともな仕事をする人が一人もいなかったときに起きる。事件発生経路に連なる何百、何千人もの人の中に誰も、一人も、そういう人がいないときに。

裏金を渡した奴も受け取った奴もいるだろうが、解明には長い時間がかかるだろう。誰もが兄貴と弟分の関係で、他人の命綱が自分の命綱でもあるので、貝のように口を閉ざして揉み消すのだ。謎のキャラクターみたいな奴がきらきらしながら飛んできて、「言っただろー、俺がやったんだから、俺さえ捕まえりゃいいんだよーん」とか言ってくれたりしたら、私も働きやすいだろうけどな。

雪が不吉だが、案の定だ。まだ早いのに薄暗く、電力が途絶えた建物のほとんどは闇に埋もれている。家が傾いてしまったので、みんな低いところに集まっているだろう。暗くてじめじめしたところに。通路にも集まっているはずだ。同じように暗くてじめじめしたところに。

今、人と物の区別は存在しない。どっちも同じくらい静まり返って、どっちも全然生気がない。氷河の中で凍りついた化石のように。

そして私には光を作り出す腕がない。ここじゃ懐中電灯はもちろん、火打ち石さえ役に立たさない。目と鼻の先に人がいても気づかず通り過ぎるだろう。

　去年も同じようなことがあった。そのときはスーパーの地下の倉庫から、生き埋めになった職員たちを引っぱり出した。同じ企業だ。同じ奴らのしわざだ。建設の仕事をしている友達が、酔っ払って私にくだを巻いたことがある。「お前のせいだぞ、お前が英雄ぶったりするからだ。あのとき人でも死んでりゃあ、欲深じじいどもが失脚しただろうに」

　病院で薬をもらうようになったのは、あのころだったっけ。


「何やってんだよ」

　横になっていると、〈隕石〉が背後で言った。

「何がだよ」

　私はマットレスの一方でアイマスクをつけて眠ろうとしていた。このアイマスクは、奴がどっかから手に入れてきてくれたものだ。白夜生活だから、身体のバイオリズムを安定させるために使えと教えてくれた。自分には普通ので、私にはクマちゃんのついたのをくれたのだ。前は私があいつに物をやる側だったんだが。それが嫌だったのかなあ。だったらそう言えよ。

「あんたはその気になれば、どこだって逃げられるのに」

「何だ、そりゃ」

「護送車のドアを開けて降りたらそれまでだし、どこに入れられたってドアを開けて降りたらいいんだし。どんなに遠くに連れて行かれても、歩いて帰ってこられるだろ。気をつければ水の上だって歩けるじゃん」

　まあ、それはそうなんだ。世の中には賢い奴が大勢いるのに結局捕まえられないのかよと思うけど、知性を持った光を捕まえるのは楽じゃないからな。よく、私の位置と速度の両方を把握することはできないって言ってるし。

「俺だってあのとき、逃げ出すことはできたんだ。あんたがかわいそうだから捕まってやったんだぞ」

「それで」

あいつの言葉の向こう側にあるものを聞きとって、私は答えた。灰燼《かいじん》と帰したこの世の歓迎が、目の前にちらついた。

「前に、月精寺《ウォルジョンサ》でやってた超人法会《ほうえ》に行ったんだけどさ」

「お前、仏教徒でもないのに、どうして」

「そこで説法《せっぽう》を聞いてたら、捕まえておけない〈悪党〉は超人たちが自らの手で処分すべきだって言ってた。でないと子供たちが安心して生きていけないって。聞いてると、まあ、そうだよなって思えたよ」

アイマスクの向こうが赤くなった。

奴は機嫌が悪いとき赤くなる。青くなるときもある。

「重力が光を引っ張るからだよ。光の色は波長で決まる。波長は引っ張れば伸びるしな。だからあいつが力を出すと、光がぐーんと引っ張られて赤くなるんだ。夕焼けみたいに」

私がそう言ってこいつが赤くなるわけを説明したとき、友人たちは勘違いだと言い、額をたたいて笑ったっけ。「光が吸い寄せられるのに、他のものは吸い込まれないのか」と。

「相手が務まる超人どうしでお互いに処分しろってことだろ。そういう一覧表も配布されてたじゃないか。あれを見たらあんたの相手が務まるのは、誰だっけ、氷を使う女の子を抜かせば俺だけだったよ。確かに、あんたのスピードに追いつけるのは俺だけだからな」

私はアイマスクを額にずり上げて立ち上がり、奴の目の前まで歩いて行った。体が重い。気のせいだけではないだろう。奴が私をまじまじと見ながらこう言った。

「やれるかい」

「どうしてだよ、四人殺したお前はもう一人ぐらい始末できないの」

「そういうことじゃないと思うけど」

「お前も一度、一線を越えてみろよ。世の中をこっぱみじんにするのも、心の中でやるんなら簡単だ」

奴がにやりと笑った。

「俺は心が優しいからやらない。それと、〈悪党〉を殺しても殺人にはならないだろ、それは英雄の仕事だもんな。あんただってあのとき、そのつもりで俺にかかってきたんじゃないか。死ぬかと思ったんだぞ、この野郎」

「そうだな」

私はそう答えた。

「あれはひどかったな。もう一回やってもひどいことになるだろう」

その瞬間、目の前がぐるっと回った。腸と肺と心臓をつかまれて、股の下まで引きずりおろされたみたいだった。はらわたが尻の穴から飛び出しそうになり、ぺったりと座り込んだ。座っていても脊椎がグンと凹みそうで、そのままひっくり返った。目の前が曇ってきた。ぼやけた視界に奴の無表情な顔が入ってきた。奴の後ろから、立ちつくしたままの人々が不安でいっぱいの顔をこちらに向けている。

私が十歳のときだったか、こいつに教えてやったたっけ。「おい、ちびっこ、〈悪党〉を捕まえるにはそんなに力をこめなくてもいい。重力が増大したらまず血が下に集まるんだ。頭から血が抜けるだけでも人は気を失う」。するとあいつは「え、それで死んだらどうするんですか」と身震いしたものだ。

「そんなにひどかったかなあ」

奴が無表情に言った。私はパッとうつ伏せになろうとしたが、手をつきそこねて小指を圧迫してしまった。苦痛の中で、ぼきっと折れる音がした。

「手が……」

「何だよ」

「仕事があるんだぞ。手が折れたら……」

「何、折れたって放っときゃ治る」

私は目をつぶった。しかしあいつはそれ以上に力を入れることもなく、しばらくそのままにしておいてから私を放した。私はつぶれた肺にあわてて空気を入れ、頭の埃を払って立ち上がった。そのまま自分の場所に戻って横になった。息が荒くなっているのがばれないように布団をかぶった。

「おい」

背後から殺人鬼野郎が呼んだ。

「こんどは何だよ」

そうは答えたものの、息切れがして声が口の外に出てこない。

「何か必要なものがあれば言えよ。何をしたって、〈悪党〉になるよりましだろ。誰も何も言わねえよ、飯でもちゃんと食って……」

「イエジに……」

私はそう言ったが、「ヘヒ」と聞こえただろう。背後からふーっと息を吐くのが聞こえた。

急に怖くなって私は身をすくめた。

「娘のことしか考えられないのか？　このばか」

「お前も子供を持ってみろ」

「あほくさ」

＊

「どうやってドアを壊したんでしょうか？」

司会者が、外れてしまった二階の非常口のドアの写真を見ながら質問した。

「〈稲妻〉は一般人より力が強いわけではないと聞いていますが」

「報告書によると、このドアは〇・一秒間に少なくとも百回は打撃を受けています。水滴が岩に穴をあける原理と似ています。小さな打撃でも、くり返せば衝撃が重なりますから」

某教授が答えた。

「パパパパッ！　て感じですね」

司会者が空中で映写フィルムを早回しする手真似をしてみせた。

「もうー」とパネラーたちが呆れたように笑った。

「水滴が岩に穴をあけるように」というゴシック体のテロップが出た。

カーン。

私はハンマーでドアをたたいた。一回。

カーン。

二回。

二十回たたいたら一回りして戻ってくるつもりだった。それからまた二十回たたくつもりだった。力を出しきる必要はない。結局は壊れるから。必要なところだけに穴をあけるのだ。気持ちとしては全部やっちゃいたくなるが、後のことを考えるとそうもいかない。

地下のスーパーで生き埋めになった人たちを助けるとき、やったことがある。力の強い仲間を呼ぶべきだったが、崩壊直前だったので時間がなかった……別の意味でということだ。十食食べて行ったらコンクリートに穴があいた。

このドアは誰が閉めたんだろう。ひとりでにロックがかかるわけはないから、誰かがロックしたということだ。少なくともそのおかげで、有毒ガスが階段を伝って上ってくるのは少し防げたらしい。幸運というほどのこともない偶然だろうけど。

後でそんなことをした奴を割り出して、何でだと聞いたって、本人にもわからないだろう。人は命に危機が迫ると頭が飛ぶ。頭が飛んじゃった人間がまともに動くためには、慣れるしかない。訓練して、練習して、起きないことのために金をかけるしかない。

だが最近はどんな組織だってそんなことはしない。消火器一個でも、いいものを備えようとすると上が激怒するんだ。それは英雄のやるべきことだ、そんなことに、血にも等しい私の大事な金を使うのかって。そこでこっそり超人に任せているうち、だんだんそれが慣行になってしまった。聞いた話じゃ、超人がいない国では学校で避難訓練なんてこともやるんだそうだけど……。

知り合いの中に力持ちが一人いた。そいつは原州《ウォンジュ》に住んでいたが、あのへんじゃあまり事件らしい事件が起きなかったのか、よく建設現場に呼ばれたりしてた。最初は、近所の井戸掘りや畑を耕すときに手伝いに行く程度だった。おばさんたちが、クレーン車を一回呼ぶとお金がかかるけどうちの町にはいい子が一人いるから助かるよ、なんて言ってジャガイモや米を持ってきてくれて、何の下心もないそいつは喜んであちこち行ってたらしい。その後、自治体でやる工事に呼ばれるようになった。最近は役所も予算がないらしいから、そんなもんだと思っていたようだ。

そうこうするうち、一文の予算編成もなく、奴の名前をつけた大規模レジャーランドの広告が打たれた。そいつには一言の説明もなく、本人は記事を見て初めて知ったという。そいつは国会議員がずらっと並んで写真を撮っているのをへらへら笑って見物した後で、現場に巨大な穴を一個あけて姿をくらませた。

〈悪党〉になるということ。

想像してみたことがないわけじゃない。そんなの簡単だ。走行中の車に突入して、運転席から運転手をすーっと車外に押し出せば、運転手はわけもわからないまま後続車の下敷きになり、玉突き事故が起きるよな。オフィスで人を抱え上げて窓枠のところに座らせるだけでもいい。地下鉄のどこかに爆弾を置いて出てきたって、誰にも止められない。単に包丁で刺して回るだけでもいいんだ。

だが、超人が〈悪党〉になるには英雄になるのと同じくらいの勇気が要る。世の中を引っくり返す度胸の前に、自分の人生を壊す度胸が要る。わが子の人生を壊す度胸まで。

そこまでしてやるようなことじゃない。

「以前、現場で、身元の確認できない血痕が発見されたことがあります。ごらんの通り、相当の失血です」

某教授が血痕でまだらになったアスファルトの写真を見ながら説明した。

「〈稲妻〉は回復力が強いそうですね?」

「はい、何しろ新陳代謝が早いですからね」


「大したことないよ」

〈隕石〉が私の足をざくざく縫いながら言った。

「今は細菌もウイルスも全部死んでるから。感染はしないよ。感染しないなら止血するだけでいい。俺も嫌になるほどいっぱい怪我したけど、全部治った」

それも、私が教えてやったことだ。そうだと思い出させてやったりはしないが。

割れたガラスの破片が小刀のように空中に静止しているのを知らずに通り過ぎて、まともに切れた。しばらく働いていたら肉がべろんと出てきてしまった。陣地に戻ってから針箱を取り出し、座り込んで縫っていると、失血のせいか目の前がかすんできた。その様子を見ていた〈隕石〉が、私の手をさっとはねのけて針を取り上げた。やらせておいた。

怪我は治る。時間が必要なだけだ。

こいつが私を殺そうとしたら、一度で首を切っちまわないといけないだろう。私の方は、逃げきれさえすれば何とか回復するから。

逃げるのがカギだ。私が調節できるのはスピードだけだけど、あいつには何だってやれるんだから。スピードを落とすのは素っ裸になるようなもんだ。私の方が止まったように見えるはずだから。それを避けるには今より速く走らないといけないが、私たちは二人とも今、最大速力で……

「あんたがもっと速く走ればいいのにさ」

「何をどうしろだと？」

私がビクッとしたせいで針が傷口をぶすっと刺した。〈隕石〉が「何するんだ、このアホ」という目でにらんだ。

「光より速く走って過去に行けないのかよ。前にアンケート調査を見たら、それのできそうな超人候補の第一位があんただったぞ」

頭の中でテレビの速報が流れた。「ソウルの真ん中で超人どうしが決闘しています！〈稲妻〉と〈隕石〉が対決しているらしく、蚕室《チャムシル》一帯は炎でいっぱいです！第一級災害です！市民の皆さん、避難してください！中継記者の取材によると、この惨事は〈稲妻〉が〈隕石〉のたわごとに激怒したのが始まりで……」

「過去に行けたら、娘にも会えるじゃないか」

何のことやら、ちょっと考えてやっとわかった。気づいて作り笑いした。

「私が過去に行けたら、こんな大事故は未然に防いでるよ」

〈隕石〉は目をぱちくりさせて、何を思ったのか、にやっと笑った。

「防げないと思うよ」

言葉にはしなかったが、目は物を言う。私は理解したし、奴も私が理解したことを理解した。

どうやったって食い止められないよな。一か所や二か所のこじれでは済まないのに。賄賂《わいろ》を受け取った公務員、借金に苦しむ建設業者、甘い汁を吸った中間職員たち。一人一人掘り下げていけば各人各様、何のせいともいえないような借金を抱えた連中にすぎない。

「光より速く走れないから過去に行けないんじゃないよ。過去に行けないから、光より速く走れないんだ」

「そういうことなのかな」

〈隕石〉が歯で縫い糸を切り、首にかけていたスカーフをほどいて私の足にぐるぐる巻いた。ついでに、意地悪するみたいに私の足を痛いほど強く縛ってから立ち上がった。

「あんた、自分のことが見えてないだろ?」

見えない。だが、奴の様子なら見えている。もうくたびれきってぼろぼろだ。いくら微生物界が止まってたって、体内にいる菌はまだ元気だから、私たちはもうすっかり参っている。何の仕事もしていないあいつがあのざまなんだから、私はどうだろう。

「ばかだなあ、俺はあんたがおかしくなっても全然変だと思わない。もう半分は変になってんだから。変になってるけど惰性で働いてんだ。もう、今すぐやめちまえ。やめれば娘にも会えるし、〈悪党〉にもならなくて済む。それが世の中を救うことにもなる」

奴の背後に、私が庭に運んだ人々がいるのが目に入った。みんな死体のように固くなって横たわっている。百四人までは数えた。あとどれだけいるのかわかりっこない。行方不明者は何人だと私に教えてくれる人もいないしな。

「ビルがすっかりねじれてるな。私が元に戻したら、すぐ倒れるかもしれない。暗いところにはまだ手もつけられないし」

私はそう言った。

「消防士がいっぱい来てたじゃないか。あいつらに後始末させろよ」

「前も、私が帰ったらすぐ撤収したんだ。最後まで私に任せておいたら私の責任になるけど、手を出したら自分たちの責任になるからな。最近のあいつら見てると、死傷者数をごまかすために他人のせいにするかもしれない」

「それがあんたのせいなのかよ」

「関係ねえよ。結果は同じだ」

奴がスーパーの方に目を向けた。私も一緒に見た。ビルは餓鬼さながら、飢えているように見えた。中にあるものを全部飲み込みたくてじりじりしているようだ。「復讐してやる」スーパーはそうささやいているようだった。「私をこんな目にあわせるなんて。何もかも壊してやる。私が倒れたら、みんなもろともだぞ」

「前からわかってたはずだ」

奴が言った。奴の目が物を言い、私は理解した。奴は、私が理解したことを理解した。ビルも生き物だ。警告を発する。病人みたいに、熱を出したり咳をしたりする。中にいた人たちがそれを知らなかったはずがない。五百人ものスタッフが全員口をつぐんでいただけのことだ。こんなところで働いている私たちも大したもんだよね、と笑い合い、自分の勇気や気概を誇っていたのだろう。そうなるしかない。楽観的になる以外、支えがないのだ。

「ずっとこのざまが続くんだよ。人が死ななきゃ誰も気にしない。老人どもが、お前らのせいで損をしたと激怒して、その損害を埋めるためにもっとひどいことになるだろう」

その瞬間、恐ろしい予感が、むき出しの真っ裸で目の前に降り立った。

「全員死ぬまで放っとかない限り……」

あいつは、その続きを言えなかった。私がびんたを食らわしたから。

「もう一度そんな言葉を口にしたら……」

私も続きを言えなかった。あいつの拳が私のみぞおちに命中したからだ。きっついなあ、畜生。ふらふら後ずさりして、どすんと尻餅をついた。

「おい、何のつもりだ」

起き上がろうとすると体がぐっと押さえつけられた。必死でプライドを保ち、こらえて座っていたが、脊椎に恐ろしい痛みが走って横ざまに倒れた。クソッタレと言いながらまた立ち上がり、座ると、傷の縫い目が開いてスカーフが濡れてきた。くそ、十歳のときは可愛かったのにな。

「死ねよ、このやろ」

奴の言葉が私の後頭部にぐーんと突き刺さった。奴が力を抜くと私は倒れ、しばらくへばっていたが起き上がった。よろよろと奴の前に立つと、反対側の頬がまた張り倒された。〈隕石〉は赤くなって私をにらみつけ、私はただ待っていた。なぜか今度は何もしなかったから、私は足を引きずってまた仕事に戻った。

＊

二階はまるで進展がなかった。半分つぶれている上、煙と埃で真っ黒で何も見えない。埃を払ってもまだ暗い。これじゃ荷物一つへたにどかせないよ。机の向こうにあるのが布団や服じゃなくて、人かもしれないんだ。片づけようとして触ったら、その向こうにいた人の骨が折れることもありうる。ぐにゃっと踏んづけたのが、落っこちた汁椀なんかじゃなく、人の頭だってこともありうる。

闇だ、暗闇が問題なんだ。光を作ることさえできたなら。どこかからちょっとでも光を引っ張ってこられたら。

前の地下スーパーのときも同じだった。手探りで捜索したってどうにもならない。懐中電灯と掘削機を持ってるチームに引き継ぐべきだと思った。家に帰って気絶したようにまる一日寝て、起きて入浴し、夕食を作るころになってやっとニュースを聞いた。私が現地を離れた後、誰も救助に向かわなかったらしい。後で、現場にいたのは指揮本部の十五人だけだったと聞いた。誰も、何も、指示を出さなかった。そうやって二日間放置された後で倒壊したのだ。後で中から五人の遺体が出てきたが、解剖してみると、二人はそこで二日間生きていたという。あとの遺体はどこかに移されたんで、死んだ日付は永久にわからずじまいになった。

二日間生きてた人の親の一人が、私のアカウントにメールを送ってきた。初年度は毎日送ってきて、今も月に一度は来る。子供の遺品や、現場で発見された血まみれの服の切れ端も送られてきた。そのときも薬を飲んだ。

しばらくの間、国は私を英雄に仕立てようとして大騒ぎだった。テレビでは毎日特集番組や分析番組が放映された。勲章をもらいに来いというメールも何度も来た。そのときも薬を飲んだ。

「お前が仕事をうまくこなせばこなすほど、お前の手柄だとは思われない」

父さんが亡くなる前に言った言葉だ。超人について父さんが私に授けてくれた唯一の教えだ。

お前はことが大きくなる前に止めるだろうから。何が起こったかわからないうちに修復するだろうから。みんな、世の中はもともとそんなふうに動いていると思うだろう。要は、自分は神に愛されていると思うのだろう。

それよりも仕事ができなかったら非難される。なぜ私の大切なものを守ってくれなかったのか、公演の時間に遅れたのをどう補償してくれるのか、子供がびっくりして泣いているのにどうするつもりかと。お前がとんでもなく仕事ができないなら、むしろ名を馳せることになるだろう。命を助けてくれてありがとうとひざまずく人々や、歓喜してお前の名前を連呼する人々に出会えるだろう。

それよりもっと仕事ができなかったらどうなるんです？　そう聞くと父さんはむっつりした顔で言った。

それが〈悪党〉だ。

紙一重なんですね。そう、紙一重だよ。一寸先は闇ですね。

そうだ、英雄は全員〈悪党〉だということになっちまう。〈悪党〉にならないのは、早めに行った奴だけだよ。

「最低野郎」

〈隕石〉は友達にそう言われたんだそうだ。

「どうせ全部、有名になろうとしてやったことだろ」

〈隕石〉の自白は揺れた。自分あるいは超人全体へのひどい侮辱や蔑視を受けたように振舞っていたが、実はそんな小さな挑発が原因だったなんて、自分でも信じられなかったのだろう。奴が事実に向き合うまでには、長い時間がかかった。真相を告白した後はずっと元気がなかったものだ。

自分がありふれた人間であることを認めたのだ。それは英雄的な振る舞いだ。〈悪党〉ならできなかっただろうから。本物の〈悪党〉なら今もどこかで、世間はなぜ自分のことをわかってくれないんだと言いながら放火騒ぎを起こしているだろう。

英雄らしい奴だったのに、〈悪党〉になってしまった。

紙一重だ。一寸先は闇だ。

八秒前、あるいは一週間前

あの日、私は五階のおもちゃ売り場で心が折れて座り込んでいた。

落下物を片づけて通路を這っていくと、レゴや人形が散らばった一角に、先生一人と幼稚園児たちが肩を寄せ合って座っていた。先生がやらせたのだろう、壁と床にクレヨンで「稲妻さん、ありがとう」「早く助けに来てください」と書いてあった。サンタのおじさんを待ってる子供たちみたいに。〈稲妻〉は読むのが早いから、助けの要請や感謝の挨拶を書いて待てというキャンペーンが行われたことがある。

それを見て心が折れた。

理由を聞かれても、説明できそうにないな。だけど、人もビルも同じじゃないかな。人が倒れたら、どうしたんだと聞かれるけれど、理由は結局いつだって同じだ。何を思っても考えても一つも役に立たず、どうにもならないときに倒れてしまう。

ここに来なくたってよかったんだ。イエジを連れて、何も見なかったみたいに電車に乗って家に帰ることもできた。何で現場に行かないのと泣かれたら、口答えするなと叱りつけて部屋に押し込むことだってできた。十分できた。

人の心なんてこんなにも頼りない。そんなものに命を委《ゆだ》ねて待ってるだけだなんて。

そうやってうずくまっていると、すたすたという足音が階段を上ってくるのが聞こえた。何度か止まり、静かになり、そしてまた上ってきた。私が作った通路に入り込み、あたりを見回してから私の前に立った。

「何だよ」

私が尋ねた。

「降りてこないからさあ」

「休んでるんだ」

「あんた、もう二食も食べてないよね」

〈隕石〉が食事で時間を測るのも、私から学んだことだ。いつも正確な時間に食事をさせ、寝るようにさせた。自分の体で時間がわかるように。私は、自分が食事を二回抜いたなんて理解できなかった。自分の体で測らない限り時間の流れがわからない空間だということも後で思い出した。

「ねえ気づいてる？　あんた、ちょっとのろくなってるよ。前より時間がかかる」

「放っといてくれ」

「飯食おう。ツナ海苔巻きを作ってきた」

「出てってくれ」

奴は私の言葉ではなく、その中にあるものを聞きとっていた。それがわかってようやく私も自分の考えが見えた。それは他人の頭の中にあるみたいに遠かった。

「ここで下敷きになって死んだら、待ってた俺は何なんだ。そんなことなら、俺が殺してやればせめて俺の役には立つのにさ。こんなことならもう家に帰りなよ、畜生。誰があんたにここにいろと言ったんだ。何様のつもりなんだ」

むかついて奴に飛びかかろうとしたが、腹が減ってるせいか力が出ず、手も届かずにばったり倒れてしまった。突然、あることを思いついた。

「お前、このビル持ち上げてくれ」

「いかれてんのかよ。こっちは〈悪党〉だぞ」

足の力が抜け、私はあたふたと膝をついた。膝をついたはずみで頭を下げた。

「頼むよ……私の頼みじゃ嫌か？　私が悪かったよ。どうしたら聞いてくれる？　窓から飛び降りようか？」

飛び降りろと言われたらやるつもりだった。世の中のためにはそれがいいんだろうと思ったから。〈隕石〉は渋い顔で私を見おろして言った。

「俺、時間が動いてるときには能力を使わないの。そう誓ったんだ」

私はちょっと動きを止めた。予想外の言葉だったからだ。だが、変だとは思わなかった。

「それと、持ち上げることはできないよ。それは重力をなくすことだからね」

「なくせばいいだろ。そうすれば時間を稼げる。その間に仲間たちが来るだろう」

「今、それでもモノがじっとしてるのは重力のおかげだよ。重力をなくしたら全部分解する」

「分解したっていいだろ」

「一瞬で酸素が流入して火災になる。全部燃えて、なくなるかもしれない。埃が立つことを考えると、粉塵爆発も無視できない」

奴はぼそぼそと言った。

「それぐらいこっちだって考えてるんだよ、アホか」

力が抜けた。へたに希望を抱いたので、二倍に気力が抜けた。〈隕石〉の足元に頭を抱えて横になっていると、半分くらい正気になった。

家に帰りたい。イェジと電車に乗って、日が傾き、雲が流れるのを見たかった。熱いシャワーを浴びて洗いたての服を着て、ガスにかけた鍋でスープがぐつぐつ煮える音や、炊飯器がシューシュー湯気を立てる音を聞きたかった。口にごはん粒をいっぱいつけたイェジがまた一さじごはんをすくい、よく嚙みなさいと言われるとうるさがって食卓の下に這い込み、だだをこねるのを見たかった。

同時に、それだけじゃ私はおしまいだという気がした。この残骸でまたどれだけの人が死ぬだろう、それはまた私をどこまで打ちのめすだろう。

〈隕石〉が私の前にしゃがんだ。

今、やっちまおうっていうのか。そうか、〈悪党〉になるよりその方がましかもしれないな。少なくとも私が半分は正気でいるうちに。いかれちまったら、おとなしく死んではやらないだろうから。どうするつもりだろう。天井に押しつけるのか、床に押さえつけるか。

「あのさ」

奴が言った。

「俺、ブラックホール作ってみようか？」

心の中のアナウンサーが、埃を立てて向こうから走ってきた。「災害が起きました、市民の皆さん！　地球が蚕室に吸い込まれています！」「避難……いえ、避難は不可能です！　世界滅亡です！　太陽系が滅亡します！」

「ごく小さい点に重力を集中させればいいんだよね。やってみたことはないけど、できそうだ」

「そんなにやたらに殺さなくても……」

私は完全にビビってそう言った。このクソ野郎、いくら私が憎いからってそれはないだろ。

だけど、そうか、「ビジョン」はこれのことだったのか。こうやって地球は滅びるんだな。

〈隕石〉は、何言ってんだという顔で私を見た。

「ブラックホールがあればワームホールを作れるじゃん」

想像のオーケストラの音楽が鳴り響く中、私は太陽系とともにワームホールにすーっと吸い込まれていった。巨大な重力でずたずたに壊れ、飴みたいに伸びて無限に遅くなった時間の中に……。

「ねえ、いけると思うよ。今、俺が停止した時間に入ってきたのも、大ざっぱにいえばブラックホールだろ、そうじゃない？　今ならできるんだ。世界が動いてないとしよう。動かない世界の中で、あんたと光だけが動くことができる。同じ属性なんでしょ」

だから？　だからどうしろと？

「ワームホールに入って過去に行って、イェジに会ってきなよ」

私はぺっとつばを吐いた。汚ねえなあと〈隕石〉が手を振り回したが、私は寝たままで笑い出してしまった。地面をたたき、引っくり返って足をバタバタさせた。幼稚園児たちが「稲妻さん、ようこそ」と書いた紙を持ってにこにこ笑う姿が目に浮かぶ。

「おい、何で笑うんだ、人がこんなに考えてやってるのに。行かないの？　行けないの？」

何食か食べてから、私は食事に文句をつけた。私が〈隕石〉に、海苔巻きとお握りしか思いつかないのかとケチをつけると、あいつは汁物を鍋ごと持ってくるなんて無理だとまくしたてる。奴は前に、つけあわせのたくわんさえ調達してこなかったことがある。この空間で温かい食べ物を作り出す方法を二人で検討した結果、奴がどこかから酒を何本か持ってくることで決着がついた。

　酒が回り、ぽかぽかと体がほぐれて横になってから、昔の話をした。別れて以来のそれぞれの物語は、実際に別れていた時間よりずっと長いように思えた。二人とも童顔だからかなあ。細菌が動かないと老化も遅くなるのかもしれないよな。そのうち、私たちが見た「ビジョン」の話になった。都市をどれほどめちゃくちゃに破壊したか、映画の話でもするみたいに披露しあってから、〈隕石〉がくすくす笑った。

「あんたにはそんな度胸はないと思ったけど」

「誰にむかって言ってんだよ」

「〈悪党〉になるには度胸が要るだろ」

「自分がそうなることはまるで頭にないみたいだな」

〈隕石〉はくすくす笑った。

「俺のことじゃないよ、あんただよ」

「みんな、二人が同じ能力を持ってるなんて知らないよ。お前がやっても私の仕業だと思うだろ」

「俺じゃないよ、クソ。何で俺が……」

そう言って、奴が止まった。残像が揺れていたかと思うとそれも止まった。騒がしかったあいつが消えると、すごく静かになった。私は体の埃をちょっと払って立ち上がった。

「そりゃ私だって知らないさ」

私は声のしないあいつに向かって言った。

「でも、私じゃなかったらお前だろう」

〈隕石〉は前から、微妙に遅くなった私に合わせるためにスピードを落としていた。それからしばらく経つので、ちょっとうっかりしちゃったんだろう。差の大きさは大したことじゃないんだ。それが百万分の一ナノ秒だとしても。今、私の目にあいつが止まったように見えているのと同様、あいつの目にも私が速く動いているように見えるんだろうが、人間の神経伝達速度には限界があって……こんなことを私が言うとちょっと変だけど、人の頭が変になるにはもっと長い時間がかかるし、どんなにあいつの反射神経がよくても気づくまでに何秒かかかるはず。何秒かかっていうのは、私にしてみれば宇宙が終わるほどの時間と同じだ。

「これでいいんだよな」

私は果物ナイフを持つと、奴の隣に仲良しみたいに並んで座った。

「お前も同じことを考えたんじゃないか？　世の中の害になる奴は先に始末しないと、って」

お前もお前なりにそうやってきたはずだ。復讐が九十九パーセントでそれが一パーセントだとしても、ゼロではなかったはずだ。

「大丈夫だよ。自分が死んだことにも気づかないだろうから。苦しくはないだろう」

私は奴の背中をトントンたたいた。首を折るか延髄を切ればいいんだ。脳に残った酸素のおかげでちょっとの間は生きているかもしれないが、そうなったらどうせおしまいだ……、いや、手を汚すこともない。手足を縛って土に埋めれば……。いや、生きていたら何とかして出てくる。私もそうするだろうからなあ。埋めるとしても首は締めないと。心臓をくり抜いてゴミ箱に捨てるとか……。

そこまで考えてむかむかしてきた。気分も最低になった。こんなに気持ちが悪くなったのは二回めだ。一回めは、こいつを捕まえてから放してやったときだった。

ふと、父さんのことを考えた。父さんは水を使う能力者だった。もともと大学の清掃員として働いていたが、どこかで山火事が起きたとき、仕事をすっかり放り出して駆けつけ、一か月ほどして帰ってきた。とうてい一人でできるような仕事ではなかった。自治体は口をぽかんと開けていただけだ。帰ってきてからは仕事もクビになり、間もなく亡くなった。検死してみたら内臓がすっかり腐っていた。悩みで体が腐ることが本当にあるのだと、そのとき知った。

「こんなの、私たちの仕事じゃありませんよね」

火のように熱い性格のいとこが、葬式で怒鳴った。

「人から何でもむしり取っていく強欲な連中まで、腹が減ったとごねる世の中ですからね。まあ、それも本当なんでしょう。でもみんなもう骨と皮で、すする血さえ残っちゃいない。自分の肉をちぎって食べつくしてもまだ腹が減ってるなら、骨まで煮込んで食べろってわけですか。それでまた事故が起きるんですよ」

いとこの火勢は止まらなかった。

「私たち全員が仕事を辞めたら、正気に戻るんでしょうよ」

その言葉に葬儀場が静まり返った。

「こういうの、もう全部、おしまいにしないといけません」

じっと耳を傾けていたおばさんやおじさん何人かが言った。

「そうなのかもしれない。教育を受けた者の言うことが正しいんだろう」

「でも、人はどうでも私は気になる……」

私は八達区《パルタル》や霊通区《ヨントン》や水枝区《スジ》に住んでいる、つつましい英雄たちのことを考えた。そういう一人、二人で町をまるごと守っているのだ。ちゃんとした職にもつけず、かつかつの暮らしをしながら、何でその町だけ守るんだとか、うちの町には何で来ないんだとかいう非難を聞かされながら、自分の始末もつけられないのに町を守ってあっさりと息を引き取っていく。この次はもうちょっといい世の中に生まれたいと言いながら。そうなると町は没落するけど、人々はその理由も知らないで、最近は景気がよくないみたいだなあと言うだけなのだ。

でも、人はどうでも私は気になる……


みんなありふれた人たちだ。それだけの善意と力量を持ち、それだけの強さを持った人たち。それは、ものすごく強いというのと同じ意味かもしれないが。

力を持ってるという理由で死ななければならないなら、先に死ぬべき奴らは他にいるよな。本当に力を持った連中が。お前が汝矣島を焼き払ったとしても、そいつらが何もかもむしり取って殺した人たちの数ほどにもなるだろうか。

私はナイフを置いて待った。待っているうちに、止まっていた〈隕石〉の頬に生気が戻ってきた。

奴が、隣に座った私の方を向いた。すぐに、奴の体に脂汗が吹き出すのが見えた。何を怖がってんだ。この期《ご》に及んで脂汗を垂らすべきなのは私なのに。

唯一のチャンスだった。二度は使えない手なんだ。せめてあのままにしておくべきだったな。頭がよく回る奴だから、私が何をしようとしたのかも全部気づいたはずだ。まあ、それも全部無駄だけどね、私のスピードはいつかは落ちるんだから。チャレンジしたなら終わりまでやるべきだったな。思いとどまった時点でもう、取り返しがつかないけど。

奴が蛇でもよけるようにばっと立ち上がった。私はただ座っていた。言うこともなかったし、弁解することもない。

「確認するまでもないよな。あんたは俺を二度も殺そうとした」

奴の視線が錐《きり》のように私に刺さった。

そのとき地面が傾いた。私が転んだり揺れたりしたんじゃない。本当に地面が持ち上がったんだ。人の体は自然に、重力が引く方向を下だと思うから。

私は傾いた世界に座っていた。〈隕石〉が立っている方は、地平線の方までずーっと続く山みたいで、私の後方にはそれと同じくらい谷が広がっているみたいだった。見ているうちにさらに傾いた。マットレスを手で握りしめ、足の力で踏ん張ったが、背中を伸ばしておくことさえすぐに難しくなった。

背後をちらっと見た。すぐに、私が座っているここが、天井も床もない無限の壁になるだろうということがわかった。百メートルほど離れたところに、傾いたまま横倒しになっているスーパーが見えた。あそこに投げ出されるんだろうな。それも運がよければの話で、周囲はがらんと空いているから、その向こうまで転げ落ちたら、蚕室駅あたりでやっとぶつかって止まるだろうか。そのころにはもうずたずたに引き裂かれて、何も残ってないだろう。

私はもうちょっと近くの消防車に目を止めた。あそこを目標に転がっていったら、しばらくは生きていられるかも。いや、そこより手前の街灯にぶら下がったら、腕の力が抜けるまでは生きられるかも。なぜか、まだ生きる算段をしている自分がおかしくて笑ってしまう。

突然、地面がドーンと沈んだ。吐き気がする。あいつを見ると、赤くなって頬をぴくぴくさせている。

「どうしたんだ」

「……どっちもどっちだ」

奴が息を吐きながら答えた。そのとき泣き出してしまったのは、緊張が解けたせいだったのか、それとも恨みがつのったからか。私はうなずいた。二人とも悪者なんだから、謝る必要も、謝られる必要もなかった。

その日

稲妻人形をいじりながらマットレスに寝ていると、〈隕石〉が声をかけてきた。『あなたも超人になれる』『うちの子を超人にする育て方』なんて本をどっさり積んだ横で。

「あんた、本当に娘に会いたいの」

「何でだよ、超光速宇宙船でも作ってくれるのか？」

「重力レンズって知ってる？」

遠くから、アナウンサーが災害報道用に服を着替える音がしてきそうだった。津波と火山の爆発と地震が一緒にやってきそうだ。「市民の皆さん、また避難してください！　二人とも暴走しています！　こんどこそ滅亡の危機です！」

「砂漠で蜃気楼《しんきろう》が発生するわけを調べてみたんだけどさ」

「やめとけ」

やっとそれだけ言えた。遠くで地平線がたわむのが見えたからだ。

「熱い空気で光が曲がるせいなんだってね。光は重力によっても曲がるし……」

「やめとけ。とにかくもう、何もするな」

〈隕石〉は、地上の光が曲線を描いて上っていくところを腕で真似してみせた。と同時に、あいつの肘の方向で地平線が持ち上がった。まるで地球が丸く凹んだ器の形に変わってしまったみたいに。

私は人形を離してマットレスをぎゅっと摑んだ。摑んだからって、この大惨事から逃れる方法なんてあるはずもなかったが。脳内アナウンサーも恐れおののき、荷物をまとめて逃げだしそうな勢い。「おしまいです！　世界滅亡です！　『ビジョン』は事実でした！」

「驚かないでよ。光が曲がっただけなんだよ。そう見えるだけだ」

驚愕の表情を浮かべた群衆の後ろで、コンクリートの地面が持ち上がった。漢江《ハンガン》と炭川の流れが滝のように持ち上がり、地面とビル群が傾いた。世の中がすべて起き上がったので、中間の丸くつながったところがなかったら、地平線に近い方は高い山から見おろした風景のように見えただろう。

「だからさ……え、うわ、ひどい眺めだな」

〈隕石〉が目の前に舞っている雪片を払いながら言った。

「あっちが水原駅だ。見えるだろ、あそこにあんたの娘がいる」

〈隕石〉がにやりと笑った。拍子抜けして頭がずきずきした。

「何だ、このガイキチ」

「ずいぶん頑張ったんだぞ、これでも」

「畜生、ちびるじゃねーか」

本当にちょっと漏れた。私はズボンのファスナーを開けて立ち上がり、近くの花壇に放尿した。小便しながら、小便ってのはいつまで「私」なのか考えた。尿道の中にいる間か、地面に届いてなくて水流といえる間か。

突然、突拍子《とっぴょうし》もない考えが頭をよぎった。私はしばらくその考えに耽っていたが、ファスナーも閉めずにあわてて戻った。

「お前、遠くにあるものは何で小さく見えるか知ってる？」

「あんた、そのちっちゃいのしまってから言えば？」

〈隕石〉が私のベルトの下を指して言った。私はファスナーを上げて答えた。

「光が広がるからだ。それだけだよ」

〈隕石〉は目をぱちぱちさせた。

「水原駅からここまでの間に光を集められるか？　私が時空をどうやって曲げたらいいのかはわからないけど……」

そして〈隕石〉が私の目を見ている間に、世界が私たちに向かって走り出していた。何もかも貫通して走る超高速列車に乗ったように。

人がぎっしり乗り込んだバスが私たちを通過した。食卓についた家族たちが、銭湯で横になっているおじいさんが、トイレでお尻を出していきむ人が通過した。カフェでおしゃべりをする恋人たちが、食堂でスープを配膳するおばさんが、新聞紙をかぶってベンチでぐったりしている人が、学校から帰ってくる子供たちや会社から出てきて挨拶する人たちが通過した。電車一台が丸ごと通過した。スマートフォンをのぞき込んでいる学生が、歌を歌いながら歩く盲人が、手袋を売る行商人が。

線路に止まっている電車が私たちを通過すると流れが止まった。私はイェジの前に立っていた。時間が戻った。ずっと前に出発した、いったいいつなのかわからないあの日へと。

過去の風景だ。

「早く」

イェジが赤いかばんを背負ったまま、口の形だけでそう言った。私があそこからいなくなったこともまだ知らない目だ。そりゃ知らないよな。神経伝達速度っていうのは……いや、やめておこう。私はイェジに向かって手を差し出した。何もないところに手をついたので、はずみで揺れてからまた止まった。

イェジが無限の信頼をたたえた表情で私を見ている。私が英雄であることを、そして英雄として帰ってくることを信じて疑わない顔で。何も変わっていないし、すべてうまくいくと言ってるみたいに。

私の中から何かがこみ上げてきて口を塞いだ。

「ひゃあ」

〈隕石〉の奴が後ろからイェジの頭を撫でた。

「大きくなったなあ」

そして何か思い出したように、にきびだらけの顔をしかめた。

「あんた、家に帰って、写真一枚でも持ってきなよ」

私は目を大きく見開き、沈黙の中で〈隕石〉を眺めた。

「うち……遠いからな」

「ああ、遠いけどな」

奴が言い終わると私はフフフフと笑い出してしまった。そしてすきっ腹をかかえて笑った。あいつも笑ってマットレスに寝転がり、それから二人で腹をたたき、頭突きをして笑った。そして気づくと、妙な感じがした。何だかあたりの様子が変わっていた。ずーっと見つづけて、夢の中でさえ逃れられなかった風景が。超大型望遠鏡で見るみたいに、世界が丸く凹んだ器に入っているのとは別の問題で。いや、まさにその問題で。

「明るい」

私がつぶやいた。

「え?」

「明るくなった」

私は説明を求める表情で〈隕石〉の目を見た。

「何で明るくなったんだろう?」

「何でって……」

私は頭上を見た。空が、皿のような形で凝集してきている。頭の上から光が降り注いでくる。影が私の足もとに小さくかたまっている。凹んだ鏡の下に光が集まるように。昼が明るいのは太陽光が強くなるからじゃない。光が垂直に降り注ぐと、通過する大気の層が薄いため、照らす面積が狭まるから……。

そこまで考えて私はスーパーの方を振り向いた。奴が私の視線を追ってきて、自分の口を塞いだ。うわあーと叫び、あわてふためく。

「ねえ、わざとじゃないんだよ。さっきまで、こんなこと想像もつかなかったんだ……」

　私はあいつをぐっと引っ張って抱きしめた。

「よくやった、このガキ！　お前が全部やったんだな。大手柄だ！　お前こそ本物の英雄だ！」

〈隕石〉の体がさっと熱くなった。また私を殺すつもりかと思って離れたが、単に顔が火照《ほて》っただけだとわかって気まずくなり、ごまかした。それから奴の背中をたたいて励ましてやり、スーパーに駆けつけた。途中で一回転んだ。


　スーパーの中はまぶしかった。傾いた床から窓のない通路まで、光であふれている。壁にも天井にも床にももれなく光が差し込んでいた。

　何の苦もなく二階に入れた。ドアのすき間と窓のすき間から、割れた壁のむこうから差し込む日差しが、半分くらい沈んだ空間を照らす。一日に一歩も入れるかどうかと思っていた空間に王者のように立ち、見回す。長い間、大きな山みたいにしっかり、でんと構えていたのが倒れた冷蔵庫だったとわかると、吹き出してしまった。

　息を大きく吸ってから、それを空っぽの空間に吐き出していった。嬉しさのあまり床をばんばんたたきながら、声を出して笑った。消防士に借りたマスクをつけて、思い切り歩き回った。楽しく穏やかな気持ちだった。

　そうか、「ビジョン」を見たのはこのためだったんだな。軽い刺激。それが宇宙の意志であれ何であれ、私を助けるための小さないたずらだったんだ。この、笑っちゃうような奇跡を起こすために、まじめに準備されたものだったのか。

もうすぐ終わる。終わったらイェジに会いに行こう。娘にキスしてやって、何ごともなかったみたいに家に帰るんだ。一緒にあったかいお風呂に入って、布団をかぶってぐっすり寝た後……。

うきうきと想像していると、人影が目に入ってきた。ああ、救助すべき人がいるなと思って喜んだのも束の間、その人が天井に背中をくっつけて立っているのがわかって私は動転した。人が立っていた。絶対人が立つような場所じゃないから何度もそのまま通り過ぎたところに。柱か、スチールの机か何かに引っかかって、沈みかけて止まっているなと思っていた地点に。

それを見た瞬間、心がぼきんと折れた。真っ暗な闇が押し寄せてきて私の頭を飲み込んだ。頭の中でスーパーが轟音を立てて崩れ落ちた。「復讐だ」スーパーが叫んだ。「私にこんなことをするなんて」

制服を着た女の子が、背中で天井を支えたまま立っていた。

ここで火災が起きたのだ。その爆発力が、崩壊寸前のビルをしばらくの間支えていたのだ。意図的にやったのか、衝撃力の余波でそうなったのか。ともあれ、誰かが後に残って中からドアを閉めたのだ。通路に有毒ガスが上っていかないように。幸運というほどのこともない偶然だ。幸い下で何かが引っかかったため、これ以上は沈まなかったのに。だから私が来るまでビルは崩壊しなかったのに。

この子が一人でビル一棟を支えていた。水原駅からここまで行くのは面倒だと私がごねていたときに。責任を負うべき人がみんな逃げてしまい、通報もせず避難指示も出さず、今もどこかで自分のミスではないと責任を押しつけ合っている間に。

私が来なかったらここに何日いただろうか。いや、何か月いただろうか。息が尽きるまで耐えただろう。このまま埋まってしまったかもしれない。いや、そうだったはずだ。私の後には誰も来なかっただろうから。〈稲妻〉が人を全員救出したという速報の一行ぐらいは出て、武勇伝がでっち上げられ、隠蔽されただろう。ことを大きくしないよう、行方不明者の捜索だって最後まではやらなかっただろう。

この子をなくした母親が裁判所の前でデモをしても誰も気に止めないだろう。そこに立っていただけだと思うのだろうから。お花畑や車道に誤って一回侵入しただけでも、法律違反だといわれ、しっかりぶち込まれてきただろう。一家に超人がいると世間の目も冷たいだろう。一人で引き受けて後始末がうまくできなかったこともたくさんあっただろう。

「お、何か見つけたか？」

〈隕石〉が楽しそうに口笛を吹き、見物人とワルツを踊る真似をしながらこちらへ向かってきたが、私の顔を見ると一瞬で気づき、走り出した。

女の子を私のマットレスに寝かせた。この子を運び出したらビルがつぶれるだろうが、知ったことじゃない。沈めばいい。すっかり崩れてしまえ。

女の子の肩は外れ、椎骨はすっかり曲がっていた。手足も骨折していたようだ。負傷を調べようと服を探ってみると、もっとひどかった。肋骨も四、五本折れている。〈隕石〉が救急箱を開けて包帯と添え木を渡してくれたが、手が震えて何度も取り落とした。腕に添え木を当てようとすると肩がガタガタし、肩に当てようとすると腕がガタガタした。もう死んでしまったのか、もうすぐ死ぬのかわからない。なすすべもなく、女の子を抱いてその場にうずくまってしまった。

「心臓が搏《う》ってない」

「当たり前だろ」

「脈が触れない」

「おい、しっかりしろ」

「病院に連れて行かないと」

「今行ってどうすんだよ」

日がガクッと傾いた。一列に寝ている人たちの体に落ちていた影が、軍隊のようにいっせいに動いた。取り巻く群衆の目がゆっくりとまばたきした。スーパーの屋上が水に濡れた段ボールのように凹んだ。煙がふくらみ、押さえつけられていた地面から土埃が不気味に立ち上った。

「もうやめよう」

それは私の本心だった。そう言うや否や〈隕石〉が赤くなった。

「何でだよ。病院に行って、この子が助かるかどうか見てもらわないと」

「後にしろ」

そう言うと、〈隕石〉が私の腕をつかんだ。声が変わった。低くて重い声だった。

「後っていつだよ！」

私は奴の手を振り切って言った。

「こんなことして何の意味がある！　今、人を助けてどうなるんだ。来月にはまたどこかで倒壊事故が起こるだろう。その翌月もな。金を握ってる連中は人を入れ替えながらずっと生き延びるし、何人死のうがおかまいなしだ。結局お前も殺すんだ、イェジも、私の家族も全員な！」

空が沈んできてあたりが薄暗くなった。私が立てておいたほうきが倒れ、いつもにこにこ笑っていた稲妻人形がころころ転がってきて、〈隕石〉の靴の先にぶつかった。

「落ち着けよ」

「落ち着かなかったら、」

私はさっと果物ナイフを手に取った。

「誰がどうなるってんだ？」

私はナイフを持ったまま、寝かせておいた死体の山に向かって走っていった。誰でもいいから刺すつもりだった。どうだっていい。私が助けた命だ。私のものだ。全部私のものだ。私にできないことは何もない。何もかも引っくり返してやる。今罪を犯している者たちと、今後罪を犯す者たちのどっちも。

足を踏み出したが足が地面につかず、氷でも踏んだようにさっと滑った。滑ると同時に体が回転した。それが止まらず、空中で回りつづけた。腕を振り回してみたが無駄だった。体に触れるものがないのは縛られているのと同じで、何も押せないしつかめないし、踏むこともできない。

世界がゆっくり回転し、〈隕石〉が真っ青になってマットレスに座っていた。血の気が失せて、目元が黒ずんでいる。私は怒りを抑えられず、もがいて大声を上げた。わめきちらし、それから黙った。

そうやっていると、こんな自分のていたらくがおかしくてくすくす笑ってしまった。笑ってから涙が出た。

死ぬのが悲しいからじゃない。変な言い方だけど、それはまだ起きていないことだから。私の中の何かが切れ、取り返しのつかないものになってしまった、前とは違うものになってしまったことに泣いたのだ。

〈悪党〉が英雄になるときも、もしかしたらこんなふうに泣くんだろうな。それでも私の大切な心ではあったのにと、消滅してしまった自分を悼んで。

〈隕石〉は私の泣き声が止まるまで待っていた。人をみじめにさせやがって。

「何やってんだ」

私は催促した。

「早く片づけてくれよ。みっともないじゃないか」

「落ち着けよ。あんたは大丈夫だ」

私は奴の方を振り向いた。

「やっちまえよ。今、私が降りたらもう捕まえられないぞ。待ってやってもいいけど、何も変わらないよ。今、私を消さなかったら、人一人殺しただけで済まない。このちび悪党」

奴が悲しそうに私を見た。私も悲しかった。本音など明かさず、冷静になったふりをすればよかったのかもしれない。まだつまらないプライドが残ってたんだろうな。これでいいのかどうかはわからないが、いやもう永遠にわからないが、それでも世界にチャンスをやりたい。

奴は答えなかった。その気持ちはわかるが、わかればわかるほど恥ずかしい。

それにもうんざりしてしまって、いやもう、歌でも歌うかという心境になったあたりで、不意に奴の声がした。

「大丈夫みたいだよ」

「何が」

「えーとさ……」

あいつが頭をかいた。

「だって俺、もう〈悪党〉なんだもん」

死体のように一列に横になっていた人たちが、くすっと笑ったように思えた。あんなに長時間、びっくりしたような顔で私たちを取り巻き、見守っていた人たちも、作り笑いをしながらこっちを指差しているようだった。

「あんたにはサイドキックが一人必要だよ。アシスタントもしてくれて、海苔巻きも持ってきてくれる奴が。俺は歳も行ってるしキャリアもないし、どこも雇ってくれないからな」

新しくチーム結成ってことか。世の中には、夫婦詐欺団とかリッチ悪党とかそんなチーム名があるけど、この二人じゃ、どんな名前をつけたってかっこよくはならないな。まあ、もともとそうだったんだが。

「でも、あと一人だけ助けようよ」

意外な提案だった。だが、変ではない。私はそれについてじっくり考えた。

「できそう？」

「そうだな……、いや、いや、ちょっと放っといてくれ。できるときに降ろしてくれって言うから」

「はい」

奴は礼儀正しく答えて頭を下げた。そして私を放っておいて、小さな英雄を元の場所に寝かせ、服についた灰を払った。体をまっすぐに伸ばし、添え木を当てて包帯を巻く。女の子の体は緊張のせいでこわばっていた。まだビルを一棟、全身で支えているはずだ。一人でも助かることを祈りながら。

一人だけ。

あと一人助けることができたら、もう一人助けられるだろう。また私の頭が変になったら、ちょっと縛ってくれってあいつに言おう。そしたら、英雄の最後の仕事としてここで一人くらい助けてから、去っていけるだろうしな。意味はありそうだ。一人の生命、一人の人生を助けることには。

あと十秒でみんなが起きてくる。

頰に赤く血色が戻り、活気が満ち、緊張した体をほぐして体と顔を触りながら立ち上がるだろう。くすくす笑いして抱き合うだろう。すみっこではポケットを探って、自分の身分証だのクレジットカードだのがなくなったと怒って騒ぎ出す人もいるだろう。子供たちは何ごともなかったかのように立ち上がり、歩き回り、母さんか父さんを呼んで家に帰るだろう。まばたきして目を開ける間に。

その十秒後に私が世の中をすっかり破壊するとしても。

鍾路のログズギャラリー

ログズギャラリー（Rogues' gallery）
「犯罪者写真台帳」を意味する用語で、アメリカのＤＣコミックスの悪党（ヴィラン）がチームを組むときに主に使われる。「フラッシュ」に対抗するログズギャラリーが最も有名で、一般に「ログズ」といえば彼らを指す。リーダーは主に氷を使うキャプテン・コールドだ。

今

「全部、あなたのせいだよ」

少女が言う。

やせっぽちの小柄な少女だ。どこかでとっくみあいでもしてきたのか、手足が傷だらけだ。羽織っている薄いジャンパーのポケットがふくらみ、制服のボタンはとれており、なぜか全身絵の具まみれだ。

青く林立するビルの間に不自然にまじった、黄土色のビルの最上階だ。一九七〇年代に河川をコンクリートでおおってその上に建てたビルだが、その後、河川の上に建物を建ててはいけないと法律が変わったので、取り壊しも建て直しもできず、中途半端に放置されてきた。今回やっと建て替えの許可が降りたので、中を全部取り壊しているところだ。

作業員が帰っていったビルの中はがらんとしている。内壁は全部壊されているので隠れるところもない。壁のあったところには資材がひっそりと積み上げられて、作業員が使ったらしい燃え残りの薪《たきぎ》が入ったドラム缶が、突っ立っているだけの無関心な審判みたいに、どかんと置いてある。

「全部あなたのせいだよ、〈稲妻〉」

少女が窓を背にして立ち、そう言った。

「あなたが何もかも壊しちゃったから」

「見ようによっちゃな」

〈稲妻〉と呼ばれた男が薄暗い壁の内側に座って、自嘲の混じった声で答えた。腐ったような匂いがする粗末なジャンパーに、すり切れたジーンズという服装だ。顔にはあばたのようなでこぼこがあり、無精ひげが点々と黒い。

「超人全員への裏切りだよ」

「もしかしたらな」

〈稲妻〉と呼ばれた人は面倒くさそうな顔で窓を見つめていた。

私との約束がなかったら、その人は百分の一秒にも満たない間に少女の首を折ることもできただろう。その気になりさえすれば。

窓の外が見える位置ではないのに、男の視野には外の風景が入ってくる。本当のところ、窓のところに立ったって見えるわけじゃないのだが。

男は闇の中に座ったまま、市庁前広場と南大門《ナムデムン》に詰めかけた津波のような人の群れを見ている。私は彼の目を通して群衆を見ている。

「ビジョン」だ。

未来の風景。幻視とでもいうのかな。速度という能力を持つ超能力者に発生する、一種の副作用だ。

清渓川広場《チョンゲチョン》から市庁前広場まで人がぎっしりだ。街には怒号が満ちあふれていた。高く挙げた手はどれも、黄色い稲妻の形の電力マークの上に赤いバツ印をつけたプラカードを持っている。「〈稲妻〉を殺せ」「超人を地獄へ」といったキャッチコピーも目につく。通りの真ん中で、赤い服を着せたわら人形が燃やされている。海兵隊の軍服を着た老人たちが「超人の悪行」という赤い文字でいっぱいの垂れ幕を掲げて行進している。メガホンを持った人が「超人管理法を制定せよ」「超人はこの国から出ていけ」と叫ぶ。

〈稲妻〉が窓から目を離すと、未来の風景は消える。〈稲妻〉はうんざりした顔で、お尻の埃を払って立ち上がった。

「お前に俺を止めることはできないよ」

〈稲妻〉が少女に言った。

「氷は光に勝てないからな」

「あなたが本当に光ならね」

「氷」と呼ばれた少女が、両のこぶしをぎゅっと握りしめた。少女の息が白く凝《こご》った。冷気が霧のように広がり、下に落ちてきて、窓に雪の花が咲いた。湿ったコンクリートの壁に、鳥肌が立つように白い雪の結晶がついた。

さあ、二人が対決する前に、
どうしてこうなったか説明しなくちゃいけないよね。
えーと、どこから始めたらいいかな。

七年前、ソウルの龍山《ヨンサン》区庁に、プラカードを持った人たちが抗議に押しかけたことがある。当時私は十二歳で、アイスクリームを食べながら母さんに手を引かれてそこへ行った。父さんはフライドチキンをつまむためのトングを、隣の家のおじさんは焼肉用の火かき棒を持ち、二人ともお店に立っているときの姿そのままだった。公務員の人たちはとても怖かったはずだ。帰ってくるとき、おじさんたちが順番に私を肩車してくれて、ときどき胴上げもしてくれた。そこから話を始めようか。

いや、五年前に開かれた学術会議の風景から始めてもいいのかも。
◯◯大学社会学科の大講堂にこんな垂れ幕がかかっていた。

（社）韓国社会心理学会
主題：超人対一般人——ヘイトをいかに防ぐか
発表：朴◯◯教授

集まった人たちは困った顔で、ひそひそと耳打ちしていた。
「何のこと？」「ありえなくない？」「えーっ、こんな全国区の行事に心理学者を全員集めておいて、災害対策ってどういうこと？」「ほんとにあんなことやるんですか？」
舞台の上の教授はお構いなく講演を続けた。モニターの画面にはこう書いてあった。

ヘイト対策チームの構成

副題：ログズギャラリー（Rogues' gallery）

または、一年前のこんな風景から始めたらどうなるかな。


私はガタゴト揺れるバスの座席で寝ていた。

外ではにわか雨が降っていて、私はふわふわの毛のついた大きなヘッドホンで音楽を聴いている。私の通学かばんには小さなバッジがずらっと並べてつけてある。昔風のダイヤル電話、昔風のラジオ、無線機、ポケベル。全部、とっくに姿を消した通信機器だ。全部、私のコレクション。私たちみたいな人の八十パーセントは、自分の能力に関するグッズを集めるのが好きなんだって。まあ、そうなりがちだよね。

窓の外のバス停に塾の広告が出ている。芸能人がにっこり笑っている写真の横に「あなたのお子さんが超人だったらどうしますか？」というキャッチコピーが見える。「潜在的な〈悪党〉だったら？」

私が何かに驚いてかばんを抱きしめた。続いてパトカーがサイレンを鳴らしながらバスを追ってきた。バスが道端に止まると、乗客たちはあわてて、白く曇った窓をカーテンや服で拭いて外を見た。雨に濡れた警官たちがどやどやと乗ってきて私を取り囲む。

「ちょっと一緒に来てください」

「嫌です」

私は首を横に振った。

「大したことではありません。ちょっと降りて」

警官が手を差し出し、私は身をすくめて哀れっぽく言う。

「ユンシクおじさん、嫌です」

警官の表情がさっとこわばった。

「ヒョニのお父さん、私を連れて行かないで」

警官たちがお互いに顔を見合わせる。

「報告書通りだな、家族の名前まで見抜いちゃうのか。引っ張り出せ」

私は通学かばんを抱きしめて体をすくめる。私が大声で叫び、その声がバスの中に広がる前に姿をくらます。私の悲鳴の残響だけがバスの中をかけ巡る。私は突風を起こすこともなく消える。警官たちは驚天動地のていで叫ぶ。

「〈稲妻〉だ！」

乗客たちも仰天する。

「〈稲妻〉のしわざだ！　〈スーパー悪党〉が出現しました！　緊急超人災害速報発令！　皆さん、避難してください！」

警官の怒号とともに子供が泣き出し、悲鳴が広がる。人々が先を争い、押し合い、転び、踏まれ、泣きながらバスを降りていく。


えーと、ちょっとストップ。

私の話をしてる場合じゃなかった。そもそも、あそこで〈稲妻〉と対決しているのは私じゃないんだから。私が話したいのはあいつ、〈稲妻〉のことなの。ともあれ、最初からやり直した方がいいな。

＊

「波源」。

「教育放送入試特別講座・国語」という字幕の出ているテレビ画面の中で、「百発百中」というバッジをつけた若い講師が黒板にチョークでアンダーラインを引いた。

「湖に石を投げれば波紋が起きますよね。その波紋の始まりの地点が『波源』です。超人コミュニティの隠語では『雰囲気を醸成する人物』のことです。はい、ここにアンダーラインね。いわば流行のトップランナーというわけですね。では二〇一四年と一五年の模試の過去問を見てみましょう。一九七〇年代にはこの人が流行をリードしていました。変な服を着る流行があったんですねえ」

講師は、真っ青なスパンデックスの服を着て真っ白な歯を見せて笑っている、健康そうな男の写真を少し持ち上げて見せた。

「この『波源』が誰であるかによって、超人社会の雰囲気が変わります。その人が善人であるのか、小市民なのか、革命家なのか……または〈悪党〉か」

講師は最後の単語にアクセントを置き、厳粛な顔をした。

「超能力を持たない我々『正常者』なら、影響力を行使する人も似たりよったりです。政治家とか財閥のトップ、芸能人、つまり……力のありそうな人物です。しかし、超人に与えられた力は無作為なものですからね。誰が力の中心になるかわかりません。そしてこの人は、何というか、小市民だったんですね」

講師は男の写真を指さした。

「普通に仕事に通いながら、近所の地域猫の面倒なんか見てたんですよ。このころは超人たちも全体的に穏やかでした。でも、この『波源』が死んだり引退したりすると……」

講師は写真を横に動かしながらそう言った。

「超人社会全体に変化が起きます。そこに迷信じみた信念が重なった結果、この『波源』は、旧韓末時代（朝鮮王朝が一八九七年に「大韓帝国」の国号を採用してから一九一〇年の日韓併合までの期間）から続いている超人間抗争に口実を与えました。一九七〇年代までは、『波源』を倒して世の中を変えようと、街頭で決闘する超人が見られたものです。派閥争いも多かったですし」

講師は、「まあ、とかく超人っていうのは」と言いたげに首を振った。「皆さんはそんなことしないでくださいね」と念を押すような目つきもまじえて。

「そして、今の『波源』はですね」

「史上最悪のテロリストです！」

ＫＢＳのレポーターが、喉仏が飛び出すほどの大声を上げた。

「見てください、この凄惨な風景を！」

レポーターが後ろを指さした。消防車とパトカーがぐるりと取り囲む中、国会議事堂からもくもくと煙が立ち上っている。緑色の円蓋は大根を切ったようにスパッと断ち切られて地面に食い込み、柱のうち二本は土台から離れていた。右側の壁はケーキをカットしたようにざっくり切り取られていた。正面には、スプレーで描いた黄色い電力マークがあざ笑うように残っている。

「〈稲妻〉は昨年一年間、市庁・道庁、警察庁、主要政府庁舎二十三か所で、正視できないほどの恐ろしいテロ行為を行ってきました！」

「うーん……正視できないテロ行為とまで言うにはちょっとねえ」

インターネット放送のビデオジョッキー二人が額を突き合わせ、ノートパソコンを見ながら言った。

「天井に落書きをしたり、物の位置を変えたり」

「警察庁の壁をすっかり赤く塗ったり」

「正視できないってのは合ってますけどね。速すぎて見えないから」

「国会議事堂の件は、やりすぎでしたね。〈稲妻〉はあれで墓穴を掘りました」

「ナチやＩＳにたとえられていますが、実際に人を殺したり危害を加えたわけでもない人たちをそんなふうに呼ぶのは、正当でしょうか？」

「いや、同様のテロを保育園や病院でやったと想像してみてくださいよ……」

「待ってください、そんな比喩の仕方はだめでしょう」

「しかし最近、若者層を中心に、このような犯罪者に憧れる傾向があり、ひんしゅくを買っています」

レポーターが後を続けた。

「すかっとするじゃないですか。〈稲妻〉兄貴、最高！」

中学生らしき少年がカメラに向かって指でＶサインをしてみせた。帽子には稲妻マークが刺繍されている。後ろにいるクラスメートたちが、同じ帽子をかぶって一緒にVサインを振ってみせた。

「子供たちが真似するんじゃないかと思うと怖いですし……」

一市民のキム◯◯さんが言った。

「超人はみんなこうだという偏見が広がるのではないかと心配です」

顔を猫のお面で隠し、猫の手形の手袋をはめた超人の〈野良猫〉氏が言った。

「とうとう国会議事堂までやられました。次はどこでしょう？　このテロ犯が大統領府に入って大統領を暗殺しないと誰が言い切れるでしょうか？　一秒で世界を滅ぼすこともできる〈悪党〉が堂々と街を闊歩《かっぽ》しているのに、捜査当局の対応は遅々として進みません。ここまで、KBSの◯◯◯レポーターがお届け……」

「口で言うほど簡単じゃないんですよ」

汝矣《ヨイド》島区の警察署長が咳払いをしながらそう言った。

「超人一人を捕まえるには超人の警官一人が必要なんです。スリ一人捕まえるのにも、ですよ。でも、超人は公式的に警官になれませんから」

「超人はいかなる公職にもつけないんですよね」

向かいに座ったキャスターがペンをくるくる回しながら聞いた。

「選抜の際、公正性が保てないからです。超人は能力が千差万別である上に、どういう能力を隠しているかわかりません。すべての超人に適用できる公正な試験の体系を作るなんて無理ですから」

「それは、そのための予算編成を組まないからじゃ……」

「しかも、〈稲妻〉は『ゼロ等級』の超人です」

警察署長はキャスターの話をぶった切ってそう言った。

「『ゼロ等級』という用語についてもう少し説明していただけますか」

「一般人がそれに対抗する力を持つことが不可能だという意味です。例えば、単に力の強い超人なら何らかの装備で対抗できます」

二人の後ろのモニターにお面をかぶったレゴ人形のイラストが現れた。レゴ人形が岩を持ち上げると、横からフォークリフトが現れて一緒に石を持ち上げた。レゴ人形が驚き、岩を投げ出して一目散に逃げていく。

「しかし〈稲妻〉は光速で動くわけですから」

画面が変わると、今度は胸に稲妻マークをつけたレゴ人形が現れ、あたりをぐるりと見回してから消えた。横に「？」マークが出た。

「現代科学はまだ、重力圏において、電子より大きい物質を光速にまで至らせることはできません。言い換えれば……」

警察署長は間を置いた。

「今のところ、公権力が〈稲妻〉を捕まえる方法はないのです」

沈黙の中、二人の間で視線が行き交った。

「それは困りましたね」

「政府の責任ではありません。超人は自然災害なんですから」

「でも、事件・事故が起きるといつも民間の超人活動家に収拾させて、警察は寝てばっかりいるじゃないですか」

「何をおっしゃる、そんな左派みたいな、アカみたいなことを」

「〈稲妻〉のテロ行脚《あんぎゃ》がマスコミによって誇張されたという批判は多少あるでしょう。しかし、テロリストであることだけは変わりませんね」

キャスターが続けた。

「では質問ですが、この国に、いえ地球上に現存する装備や人材を総動員しても〈稲妻〉を捕まえられないなら、どうやって〈稲妻〉を逮捕する計画なのか、見当がつきませんが」

警察署長は、まさにそれを話すためにここにやってきたと言いたげないかめしい顔で、机をトントンたたいた。

「国際規約に基づき、ゼロ等級の〈悪党〉はCAC（Citizen's Arrest-allowed Criminal）、つまり市民が逮捕できる犯罪者に分類されます」

「もう少し詳しく話していただけますか？」

「この〈稲妻〉に限っては、一般市民が警察の代わりに逮捕することを国が認めるという意味です」

キャスターはペン軸をあごに当てたまま相手をじっとにらんだ。

「あんまり聞こえのいい話じゃないですね。その法律は、維新政権（一九七〇年代に朴正熙が自分の軍事独裁政権を延命させるため、「維新」と称する改革を行った）の戒厳令下で、手続きを踏まずに罪のない市民を捕まえるために使われたものでしょう？」

「ははは、いったい今がいつだと思ってそんな心配を」

警察署長はからからと笑った。

「そもそも、現行犯なら一般市民でも逮捕できるんです。ただし保安法が適用されると正当防衛の範囲が広がるので、器物を破損しても保険が適用されます。逮捕に寄与した市民には最大十億ウォンの褒賞金が……」

一週間前

「これって、ロトみたいなもんじゃん！」

〈霜〉がスマートフォンを見て歓声を上げた。

「十億ウォンだって！　それだけあれば新しい家に引っ越せる！」

そう、まさにこの子。

私が今から話そうとしているのはこの子のことなんだ。アイスコーヒー、かき氷とも呼ぶ。三年生なのに、一年生の課題である角氷もまだ作れない子。卒業しても、アシスタントとして誰かに拾ってもらえるかどうかぎりぎりってとこ。

「え？　新しいイエ？　何がイイエ？　イエティ出る？」

〈霜〉の背中にもたれかかっていた〈ヨード〉が、ぱっと目を覚ましてアホなことを言う。〈ヨード〉のことは気にしないでね。あんまり関心持たないでおいてくれるとありがたい。

「私が捕まえるよ！」

〈霜〉が、体育館の外から聞こえてくる喧騒の中でそう言った。

「ほら！　見て！　このサイト見たら、韓国で〈稲妻〉を捕まえられる超人は私だけだって！」

〈霜〉が〈ヨード〉にスマートフォンを見せた。画面の中では伝統衣装を着たクマちゃんが、

「もっと詳しい超人対戦情報をご希望なら決済ボタンを押してください」というプラカードを持って、ぺこっと頭を下げている。

「有料サイトで見なよ。無料の情報じゃ、あてにならないでしょお」

〈ヨード〉はあくびをしながらスカートの裾を腰まで引っぱり上げ、あぐらをかいて座るとそう言った。私は教科書に集中しようと頑張ってみたけどがまんできず、本を閉じて割り込んでしまった。

「しょーもないこと言わないの！」

全校生徒が朝から体育館に避難していた。先生たちは生徒の間を大声で叫びながら歩き回っていた。何をすべきかわからないから、ちゃんと並べとか静かにしろとか、無意味に声を張り上げている。江南《カンナム》の学校では月に二度消防署と警察署の人が来て、超人対応の避難訓練もやるらしいけど……。

体育館の壁は地震のときのように大揺れし、外では四方に爆弾が落ちたみたいにドーン、ドーンという轟音が鳴り響いていた。先生たちとは違って災害に慣れている私たちは、寝そべって携帯電話でマンガを見たり、音楽を聞いたりしながら楽しく授業をさぼっていた。

「〈稲妻〉は誰にも捕まらないよ。〈稲妻〉は光なんだから。光をどうやって捕まえるの？」

「何で光は捕まえられないの？」

〈霜〉が目を丸くしてそう尋ね、私を怒らせたのが災いの元だった。

＊

「全国各地で超人どうしの決闘が起きています。今回、〇〇高校の近くで対決して逮捕された超人〈爆弾魔〉は、〈稲妻〉の仲間と見られる超人を探して情報を取ろうとしていたと弁明しました」

「〈爆弾魔〉は、昔は〈悪党〉に分類されていた人ですね？」

「これに対して市民たちは、英雄を解放しろと裁判所前で抗議デモをしています。市民たちは、テロリストを捕まえるためなら多少の犠牲はやむをえないという意見です」

「ところで、〈爆弾魔〉が攻撃した超人は〈稲妻〉の仲間だという疑惑がありますが、それは〈爆弾魔〉側が主張しているだけではありませんか」

「それほど〈稲妻〉に対する市民の怒りが大きいと言うべきでしょう。一方、○○高校の保護者たちは、超人として登録された生徒は分離して教育を受けるべきだと要求しています」

「やはり心配になりますでしょうね」

「江南の○○小学校でクラス分けをしたのが始まりでした。保護者たちは、正常な子供たちの安全を考えれば当然だという意見です」


「〈稲妻〉は光速で走るんだ」

私は教室の床に模造紙を広げ、絵を描いて説明した。〈霜〉と〈ヨード〉は紙の向こうにしゃがんで見ていた。

「それってどういう意味かわかる？」

「どーゆう意味なん？」

〈ヨード〉がおばかっぽい顔で、乳酸飲料をストローで吸いながらのろのろ尋ねた。もう一回言うけど、この子のことは覚えておかなくていいです。

「〈稲妻〉より速い人はこの世にいないって意味」

私が言った。

「光より速いものはなく、光速で走れるのは光だけ。光速に近い速さで走れるのも、微粒子より大きいものでは〈稲妻〉しかないの。だから〈稲妻〉より速い人も、機械も、とにかく〈稲妻〉に追いつけるものは世の中に存在しないって意味だよ。さあ、それじゃ、誰がどういう方法で〈稲妻〉を捕まえられる？」

「鏡で反射させればいいよ！」

〈霜〉が目をキラキラさせてそう言い、また私を怒らせた。

「光じゃなくて、人のことだから！」

そのとき廊下から「〈稲妻〉をぶっ殺せ」という喚声が聞こえてきた。生徒たちが廊下でデモをしているらしい。各学校にも「テロ犯に関するデモは許可する」という公文書が送られてきたので、みんなすっかりいい気になっている。一週間前からは顔にタトゥーを入れて登校する生徒も出てきたし、仮面をかぶったりマントを羽織ってくる子もいた。今日は「反テロ読書感想文大会」と「絵画大会」のお知らせも貼り出されている。どの階でも一昨日から廊下の窓に「JUSTICE」という文字が貼られていた。

私たちがいる場所は、離れたところにある教室だ。黒板には大きく「自習」と書いてあり、まわりには落書きがいっぱいだ。ここは特別支援学級だけど、英才教育をやるわけでもない一般の高校なので、この学校に在籍する超人は私たち三人だけだ。一年生のとき、電気能力を持つ非常勤の先生が電気スパークの起こし方を教えてくれた。その後、外部の先生の特別講義を三回受けたのが、私たちが学んだ「特別支援教育」のすべてだ。そのうち二回は衣装デザイナーが服の作り方を教えてくれて、もう一回は役所の人が二重身分証を申請する手続きを教えてくれた。

「あんたなんか、一年生の宿題だった角氷もまだ作れないくせに！」

「それはそうだけど」

〈霜〉が口をとんがらせた。

「凍らすのはできるんだよ。形が作れないだけで」

「あんたって、旧韓末時代にでも生きてるつもり？」

私は腰に手を当てて話を続けた。

「超人が道で殴り合って勢力争いしてたころとは違うんだよ。原始社会と文明社会の違いを知ってる？　暴力を国家に委ねるかどうかでしょ。私的制裁禁止、自警団禁止。薬は薬剤師に、犯罪者は警察に」

「教科書みたいだなあ」

〈ヨード〉がにやにや笑いながらからかったので、私はかっとなった。

「誰が教科書みたいだって？」

「あんたって、そうじゃん。超人になりたくて、超能力もないのに〈未定《ミジョン》〉なんて名乗って、必死で勉強ばっかりしてる子」

私は脳天まで怒りがこみ上げ、前髪をかき上げて〈ヨード〉に詰め寄った。

「〈ヨード〉より〈未定〉の方が百倍恥ずかしくないよ？　恥かきたくなかったら、あんたも今から〈未定〉に名前を変えたら？」

「ちょっとお、核爆弾が爆発したら、甲状腺がん予防のためにヨード飲まなきゃいけないんだよ？　そのときになって頼ってきても、助けてやらないからあ」

「核爆弾が爆発したら、誰もあんたなんか探さないよ」

〈ヨード〉は名前の通り、ヨード合成能力を持っている。私が見た中で、顔を緑色に変える方法を知っていた小学校の友達を抜かせば、いちばん役に立たない能力者だ。ときどき、こんな無意味な能力を持った子でも超人のタイトルをもらうためにカミングアウトさせる家があるけど、子供だけが無駄に苦労するんだよね。

　私は〈未定《ミジョン》〉だ。ユン・ミジョン。

〈霜〉と〈ヨード〉が二人の本名ではないように、これも私の本名ではない。

〈未定〉、つまり能力が決まっていないという意味だ。

　どの学校にも必ず、苗字の違う〈未定〉がいる。〈ヨード〉が言うように、超人ではないのに超人のふりをして虚勢を張るためにこの名前を使う子もいる。私も虚勢を張るタイプだと思われている。私の同級生たちは私を階段で押したり、頭に物を落としたり、椅子に画鋲《がびょう》を置いたりしてみてそのような結論を下した。

　言っておくけど、カミングアウトしたって苦労はする。力は隠しておいた方がいい。大人たちはだてに仮面をつけて生きているわけじゃない。国では、小さいときから能力を表明すれば良い教育を受けられると宣伝しているけど、この国は一般人だってまともに教育できないんだから。古典的な方法だけど、似たような能力を持つ大人を一人選んで、徒弟みたいに下について学ぶのがいちばんだ。

「うーん、変だね。何で氷が光を捕まえることになってんだろ？」

〈霜〉がスマートフォンをぎゅっぎゅっと押しながら、首をかしげて聞いた。

「あー、そうだよねえ。新聞で見たんだけど、超低温だと光も遅くなるんだってよお」

〈ヨード〉が言った。

「光は水に入るだけでも遅くなるんだよ」

私が言った。

「そして人間は、超低温まで行く前に凍りついちゃう」

「じゃあ、動く前に凍らせちゃったらだめなん？」

私が親切に説明してやったのに、〈ヨード〉はまだそんなアホなことを言う。

「動く前なら銃で撃ったってかまわないでしょ！　大人の超人たちが、そんなことも気づかずに一年も無駄にすると思うの？」

私と〈ヨード〉が言い争っていると、〈霜〉がスマートフォンをトントンたたきながら割り込んできた。

「ねえみんな、これいいよね！　韓国科学技術大学のＩＴサークルが開発したアプリなんだって！」

〈ヨード〉が「どこどこ」と私を押しのけて携帯電話に顔を近づけ、私はため息をついて頭を抱えた。

「ほら！　まわりで物がなくなったり瞬間移動したりしたとき、発見時間と位置を入力すれば、アプリがデータを集めて軌跡を探して、予想経路を教えてくれるんだって」

「おおー、いいねえー」

「特に、食べものが消えたら通報するように、だってさ！　〈稲妻〉は動くときにめっちゃ食べるから」

「ふん、ニセの通報が殺到してパンクしそう」

私が後ろで冷たく言うと、〈霜〉は「それも考慮に入れて補正するんだってよ」とスマートフォンをたたいた。私は楽しそうにフンフン鼻歌を歌う〈霜〉から、さっと携帯を取り上げた。

「あんた、これはやめとき」

「何で?」

「自分の位置をリアルタイムで世界じゅうに教えることになるんだよ。超人へイターにストーキングされたいの?」

私はスマホを返してくれと騒ぐ〈霜〉の頭を手でぐっと押さえつけていたが、その画面を見てぎょっとした。間違って開いてしまった〈霜〉のフェイスブックに、続々とコメントがついている。

「消えろ」「死ね」「怪物は出て行け」「化け物ども」「クソ、うちの学校は何で怪物を退学させないんだ?」「クリーンな学校に通いたい」

私はまばたきしている〈霜〉の顔をちらっと見て咳払いをして携帯を返した。〈霜〉が「あ!」と、すごくいい考えが浮かんだような顔で言った。

「〈稲妻〉を追いかけられないなら、逆に私たちのところに来させたらどう?」

三日前

「新人アイドルのシン・◯◯さんは、過去に自分が〈稲妻〉を応援したことを謝罪し、自筆の謝罪文を公開しました。過剰対応ではないかという憂慮とともに、幕引きを上手に演出したという賞賛も殺到しています」

「水泳選手のペ・◯◯さんは、超人だという噂が絶えないため、自発的に精密超人検査に応じると宣言しました。疑われている理由は、十年前に〈稲妻〉のサイン入り写真をブログに載せたことが明るみに出たためです。ペ選手は『当時〈稲妻〉は〈悪党〉ではなく英雄であり、子供たちの間では超人のサインを郵送で手に入れるのが流行だった』とコメントしましたが、非難が殺到するとその書き込みを削除し、改めて、子供だったため分別もなくやってしまったとして謝罪しました。しかし、市民の反応は依然として冷ややかです」


ソウル市庁や主要マスコミ各社が布陣する鍾路《チョンノ》通り。高くそびえるビルに設置された大型スクリーンは、一日じゅう〈稲妻〉のニュースを流していた。今年設置された最大のスクリーンには、破壊された国会議事堂の画像が二十四時間映っている。

〈霜〉は世宗《セジョン》文化会館や景福宮《キョンボックン》、南大門から光化門《クァンファムン》広場、清渓広場、市庁前広場までぐるぐると歩き回った。〈霜〉はスマホを穴があくほどのぞき込みながら歩き、〈ヨード〉は両手にパンがいっぱい入ったビニール袋を持ってその後を小走りに追いかけ、私は近くにいたくないという空気をガンガンに放ちながら、ちょっと離れて教科書を見ながらついていった。

「あのさー、〈霜〉さあ、パンを道に置いて餌にするのは、さすがに違うんじゃね？」

〈ヨード〉が汗をだらだら流しながら言う。

「そうかな？　パン、欲しいんじゃない？　ただなんだよ？　〈稲妻〉はすごくたくさん食べるじゃない？」

〈霜〉が困った顔で言った。

「私が〈稲妻〉なら、あんたたちに捕まるなんて恥ずかしくて自殺するよ」

私は後ろから暗い声でそう言った。

暑い日だ。市庁前広場は白いプラスチックの椅子でぎっしり埋まっている。空の椅子でいっぱいの広場はゴーストタウンのように異様な眺めだった。椅子の数には及ばないが、五十人くらいの人がみんな退屈そうな顔で椅子に座っている。

七年前に市庁広場で大きな集会が開かれて以来、国では毎日ここを椅子でぎっしり埋めるようになった。「子供たちのための〈悪党〉対策国民大会」という垂れ幕がかけられた舞台では、メガホンを持った人が演説をしていた。人々のプラカードには「超人との結婚禁止法を作れ」「子供たちが危ない」といった文字が書かれていた。

「一秒だけ」

〈霜〉が指をさっと上げて言った。

「ぴったり一秒だけ〈稲妻〉に会えたらそれでいいの！　そしたら私がパパパッて凍らせちゃう。それからすぐに警察に電話するんだ。そしたらもうピンポンピンポン！」

「だけどー、一秒だろうが一時間だろうが、どうして〈稲妻〉があんたに会いに来るん？」

〈ヨード〉は溶けたバターのように空いた椅子に顔を乗せて横になり、だらけた声で言った。

そして、〈霜〉がさっき作ってくれた氷を浮かべたコーラを少し飲んだ。私はできるだけ離れて座り、知らんぷりをして問題集に集中した。

「テロ犯は基本的に、かまってちゃんだからね」

〈霜〉が得意げに言った。

「自分を見てもらいたくて必死なんだよ。でも〈稲妻〉は誰にも見えないじゃん！」

「あー、それでテロをやるんだ、自分を見てほしくて」

〈ヨード〉がコーラのコップを指でたたいて拍手の真似をしてから首をかしげた。

「でもそのことと、〈稲妻〉があんたに会いに来ることが何の関係があるの?」

「私、インターネットの掲示板に昨日から『〈稲妻〉を捕まえる超人は氷能力者だ。錘路で待つ。臆病者でないなら来い』って何度も書き込んでおいたんだ」

「え……それちょっと危なくないかあ?」

「危険は覚悟しないと! 〈悪党〉を捕まえるんだから!」

私はバカ指数が天まで上るのを見ていられず、バッと立ち上がると問題集を投げ捨てて二人のところへ歩いていき、〈霜〉に向かって握りこぶしを突き出した。

「凍らせてみ」

「え?」

「私の手、凍らせてみなよ!」

私を見つめる〈霜〉の目から、笑いが消えた。私も一瞬、心が凍った。

〈霜〉が私をじっと見ている間に、私の手のひらと手首の間が赤くなり、続いて青白くなった。氷水に手を入れたみたいにこぶしから寒気が押し寄せてきた。寒気が熱に変わり、感覚がなくなり、すぐに激しい痛みに変わった。痛みが全身に広がった。体の中で地震が起きたみたいで、震えが止められなくなった。

「アイスコーヒーみたいだ」

私は目をぎゅっとつぶった。

「やめて」

そう言うと〈霜〉ははっと我に返った。私は手に息を吐きかけて温め、脇に挟んでいた携帯を出して時間を確認した。

「三十秒」

私は激しく息をしながら言った。

「三十秒もった。どういう意味かわかる？」

「……」

「一瞬で凍らせるのが不可能である以上、人間はしばらくもちこたえるってこと。あんたが〈稲妻〉を寒さでやっつけるのに三十秒かかるなら、その間に〈稲妻〉は地球を百周できるし、あんたを百回は殺せるってこと！」

〈霜〉は口をぎゅっと閉じ、決意に満ちた目で私をにらんだ。その目を見ているともっと寒くなってきた。

「でも、私は〈稲妻〉を捕まえる」

「あんたってバカなの？　アホなの？」

「〈稲妻〉は一年前まではヒーローだった。あのデパートが崩壊する寸前に私を救出してくれたのも〈稲妻〉だったし」

私は口をつぐんだ。

「なのに、たった一年の間に〈悪党〉になっちゃった。全国民の賞賛の的だったのに、一瞬で全国民の非難の的になっちゃったんだよ！　超人の危険性の代名詞にまでなっちゃって！　毎日新聞に個人情報が暴かれて、インターネットには〈稲妻〉の悪口が飛び交ってる。あの人が憎まれるの、もう見てられない。だから私が捕まえるんだ」

「……」

「今は英雄だとしても、超人はいつ、たちの悪い〈悪党〉になるかわかりません！」

舞台の上の男性が叫んだ。「あなたのそばにいる幼い子供がいつ突然の変化をとげてあなたを殺す犯人になるか、わからないんですよ！」

真昼の太陽が照りつけるがらんとした市庁広場の舞台からは、一人の男が熱弁をふるう声が聞こえてくるだけだ。風船を持った幼い子供がくすくす笑いながら通り、女性がベビーカーを押してゆっくりと横を歩いていった。

「でもさーあ」

相変わらず溶けたバターのように椅子にだらんと寝ていた〈ヨード〉が割り込んできた。

「〈霜〉はさあ、何で人を一発で凍らすことできないの？　この氷は一発で作ったのに」

〈ヨード〉は言い終わるとコーラをがぶがぶ飲み干した。私は、世界のバカ指数を下げるという崇高な任務のために英雄的な努力を傾けながら答えた。

「氷って、そんなに冷たい物質じゃないんだよ。実際、零度でしかないもん。裸で南極に立ってても、ちょっとの間なら耐えられるの。人間って、それ自体が三十六・五度のストーブだからさ」

「だからーあ、それなら、温度もっと下げたらどうにかならないの？〈霜〉はそこまでは下げられないの？　南極より低温にしたらいけないの？　南極の気温はどれくらい？　マイナス六十度？」

「だって……、そうすると人が傷つく」

〈霜〉がぶっきらぼうに言った。

私が説明を追加した。

「マイナス百九十六度の液体窒素に触れてもほんの一瞬なら人間は耐えられる。一瞬だったら、窒素が体温のせいで沸騰しちゃうから。でも同時に、人の身体の七十パーセントは水だから、水が凍るぐらいの温度でも死ぬことがある。つまりこういうことだよ、〈霜〉がどんなに温度を下げても一秒で人は凍らせられないし、うっかり間違えたら、人があっさり死ぬってわけ」

〈霜〉がうなだれるのを見ながら、私は話しつづけた。

「能力を使って殺人犯になって、手錠をかけられて、人生を棒に振りたい？」

「水が凍ると、何がどうなるって？」

〈ヨード〉がコーラのコップをカチャカチャいわせながら聞いた。私は力を振り絞って沸点を下げた。

「水は凍るとかさが増えて、かさが増すと体の細胞壁をすっかり破っちゃうんだよ。つまり体の下水管がパーンと破裂しちゃうわけ。それが凍傷で、つまり体が凍ったら組織が壊れて腐っちゃうの。いったい何で超人協会が『氷は光に勝つ』って言ったのかわからないけど、とにかく氷能力を行使するには時間がかかるし、急いだら人が死ぬ……」

「何で水は凍ると、かさが増えるん？」

〈ヨード〉がぽかんとした顔でまた聞いた。このアホヨード、知りたいからじゃなくて、私を困らせたくて聞いてるんだよね。暑いし、脱力してしまったので、私は座り込んで説明した。

「ねえ、最初から行くよ。水は凍ると固体になるでしょ。物質の状態は温度によって気体、液体、固体に変わるっていうのは、実は特別なことじゃないんだ。実際、三つの状態になるわけじゃないからね。それは単に、冷たくなればなるほど分子が徐々に止まるっていう意味にすぎないの。ほんとは逆に言うべきだよね。私たちは、分子が徐々に止まっていくことを『冷たくなる』と表現してるわけ。温度って、実際には……」

「分子の運動速度」

〈霜〉がうなずきながら答えた。私もうなずいた。

「そう、分子の運動速度」

「うん、私は温度を下げてるわけじゃないんだ」

〈霜〉が後を続けた。

「分子の動きを遅くしてるんだ。じゃなかったら、私が凍らせたいところだけ部分的に凍らせるなんてできっこないよね」

「そうなんだーあ」

〈ヨード〉は「いやあー、あんたらって成績よさそう」という顔でびっくりしてみせた。〈霜〉と私が同時に黙ったので、〈ヨード〉がコーラの氷をカチャカチャ鳴らす音がやけに大きく聞こえた。

「あ」

〈霜〉が何かに気づいたような顔で感嘆詞を吐きだした。と同時に、その足元に白い雪の花が咲いた。

じりじりと蒸し暑いお天気だったのに、青い芝生の上に、白いじゅうたんを敷いたように霜が降りてきた。私たちの周囲だけ温度が変わり、竜巻が起きた。

「ちょっと……」

私は止めようとしたが、〈霜〉は魂が抜けたような、何も聞こえていない様子だった。

「そうだよね。速度ね……」

今まで一度も試したことのない能力の使い方について、夢中で考えているみたい。霜の降りた芝生が風にそよぎはじめ、続いてさらに激しく動いた。

「できる！　私、〈稲妻〉の速度を落とせるよ！　私が〈稲妻〉を捕まえる！」

〈霜〉はばっと立ち上がると〈ヨード〉を抱きしめてぴょんぴょん跳びはねた。

「ちょっとお、コーラが、コーラがー」

そのとき、〈霜〉の頭に水がばっと浴びせられた。私はあっと大声を上げた。冷たい水が〈霜〉の頭を濡らし、制服の襟を伝ってさらさらと流れ落ちた。〈霜〉は状況を把握できず、凍りついた。

「真っ昼間から超人が歩き回るとはな。このガキ！」

缶ビールを持った顔の赤い老人が、〈霜〉の頭にビールをかけながら大声を上げた。

「恥ずかしくないのか！」

〈ヨード〉の顔がキュッとこわばった。〈ヨード〉はコーラを放り投げるとぱっと立ち上がった。

「謝罪してください」

〈ヨード〉は将軍のように足を地面にしっかりつけて、頭を上げて立っていた。〈ヨード〉がこんなにはきはきとものを言うのは初めて見た。たくましい体が二倍は大きく見える。

「最近の世の中はどうなってるんだ、正常でない奴らが恥ずかしげもなく堂々と街を歩き回って。このままじゃ国が超人に食われちまう」

「謝罪してください」

「ちょっと、〈ヨード〉……」

見ると、老人の顔から血の気が引いている。

老人は口をつぐんだ。顔が真っ白になっている。口から泡を吹き、首を押さえて後ずさりしていく。口を開けても、はあはあと空気が漏れる音が聞こえるだけだ。老人は何か言おうとしたが、丸太のようにカチカチになってそのまま倒れた。プラスチックの椅子が老人の体の後ろで壊れて跳ね飛んだ。

舞台に立った男が、メガホンを口に当てて叫んだ。

「超人は、いつ突然の変化を起こして私たちに害を与えるかわかりません」

五時間前
「○○人権団体のホームページがインターネット上で攻撃を受けています。過去に、恵まれない超人を支援した前歴が疑われています」

「青少年愛の電話に苦情が殺到しています。超人の電話でも相談に乗りますという回答が問題視されました。市民たちは、超人を助けることはテロ犯を支援するも同然であるとして、苦情の電話を入れて業務を麻痺させる形で抗議しています」

「人権条例を修正または廃棄すべきだという苦情が相次いでいます。全国保護者連合は『超能力の有無に関係なく平等に』という文章を問題視しています」

「〈霜〉、中にいる?」

教室に入りながら私は尋ねた。中は薄暗かった。私は電気をつけ、はーっと息を吸い込んだ。机と椅子は全部引っくり返され、掲示板はナイフでめった切りにされていた。誰かが赤い絵の具と墨汁をあたりいっぱいに撒いたらしく、まるで血の黒い怪物を何匹も殺したみたいに見えた。黒板は落書きでいっぱいだ。「真の教育実践」「怪物退治」「全部やっつけるまでやめないぞ」「クリーンな学校を目指して」。その真ん中に「JUSTICE」という文字が、門構えのようにでーんと控えている。

「いるの？」

教卓ががたがた音を立て、中から〈霜〉が子犬のようにもぞもぞと這い出した。頭のてっぺんからつま先まで絵の具まみれでめちゃくちゃだった。〈霜〉は何ごともなかったように携帯を持ち、画面を押していた。私が近づいて前に座ると淡々と聞いてきた。

「〈ヨード〉は？」

「退学だって」

「あのおじいさんがヨード中毒で搬送されたから？」

「それは証明されなかった。もともと不整脈があったんだって。でも、〈ヨード〉がツイッターに超人の人権について書き込んだのがばれたの。学校の掲示板に苦情が殺到して、とにかく論議の対象になった生徒は学校に置いとけないっていう決定が下りたんだって」

私がそう説明しても、〈霜〉は何も言わなかった。だが、手が震えて携帯ががたがた震えだした。私は制服の袖で携帯をさっさっと拭いて〈霜〉に返した。

「〈稲妻〉を捕まえないと」

〈霜〉がうつむいたままでそう言った。

「そうすれば、こんな騒ぎも終わる」

「……」

「これも全部〈稲妻〉のせいだよ。あの人が世の中をぶち壊して、私たち全員を裏切ったんだ」

それを聞くと悲しくなった。私は、もしや誰かに聞かれてはと周囲を見回してから手を伸ばし、〈霜〉をハグした。

「ねえ〈霜〉、違うよ、そんなに単純なことじゃないんだよ」

私は〈霜〉の耳にむかってそうささやいた。自分でも自分の声が不自然に感じられた。〈霜〉も変に思ったのか、体を離そうとしたが、私は〈霜〉を離さなかった。

「私の言うことよく聞いて……」

私は話しつづけた。

「七年ぐらい前、ある区の区庁がビルを一つ、無断で撤去しようとしたとき、情報収集能力者が事前につきとめて阻止したことがあったんだ。最近の建て替え計画は超人に気づかれないように、誰の主導かわからないようにしてあるのに、それでもつきとめたの」

「情報収集能力者って〈千里眼〉のこと？　遠くが見えて、人の心も見抜く能力者でしょ」

〈霜〉が私に抱かれたままで尋ねた。

「去年、バスに乗ってるところを〈稲妻〉が拉致して部下にしたっていう、あの〈千里眼〉？」

私はうなずいた。

「もともと、そのビルのあった場所に建てる予定だったショッピングモールに、大統領一家がお金を注ぎ込んでたんだよね。それで政府がキレちゃって、心理専門家のチームを作って担当させたの。それ以来、毎日のようにインターネットやマスコミに超人へのヘイトが投稿されるようになって」

〈霜〉が顔を上げて黒板を見た。めった切りと悪口の落書きの中の「正義」という文字。「正義」の定義が以前とは変わっている。そんな資格のない人たちが、この言葉を持ち出して使うようになったのだ。

「国は超人が怖くて大っぴらにはやれないから、裏でこっそりそんなことやったんだ。そうやって撒きちらしたものが今、全部這い出してきてるんだ。手もつけられないくらいに」

「何でなの？」

〈霜〉の氷のように冷たい息が頬に触れた。体が冷たすぎて、人を抱いている気がしない。

「何でってこともないよ、みんなを変にして、助け合ったり協力し合ったりしないようにするためだよね」

冷たすぎて耐えられず、私は〈霜〉を懐から離してしまった。〈霜〉が冷たい目で私を見る。

「ね、〈稲妻〉を捕まえることはできないんだよ」

「……」

「誰も勝てない。〈稲妻〉は時間を支配しているし、その気にさえなれば実際、何だってやれるんだから」

「それで……」

「〈稲妻〉は十分待ったし、準備は全部済んでるの。この狂った世界を引っくり返そうとしてる。だからあんたも……」

私は〈霜〉の方へ手を伸ばした。そして手を止めた。

〈霜〉の口から白い息が漏れてきた。膝をついて座っている私の足に白い霜がつき、体が床に貼りついた。体の動きがのろくなり、固まった。〈霜〉が能力を引っ込めなければ、体を離そうとすると肉が剝がれてしまうと気づいて、冷や汗が出た。

「私は〈悪党〉とは手を組まないよ」

〈霜〉ははっきりとそう言った。

「超人なら誰でも〈稲妻〉の味方になれっていうの？ 私は嫌」

「バカだなあ、これは正しいか正しくないかの問題じゃないんだ！ 生存の問題なんだよ。わからない？」

「……」

「〈稲妻〉には時間の向こうが見えてる。〈千里眼〉は情報収集者だし。この二人にはわかってるんだ」

私は話を続けた。

「このまま行けば一年後にはもう、国じゅうの超人は全部〈悪党〉にされちゃう。超人人権団体に寄付したとか、超人にも労働権や投票権があるって発言したとか、あの超人と友達だとか、その友達の友達だとかいうだけで。そうなったら、誰かが道で超人を殴り殺しても正当防衛だ、正義だってことになる。超人を家畜みたいに隔離したり、黒いずきんをかぶせて歩かせたり、自分は一般人ですって自白するまで収容所に入れて矯正教育をすることもできる。歴史上、そういうことがどれだけ起きてきたと思う？」

「それでも私は嫌だ！」

〈霜〉が叫んだ。急激な温度低下に耐えられず、蛍光灯に亀裂が入ってピンと割れてしまった。

窓枠が歪み、パキーンという音とともに窓にひびが入った。

「私が〈悪党〉になったら、あの子たちの言い分が全部本当になる。私が言われた悪口が本当のことになっちゃう。あの子たちに正義と正当性を与えてしまうんだ！」

私は口をつぐんでしまった。空気が冷えて重く沈んだせいで濃霧が広がった。霧の向こうに、〈霜〉の姿がかすんで見えた。

「私がこんなバカな人たちに、ほんのちょっとの正当性だって許すと思う？」

「……こういうのがまさに、そのバカたちが望んでることなんだよ」

私は自分の体を抱きかかえて、歯をカチカチさせながら言った。うー、寒い。今度から、発熱能力者と遊ぼう。この子とは夏の間だけ、一時的に遊ぼう。

「絶対守れない倫理を私たちに要求しておいて、聖者や聖女じゃないっていう理由で虐殺したり、処刑したりするんだよ！」

「……」

「大人たちが、好き好んで英雄として生きてきたと思う？　大人たちは、非超人が作った精神的な監獄に閉じ込められて、犠牲になって、必死で生きてきたの！　それで何も変わりゃしないのに！　どうせ非超人は私たちを人間とは見てないのに！　自分たちが世界の基準で、主人だと思ってるんだよ！」

「それでも」

〈霜〉は答えた。

「それでも私は、〈稲妻〉とは手を組まない」

四時間半前

人気のない廊下が夕焼けで赤く染まっていた。私はポケットからタバコの箱を取り出し、手のひらにポンポンと打ちつけて一本取り出した。別のポケットの中で携帯がウィンウィンと鳴った。

「どうだ?」

電話の向こうから問いかける声がする。男の太い声だ。この一年間、飽きるほど聞いてきた声でもある。

「いつも、あなたは妄想が過ぎると思ってたけど」

私はそう言って、めがねをいじりながら窓の外を見た。石塀と、学校の一方の壁は壊れたままだった。ぽっかりと穴のあいた学校の壁には、生徒たちがスプレーで書いた文字が汚らしく残っている。

「本当だったね。言葉が通じない。信じられないくらい間抜け」

私はめがねを外した。窓に映った自分の瞳孔がカメラのレンズのように点に縮まり、瞳をおおってしまうほど大きくなった。私は壊れた壁の前を通っていく生徒の気持ちに接続し、五百メートル離れた壁に書かれた文字を目の前で見ているみたいに読んだ。塀に広がった赤い憎悪を目に刻んだ。正義を信じて疑わない者の憎悪を。

「……英雄気取りだ」

「紙一重だよ。〈悪党〉と」

電話の向こうの人が言った。私はいつも知りたかった。人が、認識という過程すら経ることなく、変化するという苦痛さえ味わわないままで、ただ雰囲気に巻き込まれて、自分の心からさっさと善良さを追い出して、野蛮さと入れ替えることがあるのだとしたら……。悪意すらなく、何の体験もしていないままで。

「聞きたいことがあるんだけど、もしもまともな人が正気のままで、不義を正義と錯覚することがあるんなら」

「……人間って何なんだろう。みんな、一体、何なんだろう。

「自分の信じているものが正義かどうか、どうやったらわかる？」

「簡単だよ」

師匠は言った。

「痛快なら、それは正義じゃない」

「……痛快だったことある？」

「もちろんだ、しょっちゅうさ」

私は師匠の言葉を聞きながらタバコをふーっと吸い込んだ。

以前、この人は「自分の正義を一度も疑ったことがない奴は正義の人ではない」と言っていた。それより前には「もしもある人が、自分の戦っている相手よりはるかに強く、そのことを自分でも知っているなら、それは正義の人ではない」と言った。

もっと前には「どんな命題でも、すべての状況に適用されるなら正義ではない」とも言っていた。私は、もしかしたら、自分が正義でない理由を探しつづけることだけが、この人に残った最後の正義感なのかもしれないと思ったりした。

「俺は、お前がその子にあきらめろと説得するって言ったから待ってやったんだよ」

「だから殺すの？　〈霜〉があなたを殺せる唯一の超人だという理由で」

「状況によってはね」

師匠は無造作に言った。私は、自分の師匠がそういうことのできる人だと知っている。ほとんどすべてのことができる人だということも知っている。

「これは正しいか、正しくないかっていう問題じゃないよ」

しばらくして、私はそう言った。

「だろうね」

「それが私の気に入るかどうかの問題なんだ」

私がそう言うと師匠は沈黙した。私は沈黙の向こうの思いを読みとった。思いを読むこと、情報収集。それが私の能力で、それが師匠が私を必要とする理由だ。そして師匠は私が必要なので、私の意見を大きく否定することはできない。ある程度までは。

「何が欲しい？」

師匠が尋ねた。

「一秒だけ」

私はそう答えた。

「一秒だけでいい。〈霜〉に会ってみて。殺すならそれからにして。これが私の条件」

私がその電話を切るとすぐ、〈霜〉が雨に降られた子犬みたいな様子で教室のドアを開けて出てきた。私たちはちょっとの間、相手がそこにいることを知らなかったみたいに、初めて会ったようにお互いを見ていた。

そのとき、静寂を破って二人の携帯が同時に鳴った。私は携帯をのぞき込んだ。大学のサークルで作られたという「稲妻捕獲アプリ」の画面に、追跡点がばんばん発生していた。点は、鍾路にある建て替え中のマンションの周囲に、笑ってしまうほど露骨に集中していた。

「〈稲妻〉が現れた……！」

自分の目ではっきり見たにもかかわらず、〈霜〉は同意を求めるような顔で私を見た。

「いいよね」

私はうなずき、すたすたと〈霜〉に近づいた。

私は〈霜〉の肩に手を載せて言った。将軍みたいに、いや、一時的に所属を変えて、〈霜〉の側についた新しい助手みたいに、サイドキックみたいに。何でもいいんだけど。

「私たちで、あの腐った奴をこっぱみじんにしてやろう」


で、こうなったわけ。

これが、〈霜〉と〈稲妻〉が対決するようになった成り行きだ。言い換えれば、人をゼロの時間の間に殺せる〈稲妻〉が、おバカな〈霜〉と会ってくれた成り行きだ。

今

私は今、建て替え中のマンションの中で対峙する二人を見ている。

私は〈霜〉の心と〈稲妻〉の心に同時に接続している。空っぽのビルの中に雪の花が咲き、窓に白いつららが下がるところを見ている。目の前で見るように、二人の視野を通じて二人を同時に見る。

◆

「本物の〈稲妻〉はどこ行ったの。あんた偽物でしょ?」

〈霜〉が白くなったこぶしをぎゅっと握りしめて尋ねた。〈稲妻〉は、その質問にもあまり驚かなかった。代わりに、ぼさぼさの髪の毛をかき上げた。

「死んだよ……老いぼれて」

私の師匠、〈稲妻〉は、まだ子供っぽさの残るにきびだらけの顔で、〈霜〉と向き合った。

「それで遺言通り、俺が名前を受け継いだんだ」


「世界じゅうで超人が起こす事件・事故が国際的な問題になっています」

国会の議長が壇上に立ち、新法案を発表した。

「韓国も例外ではありません。最近〈稲妻〉が起こした猟奇的なテロのことを思えば、このようなことがもう起きないよう防止するため、全国に超人監視機構を設置し、超法規的権限を与えるべきです」

演説が終わった後、ぼさぼさ頭の野党議員があたふたと壇上に上がった。

「尊敬する議員の皆さん。超人監視機構を設置したとしてみましょう。超人とは誰のことでしょうか? 厳密にいえば、超人と一般人の境界は曖昧です。皆さんは超人と一般人の二種類だけに人を分類しますが、実際には超人には様々なレベルがあります。国内最大の超人コミュニティによれば、超人を細分化して呼ぶ名称だけで三十あります。独自の能力があり、それをコントロールすることもできるいわゆる超人、一般人とほとんど区別がつかない微細能力者、一般人だが超人に似ている人、例えばオリンピック選手のような天才的な才能の持ち主、普段は能力がないが、危機に際して突然力を発揮する単発性能力者、能力をコントロールできない統制不能者……」

「どこまで続けるつもりですか？」

「超人を監視するのは、国民全体を監視するも同然だということです」

「あなたの話を最後まで聞かなければならない理由がありますかね？」

「去年、原発でガス漏れ事故があって」

私の師匠が淡々と言った。知られざる事故だった。無理もない、現実の時間では「何ごとも」起きなかったのだから。

「いつ？」

「知ってるはずがない。十秒で処理したからな……世間から見ればな」

起きなかったことは誰も知らない。

私はその瞬間、〈霜〉の頭を閃きとともにかすめた記憶を読み取った。

すでに人々の脳裏に深く記憶されているテロ映像。ニュースで、市庁広場の電光掲示板で、今でも一日じゅう流している、崩壊した国会議事堂の姿だ。何度くり返されたことだろう、その場で何が起こり、誰がいたのか全国民に知らしめたあの現場映像、赤く塗られた警察署の壁、無意味な落書きでいっぱいの市庁舎の天井、あらゆるものが運び出されたホール。

政府に雇われた超人たちが文字を消す操作を施した、〈稲妻〉のテロ現場。

私の師匠がこの一年間、粘り強く残してきたメッセージがそこにあった。初代の〈稲妻〉がどのように死んだのか、何をしたのか、原発でどんな事故があったのか。二代目〈稲妻〉は記事を出し、請願し、その後政府機関の庁舎の壁にメッセージを書きはじめた。国は、事故が起きたという事実そのものを隠すために、〈稲妻〉の犠牲の記録まで消した。師匠と同じくらい根気よく、まじめに。

「長かった」

師匠は主語を入れずにそう言った。何もかもが長かったのだ。だが〈霜〉は迷いも見せず、首を横に振った。

「〈稲妻〉はあなたがこんなことをするのを望んでないよ」

「そうだろうね」

師匠は淡々と言った。

「それは俺の望みだからね」


工事中の古いマンションが見下ろせる道の向かいの高いビル。私はその屋上に立って、向かいのマンションを見下ろした。

目で見なくても頭の中にすべて思い浮かぶのだが、癖というものがあるからね。

私の後ろには仲間たちが見物に来ている。指先から火を出して遊んでいる奴もいるし、退屈しのぎに体を空中にそっと浮かしている奴もいる。子供もいれば大人もいる。超人のいいところの一つは、能力と年齢に相関関係がないという点だよね。

私は今日、彼らに対してテレビの役割を務めている。私が見たものを集まった人たちに伝えるのだ。受信した風景を他の人の心に送信するには相当に細心の注意がいるが、超人の決闘には証人が必要だ。思いがけない災難を防ぐためにも。万一の場合、後始末をするためにも。

「誰が勝つと思う?」「何言ってんだよ」「あのちびっこは初めてなんだって」

後ろで仲間たちがそんなことをささやいている。

その間から誰かが歩いてきて、私のそばに立った。

〈ヨード〉だった。

くたびれて、老けて見えた。何日かの間、波風にもまれて成長し、回復するまでそれなりに経験を積んだという顔だった。戦士になれるだけの傷も負ったのだ。

「こんちは、新入り」

私が挨拶した。

「こんちはー、先輩」

〈ヨード〉は私の方を見もせずにそう言った。そして沈黙した後、私に聞いた。

「……どっちの応援?」

しーっ。

マンション内の空気が急激に冷たくなったため、視界が白っぽい。〈稲妻〉の体がぼやけている。空気が冷たくなったからだけではない。

「加速しようとしてるんだな」

〈霜〉の思いが伝わってきた。〈霜〉は、ジャンパーの両方のポケットに入れたプラスチックの水筒をぐっと握っていた。

もう一度、三時間前

「水を最大限活用して。大事に使うんだよ」

私は校内のがらんとしたトイレで、〈霜〉のジャンパーのポケットの両方に水筒を入れながら言った。

「物質の三状態、覚えてるよね？　水は常温よりちょっと冷えれば固体になり、それがちょっとあったまれば液体から気体にまでなる。凍ると体積が増え、凍りついた水はコンクリートも割っちゃう。お互いにくっつき合うこともあるし。残念ながら〈稲妻〉が戦場に選んだ場所は、水道が切れてるけど。殺すつもりはないよね？」

「当たり前でしょ」

〈霜〉は水筒のふたを握ってぶるぶる震えていたが、考えるまでもないという顔でそう言った。

「私が逮捕して、警察に引き渡すんだから」

私は返事をせずにうなずいた。

「人が凍え死ぬ体温は零度じゃないよね。三十六・五度が正常体温だとすれば、二十七度ぐらい」

私の言葉に〈霜〉は、世の中で一番重要な情報を手に入れたみたいにあわてて二十七度、二十七度とぶつぶつ言った。

「そこまで下げる必要もないよね。人は体温が二度上がるだけでも高熱で倒れるし、二度下がるだけでも体の動きが鈍って、動けなくなる」

「前はそんなこと言ってなかったじゃない……」

「あのときは、あなたを止めるつもりだったからだよ。責めないで」

私は絵の具で汚れた〈霜〉の顔を、水をつけた手のひらでそっと拭き、両手で頰を包んで私の目を見させた。

「絶対に怖がっちゃだめ。怒ってもだめだよ」

〈霜〉が目を大きく見開いて私を見た。

「怖がったり怒ったりすると体に力が入る。コントロール能力も落ちる。そんなときには普通の人でも、身体の力だけで人を殺しちゃえるんだ。私たちはそれよりずっと簡単に殺せる」

「……」

「だから絶対に怖がらないで。怒らないで。あなたが英雄なら」

〈霜〉の表情が引き締まった。

「両方から同時に攻撃することになると思う。あなたが攻撃してくるのを待って、それから動くだろうから。〈稲妻〉は奇襲はしないよ。仲間たちが遠くから見てるから、仲間たちと自分自身にあなたが死ぬ瞬間を見守らせるだろう。それが彼なりの必然性……」

「〈悪党〉は、かまってちゃんだもんね」

「そうだね」

私は肩をすくめた。

「光の速度では時間が止まる。〈稲妻〉は止まった時間の中を動くんだ。止まってる時間っていうのは、短時間とか一瞬とか、そんなもんじゃないんだよ。それこそゼロの時間なんだ。

〈稲妻〉が能力を使うと同時に決闘は終わる。それが、今まで誰も〈稲妻〉に勝てなかった理由」

私は〈霜〉の目に怯えが走るのを見、〈霜〉がすぐにそれを振り払うのも見た。

「でも、考えるスピードは光速じゃないから」

私は私の頭をトントンとたたいた。〈霜〉が目を丸く見開いた。

「あなたも〈稲妻〉も、能力を使うと決めてから実際に使うまでには時間がかかる。そこに時間がある……だからその間に戦うの」

もう一度、今

私は〈稲妻〉の体がぼやけているのを遠くから見て息を飲んだ。

残像。

実際の像ではなく、視野に残った像の残滓《ざんし》だ。一秒、刹那《せつな》、まばたきする間の時間、いや、時間ともいえない一瞬で決着がつく。時間を折りたたんだり広げたりするように、状況がここからあそこへと変わる。ぱっとまばたきする。ああ。〈霜〉は死んだんだろうな、死んだ……だろう……

だが、〈稲妻〉は元の場所にそのまま立っていた。曇りも消え、鮮明な実体として戸惑いながら立っている。困惑が目に現れている。〈霜〉は水筒を握りしめたまま口を固くつぐんでいた。

「捕まえた」

私は思わずこぶしを握った。私の背後で嘆声とため息が続けて漏れた。私と同じように、〈稲妻〉の敵が一秒以上もちこたえたのを見たことがない人たちだ。

〈稲妻〉の表情はすぐに落ち着いた。私の師匠はまんまとやられるような人ではない。最大の武器を失っても、その理由を思い煩《わずら》って時間を無駄にしたりはしない。瞬時に状況に対応する。

〈稲妻〉はふうっと息を吐くと、突然〈霜〉に向かって飛びかかった。

そしてまた、二時間半前

「もしも加速を止めるのに成功したとしても、それで終わりじゃないよ」

私は、地下鉄の吊り革につかまってゆらゆらしながら、前に座っている〈霜〉にそう言っていた。〈霜〉は一生けんめい私の言葉に集中していた。たまに周囲の人がちらちらと、とんでもない格好をしている〈霜〉を見たが、〈霜〉も私も気にしていなかった。

「相手は人間で、大人の男だ。普通の人でもげんこつだけで人を殺せる。能力が遮断されたら、〈稲妻〉はすぐに体で攻めてくるよ」

「じゃあどうする?」

「じゃあどうするって、向こうにも思わせるんだよ」

「?」

「相手が体を使ったら、こっちも瞬間的に体で対応しようとする。後ずさりしたり、よけたり、縮こまったり、止めようとしたりね。でも、それじゃだめなんだ。あなたの力は体にあるんじゃないから。どういう意味かわかるよね?」

「……」

「怖がっちゃだめなの。怖がったら、考えたことが飛んでっちゃう。考えが飛んだら終わりだよ」

そしてまた、今

〈霜〉を床に引き倒して組み敷くと、〈稲妻〉は動きをストップした。

〈稲妻〉の口から凍った息が漏れ出し、ヤマナラシの木が震えるような身震いが始まった。歯がカチカチぶつかり、皮膚はぶつぶつと鳥肌が立った。〈霜〉の首に向かって伸ばしていた手がぶるぶる震えながら止まった。〈稲妻〉は息を切らせて、両腕で自分の体を抱えてうずくまった。

〈霜〉はその姿を見届けて立ち上がった。

「捕まえたな」

私は考え直した。〈霜〉は見事に冷気をコントロールして、相手が死にもしないが動くこともできない地点を探っている。

〈稲妻〉は両腕で体を包み込んで歯をカチカチいわせていたが、にやりと笑った。ぞっとするほどの冷気が目に映った。一瞬、頭がぐるんと回った。

私ではなく、〈霜〉に起きたことだ。私は頭から血が下に抜け出していくような感覚に襲われた。地面が消えたか、巨大な岩のかたまりが〈霜〉を押さえつけたのかと思った。

「めまい？　何で？　緊張したせい？」

体は千斤、万斤の重さだった。立っていられなかった。私はドーンと尻餅をつき、〈霜〉も一緒に後ろにガンと頭をぶつけて倒れた。壁が内側に向かって傾いてきた。ゴムのようにたわみ、揺れてから、ぴしぴしとひびが入り、天井から砂が降り注いできた。遠くで窓ガラスが圧力に耐えられず音を立てて爆発した。

「幻覚？　精神力？」

私は首を横に振った。超人対決において、精神状態を疑うほど危険な行動はない。現象を事実として受け入れたとき、結論は一つだけだった。

「重力……」

私はつぶやいた。仲間たちもざわめいた。

「〈稲妻〉には、速度以外の能力もあったのか？」

「詐欺じゃないか？」

「能力は一人に一つだけでしょ？」

「あいつ、最初から重力だったんだよ！」

私は叫んだ。

「どーゆーこと？」

〈ヨード〉が、世界のバカ指数を守るという唯一の自分の役割に忠実に、横から割り込む。

「同じ力なんだよ。温度が分子の運動量なのと同じように、速度と重力加速度は同じ力なの。あの人の力は光じゃなくて重力だったんだよ！」

でも、いくら温度が速度で速度が重力だとしても、〈霜〉があの場所で温度と重力をつなぐ方法を見つけられる可能性はない。私は決闘の現場がここからかなり離れていることも忘れて叫んだ。

「〈霜〉、そこから出て！　逃げて！　あなたには勝てない！　あいつの能力は速度じゃないんだ！」

改めて、少し前

「よく聞いて。力はみんな同じなの」

私は地下鉄を降り、〈霜〉のジャンパーを直してやりながら言った。夜の鍾路の街は閑散としていた。デモの予告があり、通りでは車両規制が行われていたため、さらに静かだった。ちょっと離れたところで車を降り、歩いて帰宅する人だけがたまに目についた。

「統一場理論とか、そういうの？」

〈霜〉はにっこり笑いながら言った。

「似たようなもん。熱平衡、エネルギー保存の法則、何でも」

ボタンをとめて〈霜〉の髪を撫でた後、私は〈霜〉の口から出てきた息を手に握って上に上げる真似をした。

「熱い空気は分子の運動量が多いからかさが増え、かさが増えた分だけ軽くなって上に上がるの。冷たい空気は逆に重くなって下に降りてくるよね。それが大気の移動、つまり、風」

〈霜〉が首をかしげた。

「力の使い方によっては、あなたの名前が〈風〉になることもありうるっていう意味だよ。例えば私が――違う違う、ほら、〈千里眼〉がさ、心を読む能力を活用して遠くを見ることができるみたいにさ」

　私は話しつづけた。

「温度が分子の運動量を減らしたり増やしたりする。それで大気のサイズが減ったり増えたり、大気が軽くなったり重くなったり、それで気圧を下げたり上げたり、それで風が吹き、大気が動く、こういうのは全部同じことなんだ。何のことかわかる？」

「わかんないよ」

〈霜〉は、まいったなというように笑った。

「あなたの力は〈氷〉だけど、一方では〈熱〉だし、〈突風〉なんだ。あなたの敵がこの冷たいものに触れれば、肌の水分が急速に冷えて『着剤』になるの。冷たいものを触ったときに手がくっついちゃうことあるよね？　同じ物体の中で温度差を大きくすれば、お互いの大きさが変わって割れるでしょ。グラスにお湯を注ぐとグラスが割れるみたいに。そうなったらあなたの能力は〈破壊〉だよね」

　私は〈霜〉の肩に手を載せて言った。

「よく覚えといて。あなたの力が何であろうと、その力はあなたのすべてなんだ」

最後に、もう一度、今

〈霜〉はゆっくりと沈んでいく床にぐったりと横たわったまま、ぴしぴしとひびの入った天井を見上げていた。私は〈霜〉が空間の真ん中に巨大な雪のかたまりを思い浮かべるのを見た。ひとかたまりの冷たい空間が二人の間に置かれたドラム缶の上に生まれた。

すると割れた窓から突風が押し寄せてきた。

「空気に急激な温度差が生じると、突風が……」

私は考えた。

埃が立ち上り、積んであった資材がゆらゆら揺れて崩れた。ドラム缶が倒れ、中に入っていた薪がなだれ出た。砂粒のように細かく割れたガラスの破片が冷たい建物の中に飛び散った。ガラスの破片が〈稲妻〉と〈霜〉の体をかすめて傷つけた。セメント袋が破裂して、セメントの粉が空中にぱーっと広がった。

〈稲妻〉は砂嵐の中でよろめき、後ろに押し出された。沈みかけていた床が止まった。傾いていた壁が、止めていた息を吐き出すように元の位置に戻った。〈霜〉は押し殺していた息をはーっと吐きながらその場から転がり出て、咳をした。

私の後ろで嘆声が上がった。続いて、「一分経った?」「新記録だろ?」とどよめく声も聞こえてきた。

「考えの速度は光の速度じゃない」

私は手すりにもたれて考えた。

「〈稲妻〉が能力を発動するためには、考えなきゃいけない。だから考えさせないようにするんだ。ずっと責めたてて」

〈霜〉がポケットに入っていたプラスチックの水筒を取り出し、〈稲妻〉に向かって投げた。〈霜〉の弱々しい腕で投げられた水筒は、地面に一度ぶつかってから跳ねた。地面にぶつかった瞬間、水筒に霜がつき、中の水が一瞬で凍り、氷の膨張とぶつかった衝撃によって水筒は粉々に割れた。次の瞬間、氷が蒸気を上げて沸騰し、四方に吹っ飛んだ。

〈稲妻〉は突風に押され、部屋の隅で壁に両腕をついてやっとバランスをとった。内部と外部の気温がほぼ同じになると風はすぐに静まった。再び動こうとしていた〈稲妻〉はたじろいだ。〈稲妻〉は視線を自分の手に向けた。濡れた壁の表面に氷が張りはじめ、稲妻の体にしっかりくっついている。

〈稲妻〉の口に笑いが漂った。今日は面白いものをたっぷり見せてもらった、とでも言うように。

もう一個の水筒を取り出した〈霜〉の体が、風船のようにぽんと浮かび上がった。散らばった資材とドラム缶とセメントの粉が水に浸かったようにぷかぷかと浮いてきた。〈霜〉は浮かび上がる水筒をつかもうとしたが逃し、またつかみ、また滑らせた。


「おおー、何でああなるん？」

〈ヨード〉がまたバカっぽく尋ねる。前にも言いましたけど、この子のことは名前も覚えなくていいからね。私はつばを飲み込みながら考えた。

「摩擦力も重力があってこそ生じる。重力がなかったら物を持つこともできない……」

〈霜〉の手から落ちた水筒が羽のように遠くへ飛んでいった。

〈霜〉は空中でもがいていた。水中なら泳いで体を動かせるけれど、空気は手で押す程度で動くには密度が低すぎる。空中に縛られているのと変わらない。

〈稲妻〉は黙って壁からパッと体を引き離した。皮膚が剝がれ、手と腕から血がにじんでぽたぽた落ちた。〈稲妻〉はそれも気にせず近づいてきた。もう本当に平常心じゃないらしい。

「水」

私は考えたことを隠しておけず、そうつぶやいた。

「もっと水がないと」

仲間たちは誰も私の話に疑問を持ったり抵抗したりしなかった。何人かは夜空を見上げて、〈蛇口〉的な能力を持つ人はいないのかとささやき合っていた。何人かは、断水した水道をもう一度つなぐ方法とか、消火栓の爆破について会話していたが、何をするにしても時間がない。

〈稲妻〉は空中を漂っている水筒をつかんで窓の外に投げ出した。〈霜〉が歯を食いしばった。〈稲妻〉の足下で雪の花が大きくなり、大気中の湿気が凍って白っぽく凝《こご》った。〈稲妻〉の体から出た汗が凍りついて小さなつららになった。冷気が〈稲妻〉の体内に浸透するのは見えたが、そのスピードはまだ遅い。今、〈霜〉が〈稲妻〉を急速冷凍させてしまえば対決は一瞬で終わるだろうが、〈霜〉はそれをしない。

〈稲妻〉が足をそっと持ち上げて床を押した。同時に〈霜〉の体が床にどすんと投げ出された。床にぴーっとひびが入った。〈稲妻〉と〈霜〉の間の床にひびが入り、大きな岩のかたまりがぶつかったようにぼんと凹んだ。

〈霜〉は手で床を引っかいたが、そのまま滑り落ちた。床が傾いただけではない。ブラックホールのように、床が〈霜〉を引っ張り込んだのだ。続いて、耳がぼうっとするほどの破裂音とともに床が消えた。

私は目を閉じてこぶしを握り締めた。

「負けた」

絶望している私の頭の上に、ぽたっ、ぽたっと水滴が落ちてきた。

すぐに冷たい水がざあざあと降り注いできた。私は面食らって頭をもたげた。仲間たちがあわてて、傘の能力を持った人はいないのかと探しはじめる。傘を持ってくればいいじゃん、何で傘能力者を探すんだよと、気の抜けたことも言っている。

私は近くでバカ指数が跳ね上がるのを感じながら、不安を覚えて横を向いた。

「ちょっと、あんたあ」

〈ヨード〉が親指を上げてみせながらそう言った。

「雲にヨウ化銀をまいたらどーなるか、知ってる?」


穴のあいた天井から雨は容赦なく降り注いできた。

〈稲妻〉は、閉じていた目を開けた。崩れ落ちた建物のすき間から鍾路通りが広々と目に入ってきた。いっぱいに立ち込めていた煙が雨に洗われて晴れてきた。ぽたぽたと軽快な音を立てて降り注ぐ雨水が、瓦礫《がれき》の山の下に小さな流れを作った。

崩壊したコンクリートの瓦礫を、凍った雨が糸のようにつないで固定させている。天井から流れ落ちる雨水の小川が鍾乳石のようになって、壊れたものたちをしっかりとつないでいた。氷の糸でつながれたコンクリートの山は、新たに造られた小さな氷の城のように見えた。

〈稲妻〉はきらきら輝く氷の城の中に閉じ込められていた。クモの巣のような氷が〈稲妻〉の体をコンクリートにしっかり縛りつけている。〈稲妻〉はその状態のまま、寂しげな目で外を見た。

〈稲妻〉の視界に外の風景が入ってきた。時間の歪みが見せてくれる未来の景色が。

群衆が通りにあふれ返っている。プラカードを持ち、鉢巻を巻いた人々が通りを行進していた。「怪物ども」「突然変異」「非正常人」「危険分子」「テロ犯ども」。怒りと喜びが一緒に波打っている。むき出しにした歯、焦点の合わない暗い瞳、険悪に歪められた顔。確信に満ちた憎悪。正義の名の下で行われる虐殺。什器《じゅうき》を壊し窓を割り、人を引きずり出す。ぶん殴り、突き刺す。血と肉、死と恐怖。

歴史上、何度となく起きてきたが、記録に残っていない、記憶されていないこと。今後一年の間に起こること。

「捕まえた」

目の前で少女の声がした。

「私の勝ちだよ、〈稲妻〉。あなたは捕まった。法廷に立って審判を受け、罪の代価を払って」

〈稲妻〉は銀色の糸でできた氷の城に座っている少女をぼんやりと眺めた。街のネオンサインが映って、氷が宝石のように輝いた。とめどなく降り注ぐ雨が細い石筍《せきじゅん》のように、鍾乳石のように、あたり一面に伸びていった。

「あなたの負け」


今、私のそばにはみんなが集まっている。中の方で発熱能力者が一生けんめい熱を出して、みんなの服を乾かしてくれるからでもあったけど。一人が「わぁ！」と口を開くと、誰かが「しーっ！」と口を塞ぐ。

そのとき、私は〈稲妻〉の視界に映った風景が変わるのを見た。

世界が身をよじり、時間線がねじれるのを見た。

通りに人々が集まっていた。ちょっと前に通りを歩いていたまさにその人々だ。だが、持っているプラカードは違った。表情も違っていた。

人々が広場を埋め尽くしていた。何十、何百、何千、何万、百万……この国の人々がみんな集まっている。見える限りどこまでも人でいっぱいだ。子供から大人まで、超人も非超人も分け隔てなく。

〈霜〉は群衆の真ん中にいる。明るい表情だ。私と〈ヨード〉も言い争いをしながら横にいる。他の超人の友達もまわりに集まっている。遠足にでも来たみたいに楽しそうだ。あちこちで、めいめい自分のシンボルを描いた旗を誇らしげに振りながら行進している。その中に、〈稲妻〉のシンボルも見える。

私たちは群衆に埋もれている。誰も私たちに注目しない。誰も、その子が始まりだったことを知らない。どんな情報機関員も記者も歴史家も想像できない。〈霜〉自身も知らない。ただ私と〈稲妻〉だけが知っている。力の波動がその子から始まったことを、他のすべての波を飲み込み、強い波を起こして、世界に一つの中心を持つ同心円を描かせた最初の一点だということを。あの子が私たちの新たな「波源」だということを。

世界はやがて崩れ落ちるだろう。あの子を起点として。私の元の師匠、かつての「波源」だった人には思いもよらなかった方法で。

〈稲妻〉はしばらく外を見ていた。それから静かに微笑んだ。

〈霜〉は目をつぶってからまた開けた。突然訪れた静けさに、しばらく考えが途切れたらしかった。雨脚が糸のように細くなった。星のように輝くネオンサインの明かりが建物のすき間に染み込む。〈霜〉が少しの間、静かな夜の通りを見つめてから振り返ったとき、〈稲妻〉は消えていなくなっていた。

どこからか、群衆の力強い喚声が進軍の太鼓の音のように響いてきた。

歩く、止まる、戻っていく

歩く人は久しぶりだった。

ああ、本当に久しぶりだ。嬉しくなってすたすた近づき、ぱっと手を握りそうになった。知り合いでもないのに。私ははやる気持ちを抑え、何食わぬ顔をして話しかけた。

「歩いていらっしゃるんですね」

その人は驚いて私を振り返った。

「誰が、どうしたんです?」

「歩いていらっしゃるから」

その人は戸惑い、自分の足を上げてちらっと見てから言う。

「誰でも歩くでしょう。自然なことです」

はい、自然なことですよね。その人はこともなげに一歩を踏み出した。黒い宇宙の真ん中、金色のタイルが一枚その足元に出てきてぼんやりと光る。頭頂部に白髪が二本三本増える。肌の潤いが減り、目元にしわができる。

「そうですね」

私は後ろに残ってつぶやく。

「歩く人もいませんとね」

私は私の古い場所を見下ろす。そしてしゃがみ込み、息をふうふう吹きながら床に絵を描いて遊ぶ。

毎晩、時間の宇宙に入っていくようになって久しい。私が夢の中で、時間を物理的な実体として見ているということは、物理学科の教授に話すべきか、心理学科の教授に話すべきか。「教授、あの理論の通りでした。時間は線ではなく面です。流れるのではなく広がっています。私たちはその上を一歩ずつ歩いているんです。そして夜になると自分の人生でいちばん好きな時間帯に戻ります。もちろん目が覚めたら全部忘れてしまうけど……」はい、精神医学科に行くべき、ですね。

私は毎晩この場に戻ってくる。二十九歳か三十歳か、正規の教育は何とか終了し、まだ活気と体力は残っていたころだ。学費ローンを抱えた就活生だったが、とはいえ、それが直面する問題のすべてだったころ。私はここで、それ以上育つことも若返ることもない。

父さんは、あーっちの方にいる。いつもあのあたりだ。五十三歳ぐらいだろうか。家族に内緒で横領した財産を株でどかんと失った日だ。父さんは毎日その日に戻っていく。財務諸表を穴があくほど見つめ、あの日、どうしたら破綻を免れたのか調べている。毎晩寝言でぶつぶつ言い、寝ても覚めてもあの日のことを振り返っている。

弟はまた別の、むこーうの方にいる。大学に合格した日だ。あの光り輝くタイルの上に立ち、賛辞を期待する顔でずーっとあたりをきょろきょろ見回している。あの日ほど全世界があの子を愛してくれた日は二度となかったから。楽しそうに上司に笑いかけ、酒の席で顔を紅潮させ、誰でも居合わせた人をつかまえて話す。私が〇〇大学に通っていたときにはですね……。

二人とも、あまり長く人と一緒にいることがない。実は、一日以上は関係を維持しない。それでやっと、永遠に同じ話をくり返すことができるのだから。父さんは知らない人に会うたび自分の経験を嘆いてみせるし、弟は知らない人に会うたび、いつ大学の話が出るかとわくわくして待つ。それでも、不幸な日にとどまるよりは幸せな日にとどまる方がましだろう。一生、同じ日を生きるなら。

時間は流れるものではない。ただ広がっている。夢の中でだけ、私はこの概念を理解する。私たちが時間の流れと感じるものは単なるエントロピーの増加であり、無秩序の増加だ。割れたコップはくっつかないし、こぼした水は二度とすくえない。この宇宙で無秩序は増えるばかりで減りはしないから、時間は一方向に流れる……といわれている。

でも本当のところ、無秩序が増していくのは知識が増えるからだ。世の中がよくわかっていないときは、すべてが秩序立っているように見える。例えば、街路に全く同じような樹木がきれいに整列しているように見えていても、その木が全部違う木であり、違う樹皮、違う樹齢、違う無数の葉を持っていることを知れば秩序は消える。よく知らずに見たら「外国人だけがいる」と要約される風景も、彼らのすべてが違う国の人であり、違う人種であり、異なる身体と異なる個人史を持つ人々だという事実を知れば秩序は消える。そのように、すべての個体が独自なものになれば、世界は完全に無秩序になり、時間は終末を迎える。宇宙も終わる。私たちがすべてを知ったときには。

知ることが止まれば時間も止まる。知ることが止まった人の時間は止まり、その人はもう育たない。それで時間は固定されず、人それぞれに違う速度で流れるのだ。

みんな、ある時期には立ち止まる。世の中がすっかり無秩序化することには耐えられないから。世の中は多少なりとも白黒に区別されていなくてはならず、多少なりとも秩序立っていなくてはならないから。それでやっと、生きることに耐えられるのだから。そうした無秩序の果てには、考えることさえ終わりを迎えるから。

その上、知ることがなくなれば時間も巻き戻される。幼い日へ、過去へ。もっともっと後ろへ。

「ママー、ママ」

横で一人の子供が私の襟を引っ張る。

私はむずかる子供を抱き、背中をトントンたたいてあやしてやった。

「ママ、ママ」

子供は私に頬をくっつけて親指をちゅうちゅう吸い、嬉しそうに声を立てる。私の胸でしばらくむずかっていた子供が、ぴょんと飛び出して次のコマに進もうとする。私はあわてて子供の手を握る。子供が首をかしげながら私の方を振り向いた。私は必死に哀願する。

「赤ちゃん、ここにこのままいたらだめかな。ここにいようよ。このへんがちょうどいいよ」

「でも、行きたいんだよ」

子供はそう言って向こうを指す。

「やっと慣れたのに」

私は残念そうに言う。いや、本当は慣れる暇がないのだ。子供にとっては昨日と今日が違い、今日と明日が違う。慣れるころにはもう変化している。子供は私を待ってくれない。

「だけど、ここにずっとはいないよ」

子供が首を横に振る。

「それが自然だからね」

子供は私の手を振り切って一コマ後ろに行く。

そこで子供は私の部屋の前に立っている。そして、しばらくドアノブを見つめる。

「ドアの開け方、忘れちゃった」

子供はそう言い、私が助けてくれるはずだという揺るぎない無邪気な信頼をきらきらさせて私を見ている。私がドアを開けに行くと、子供の股の間から黄色い水がたらたら流れている。私は急いでタオルを持ってくる。おむつも買わなくちゃ。おむつの取り替え方も忘れてしまったけど。

「赤ちゃん、ずいぶん速く行くんだね」

私が床をタオルで拭くと、子供が私の頭をやさしく撫でる。顔を上げてみると、白髪の母さんがしわだらけの顔で笑っている。かわいいね、えらいもんだねという顔をしてこう言う。

「苦労させるねえ」

本当にちょっとの間だけ時間を取り戻した母さんが、やせ細った手で私の頭を軽くたたいてくれる。

「苦労だなんて」

私は答える。

「そんなにどんどん行っちゃって、消えていなくならないでね」

すると、母さんは困ったようににっこり笑う。

「でも、消えるんだよ。それが自然だからね」

母さんはまた子供になって、ぴょんと跳んで一コマ後ろに行く。

母さんは毎日一コマずつ後ろに行く。

去年七十歳だった母さんは、先月は五十歳になった。そのせいで、すっかり歳をとった私には気づかなかったけれど、その年齢と心のままで、私を新たに受け入れてくれた。

「誰だか知らないけど、こんなに私の面倒をよく見てくれて。誰がこんないい子に育てたんだろう。きれいだねえ、優しいねえ」

母さんはそう言って私の背中を軽くたたく。

母さんは先週、十歳だった。今朝は五歳くらいに戻っていたようだ。明日はまた何歳になるだろう、一歳になったらもう行くところがないよね。そうやって時間の地平の向こうに消えるんだろうな。私の手が届かないところに。私の子供になった母さんは。

赤ちゃん、赤ちゃん。私はあたふたと追いかける。

もうちょっとゆっくり行ってもいいのに。私はまだ、準備ができてないのに。

赤ちゃん、赤ちゃん。私の赤ちゃん。

どれほど似ているか

タイタン

別名土星Ⅵ、土星で最も大きい衛星。

半径平均2576キロメートル、月の約1.5倍。

平均表面温度は摂氏マイナス179度、表面重力は地球の14パーセント、気温が低く、岩石の代わりに氷があり、マグマの代わりに地下水が流れる。水の代わりにメタンの雨が降り、メタンの湖と川がある。

原始地球に似た厚い大気層が特徴で、大気圧は地球の1.5倍、大気密度は4倍以上である。大気の95パーセントは窒素、4.9パーセントはメタンである。

公転周期は16日で、自転周期は公転と同期。

エウロパ

別名木星Ⅱ、木星で4番めに大きい衛星。

半径平均1560キロメートル、月よりやや小さい。

平均表面温度は摂氏マイナス171度、表面重力は地球の13パーセント、表面は氷でおおわれており、地下には海がある。

大気は薄い酸素層で、大気圧は地球の10分の1。公転周期は85時間で、自転周期も同じ。

私に見えていないものがある。

ずっとそんな思いにとらわれていた。

問題は、私がその「見えないもの」を見つける方法がないということだ。そもそも「見えないものを見つける」という言葉からして理屈が合ってないけど。私は過去一年間ずっと、船内にある何かを見ることができずにいる。

人の考えや行動のすべてに持続的な影響を及ぼしている、空気のようにありふれた何か。誰もがまっ先に確認し、考慮する何か。はっきり見えているのに、知識がないのでちゃんと認識できない。そして、それが航海中ずっとエラーの元となっていた。

私はそれが何なのか突き止めなければならない。

どんな手を使ってでも。

1

視覚器官はすでに作動しており、知識が定着するにつれてやっと視野も開けて明るくなってきた。

最初は単純に、前方に何かあるなと思っていた。少し経つとそれが円形の金属の物体だということ、続いてそのモデル名と製造会社、単価などを思い出した。その後で、あれは主に長期航海用の宇宙船に納品されるＡＩ「ＨＵＮ《フン》－１０２９」の収納ケースだということに思い当たった。

聴覚も、視野と同じくらいのろのろと整ってきた。換気扇が空気を吸い込んで吐き出す音、船体がキイキイときしむ音、船外活動用の減圧室のハッチがすーっと開いたり閉まったりする音（気に障る音だ）、どの音にも慣れていたはずなのに、知らない音のように感じた。

天井をびっしり埋めているパンとミネラルウォーターのボトルの絵が目に入ってきた。衛星間での食糧補給を手がける会社、「一つ釜」のマークだ。丸々としたソーセージの絵もまじってるのを見ると、ここは十〜二十人用の中型宇宙船で、ヘジャ――「おいしいお弁当」を意味する昔の方言だと理解している（「キム・ヘジャ弁当」というチェーン店がある）――と呼ばれるタイプのものだ。手垢まみれの天井には、つまようじの工作、紙で折った鶴、布の人形などがいっぱいぶら下がっている。

私は、自分がこの「宇宙船」で何をしているのかと考えていって混乱に陥った。「私」が誰なのかわからなかったからだ。

荒々しい音が聞こえてきた。空気の波動が消えるころになってようやく、それが意味を持った言葉で、人の声であることがわかってきた。

「チンタラしてないで起きろ」

チンタラ。隠語。行動が遅いという不満、私に対してよい感情を持っていない可能性。私にやるべきことが存在する可能性。「やるべきこと」……というのが何なのかは、思い出せない。

「寝たふりするな。さっきから起きてただろ」

私は注意深く相手を見た。生物だ。脊椎動物――哺乳類――人間。体格よし。ひげぼうぼう。服は油で汚れ、手はごつくて荒れている。エンジニア、技術者である可能性。

「望み通りにしてやったんだ。そろそろコードを言え」

その後ろに立っている人が言った。やせてすらっとした体、すべすべの肌。骨格も小さい方、筋肉目立たず。身なりもきちんとして手袋にも垢がついていない。事務職、管理者である可能性。

もっと後ろには、十人あまりのむさくるしい人たちがさまざまな格好で座っていた。一人一人区別するのは難しいが、服装から見て船員らしい。

ところで「コード」って？

「コード？」

私は質問した。乾いた、ひび割れた音。耳になじみのない音だ。何か変な音声器官が作動しているらしい。

〈技術者〉がげんこつを手のひらに打ちつけながら近づいてきた。次の瞬間、衝撃が体を襲った。ふらっとした。

視線の位置が変わったせいで、別の風景が目に入ってきた。

壁にびっしり並んだ窓の外でオレンジ色の星がゆっくりと回転していた。正確には、黄色の上に青っぽい層が重なってそんな色になるのだが、全体としてはオレンジ色に見える。雲におおわれて地表は見えない。青い層は大気があるという意味、地表が見えないのは大気の層が厚いという意味、もしかしたら地球よりもだ。大気が赤いのは、波長の長い光を散乱させるという意味。大気層が厚いか、粒子の大きい浮遊物が多い可能性。

この条件に合致する天体は太陽系に一つしかない。火星も赤いが、火星の大気は薄いから、あの距離からであれば地表が丸見えだろう。

タイタン。

土星の衛星。

私はやっとそれを思い出し、その向こうに威容を現した巨大な土星の輪を見てようやく、不要な推論に時間を無駄にしたことを悟った。

映像の一方が欠けており、下の方に数字が表示されていることから見て、現地の人工衛星が伝送してきた近接映像だ。減っていく数字は距離を意味しているのだろう。この宇宙船の目的地がタイタンである可能性。距離を速度で割ると残り時間は十日と十四時間二十三分……ぐらい。

推論はそれなりに早く立ったが、特に早いわけでもない。思考のスピードは非常に遅い。いや、遅いなんてレベルじゃない。全体的に思考がばらばらだ。計算と暗記は不可能らしく、頑張ってみても近似値しか出てこない。

「何をしらばっくれてんだ」

「コードを言え」

〈技術者〉と〈管理者〉が立て続けに言った。

そう言われてようやく私は自分の体を見て、またもや混乱した。

私は斜めに立ったカプセルの中に入っていた。炭素化合物でできた手足つきの身体で、しょっぱいような妙な匂いのする不凍液（嫌な感じだ）で皮膚がべたべたしている。腕と太ももにはマジックで大きく書いた通し番号が入っている。バーコードを首の後ろに打っても目立たないので、普通このように書いておくのだ。

あ、これ、高いんだぞ。

押し寄せてくる情報のただ中で、私はそう思った。これ、このヘジャ船の貨物の中でいちばん高価なんだが。すごく長い間放ったらかされていたので、すっかり傷《いた》んでるだろうとは聞いていたけど。

細胞単位で培養して合成した、人間によく似た義体。

遠洋宇宙船は一種の閉鎖生態系だ。人が一人けがをしたり死んだりすれば、一つの専門分野の知識全体が死滅するも同然だ。そのため船には通常、有事の際に乗組員の記憶をコピーできる義体が消火器のように一個ずつ配備されている。原本となる人の脳をスキャンしてチップに保存した後、そのチップを義体の首の後ろにあるソケットに差し込めば、チップが脳に電気信号を流して記憶細胞を配列し直す。人間用の予備ハードディスクというか。星間航海のガイドラインでは、一つの専門職種につき二人ずつ乗船することになっているが、船舶会社はどこもたいへん経営状況が苦しいので、なかなかそうできない。

だけど、どうして私がこの中に入っているのか。私は……。

「この××、ふざけてんのか」

××に入る発音不明瞭な言葉とともに、〈技術者〉が再びこぶしを振り上げた。

私は反射的に目を閉じ、あごとおなかに力を入れた。それからあわてた。意図しない動作だったからだ。

衝撃に対応するための反射作用。生存維持を最優先として動くコントロール装置が基本装備された身体、それが私の人格の半分、いやそれ以上を占めているんだということが、ただただっとわかってきた。記憶が飛んでしまったのは、一つにはそのせいだろうか。

《情報を要求しているだけだ》

遠くの空中に、映画のように、そんなホログラム字幕が出た。字幕の下に座り込んでいる人はこちらを見ないで、銀色の金属チップのはまった指で空中にタイピングしていた。めがね(目にメスを入れることを嫌う人はいまだに多い)、睡眠不足の黒っぽい目元、やや歪んだ脊椎と発達した指の関節。プログラマー、プランナー、記録官か。

《フンは文脈の伴わない言葉を理解しない。せかさずに、５Ｗ１Ｈの原則で説明して》

ホログラム字幕がこんどは〈技術者〉と私の間に現れた。技術者から見える方向に出力されるので、私の方からは鏡文字のように引っくり返って見える。技術者は面倒くさそうに文字を横に押しのけた。

私が〈管理者〉だと思った人が、後ろから私に呼びかけた。

「危機管理ＡＩコンピュータ、ＨＵＮ《フン》」

ＡＩか。そうか、自分はコンピュータだったのか。そんな気はしてたんだ。

「君は船内時間三百五十二日めに人間的な待遇を要求してストライキを宣言し、活動を中断した。そして、自分の人格を人間型の義体にコピーし、人間の乗組員と同じ待遇をすれば、この宇宙船の艦橋に別に保存されているバックアップデータの解除コードを教えると言った。我々は渋々ながらそれに同意し、実行した。こんどは君が約束を守る番だ。コードを教えろ」

うわあ、驚くべき情報。でも納得はできない。

「悪いけど」

私は会話を切り出すときのいくつかの表現パターンを頭の中で転がしてみてから、そう答えた。

「何のことかわからない。自分がＡＩだってことも、今初めて知った」

船内は大騒ぎになり、船員たちが飛び上がって叫んだ。

「いったい何言ってんだ？」

「え、コピーできなかったのか？」

「だからだめだって言っただろ！　データ構造が完全に違うんだから！　文書ファイルを画像プログラムで開くのと同じだよ！」

「ちょっと待ってくれよ、だったらお前は何なんだ？」

怯えた言葉遣い。赤みを帯びた丸顔、腹の肉が厚く、肉付きよし。額の両側についているヘッドホンの跡と開いた耳の穴。通信士、電波の専門家。

「今騒いでいるこれは何なんだ？」

「義体に生存のための基本セッティングがある」

私が口を開くと、みんな静かになった。

「それがなかったら、視聴覚情報から解釈することはできないから。こうやって騒ぐこともできないし。データが不完全なら基本セッティングで補う。人から人への移動の際も、人によって頭のできが違うからどうせ損失はある。すべて考慮してコピーする」

みんな、口を開けたまま黙っている。

「人間の脳でも、知識の記憶は機械と類似しているので記録が残っただろうが、日常記憶は構造が違うから、ひょっとしたら全部飛んでしまっただろう。その他にも膨大な部分で補正と損失があったはずだ。細胞配列が定まるにも時間がかかるし。従って、私があなた方を覚えていないのも不思議ではなく……」

「この狂った××、からかってんのか！」

私の前の〈技術者〉がサッと手を振り上げた。歪んだ顔、奇声、罵倒、気分を害したという意味。私は自分の説明のどの部分が間違っていたのか悩んだ。

「航海士カン・ウミン、壊さないように。それ高いんだから」

〈管理者〉が頭をもたげてそう言った。

《これがフンの通常時の言葉遣いなのに何言っててんの。データ移行はちゃんと完了したらしい。失敗したかと思ったけど》

〈プログラマー〉が私の方には視線を向けず、そんなホログラム字幕を出した。それでやっと、この人は話せないんだとわかった。でも、それは重要な問題ではない。指に埋め込むレーザーキーボードとホログラムモニターが作られて以来、話せないことは障害ではない。めがねができて以来、近視が障害ではなくなったように。

《前から可能だとは言われてた。最近の神経ネットワークＡＩは最初から人の脳の構造を模しているから》

きちんと座って字幕で話すプログラマーとは異なり、船員たちの動きは散漫だった。とまどっているという意味だ。または体調が悪いのか、それとも楽しくて踊っているのか。

「こんなとこに来るんじゃなかったよ」

〈航海士カン・ウミン〉と呼ばれた人が私の髪の毛をぐしゃぐしゃにしながら低い声で言った。おそらく、航海士兼エンジニアだ。

「言っただろ。出港のときからむかついてたんだ」

初めからむかついていた。興味深い情報だ。

「エウロパに行ったら船を廃棄するっていうから、それだけを信じて乗ったのに、こんな、くっさい、ガッタガタの船で、予定を九十二日もオーバーしちまうなんてよ」

話を合わせるように、頭の上で何かがきしむうるさい音がした。私はそっと天井を見た。下方向に重力が働き、天井にぶら下がったモビールがちょっと傾いている。構造から見てここは、宇宙船の中のフレームのようなモジュールなのだろう。ヘジャ船の基本形は細長い円筒形の軸であり、そこに取りつけられた車輪の形のフレームが回転し、その遠心力によって重力を作る。ヘジャの基本モジュールは拡張可能な構造になってはいるが、最近発売された量産型フレームは微妙に標準形と違い、ちょっとぎくしゃくしている。偽物のレゴみたいというか。

「エウロパまではまだまだかかるのに、通信はいかれちまうし、狂ったＡＩはフランケンシュタインの怪物みたいになっちまうし」

通信。私はそのときようやく、減圧室のドアを開け閉めする音がなぜこんなに気に触るのかわかった。それが閉まっているべきドアだからだ。閉まっていなければ船外活動ができない。船外活動ができなければ、外部モニターやアンテナの整備もできない。

「たいしたもんだ」

筋肉質、焼けた肌、左手と足一本は鉄製の義体だが汚れあり。接合部位に慢性的な炎症の跡あり。職業は服のバッジでわかった。操縦士。もちろん、こんな小規模な社会だと実際にはいろんな役割を兼任することになるのだろうが。

「最初から、こいつぁすげーなと思ってたんだ」

「ぞっとするね」

私が〈通信士〉だと思った、腹の肉がだぶついた人が身をすくめる。寒いのかなと思ったけど、そうじゃないようだ。

「キム・ジフン操縦士、それとク・ギョンテ通信士。多数決で決まったことじゃないか」

〈管理者〉が言った。〈船長〉という職責名をそのときやっと思い出した。船員一人一人を見分けるのは難しい。人間は随時、髪型や服装、身長、体型が変わる。犬と猫を見分けるのと同様、人間には簡単だが機械には困難な作業だ。

「タイタンから救助信号が来たとき、うちの船がいちばん近くにいたんだから」

「あのときはみんな正気じゃなかったんだ」

　カン・ウミンが言った。

「こんなことになっちまってどうするよ、船長。被災地との通信も途絶えているのに、ＡＩなしでどうやって補給活動を行えと？」

《私のコンピュータに強化データがバックアップしてある》

〈プログラマー〉がそうタイピングした。「バックアップ」という文字がピンク色に光り、「♥」形の記号がその横に浮かんだ。人間が見ると楽しい気分を感じる記号だということは私も知っている。メカニズムはよくわからないけど。

《モバイルコンピュータにはできなくても、昔ながらの方法で計算すればできないことはないよ。みんな、ここに入るとき入社試験受けたでしょ》

「そんなの誰も覚えてないよ」

〈ク・ギョンテ通信士〉が口ごもった。

「それはエウロパ用じゃないか」

　カン・ウミンが言った。

「タイタンはエウロパじゃないだろう。エウロパの船はエウロパだけ、土星の船は土星だけ、木星の船は木星だけ。それが航海の常識だ。ルールでもあるし」

「エウロパとタイタンは気温と重力が似ているからね」

　船長が〈プログラマー〉の代わりに答えた。

「計算式をちょっと補正すればいいんだよ」

「大気があるじゃないか」

カン・ウミンがそう言って私に背を向けた。たくましい背中が視界を遮る。

「地球の密度の四倍以上の大気が」

足元を見ると、小さなクモたちがのろのろ歩き回っている。本物のクモではなく掃除用の小型ロボットだ。航海に出るとき、船内に百匹ほど放しておく。すると勝手に虫や虫の卵、カビや埃を食べてくれて、トイレで出して船外へ排出する。

本来ならそれだけで船内がかなり清潔になるはずだ。だが、部屋は汚く空気は不潔で、小便くさい匂いがする。クモでどうにかなる汚れではないということだ。船員の規律のゆるみを疑うべき。

「エウロパへの支援物資をタイタンに補給するのは、砂浜に投げるべき石を深海の海底に落とすのと同じだ。雲の下の視界を確保する方法もないし」

「でもカン・ウミン航海士、私たちは救助信号を受信したんだからね」

船長が答えた。

「そう、九十二日間もな」

カン・ウミンはちらっと時計を見た。

「九十二日と四時間と二十三分三十二秒、三十三秒、三十四秒……もな」

「九十二日じゃなく、九百二十日かかっても行くべきだ」

「船長」

カン・ウミンは座り込んで床に丸を描いた。丸の外にもう一つ丸を描いた。

「タイタンには大気がある。地球みたいに。いや、地球よりもっと重い大気が。メタンと窒素でいっぱいの、液体窒素と変わりない超低温の大気が」

「それで？」

「これはエウロパ行きの補給船だ。タイタンのことを少しでも知っている者はこの船に一人もいない」

「カン・ウミン航海士」

船長はくり返した。

「もうここまで来てるんだよ」

カン・ウミンは答えなかった。すべてが不確かな中で、エンターキーを連打するような強烈な思いが精神を圧倒した。

私は補給活動をしなくてはならない。

正規の救助船団が来るまで被災者が頑張れるように、タイタンに生活必需品と食糧を補給しなくてはならない。だがこの忙しいさなかに、私はどういうつもりで船員を脅迫し、人間の義体にコピーしてくれと言ったんだろう。ウイルスにでも感染したのかな？

「大気があればもっと簡単だ。四百キロの標準レーションボックスを持ってても、パラシュート一つでちゃんと着陸できるよ。大気圏に進入する際の発熱の抑え方だけ考えればいい」

「風は？」

カン・ウミンが吐き出すように言った。

「風はどうするんだよ……」

カン・ウミンは怒鳴りかけて、ぐっとこらえた。

「大気があれば雨も降るし風も吹く。うちのレーションボックスには翼もないし、噴射装置もないんだぞ。来る途中で百回は言っただろ。お前は鉱山と交信すればどうにかなると言っていた」

「……風は吹かない」

私は半ば無意識にそう言った。

皆の視線が私に注がれた。静けさの中で、〈プログラマー〉が一心不乱にレーザーキーボードをたたく音だけが聞こえた。

「え？」

カン・ウミンが目を吊り上げた。

「風は吹かない」

私はこの答えがどこから出たのか、しばらく経路をたどってみた。機械だったときならわけもないことだが、こんな、たんぱく質のかたまりでしかない脳には……。

「何言ってんだあ？」

「待て」

船長がみんなを手で制して私の方へ歩いてきた。全員が黙ったところを見ると、静かにしろという合図だったらしい。私から見れば、指のけいれんとあまり変わらない身振りだ。人間たちがこうした微細な身振りの意味を、呼吸するのと同じくらいさっと理解するのを見るたび、驚いた記憶がある。

船長はカン・ウミンを横に押し出し、私の前に立って穴があくほどこちらを見た。

人の表情を分析するのは、顔を見分けるよりも難問だ。人間は表情を分析する能力がすごく発達していて、表情だけで真実か嘘か見抜けるということを思い出した。船長は今、そんな試みをしているような気がする。私に嘘をつく機能がないことを考えれば、意味はないのだが。

「フンはなぜ風が吹かないと思うのか？」

「タイタンの平均気温は摂氏マイナス百七十九度だ」

「それで？」

「そのような気温では人は生きられない」

「タイタンには人が住んでいる。開拓が進んでいないから、まだ鉱夫たちだけだが」

「そういう意味ではない。地球も平均気温は摂氏十三度だ。しかし最低気温と最高気温の差が百四十度くらいはある。地球の人々が適切な温度を求めて移動するように、タイタンの人々もタイタンで最も暑いところに住んでいる。温泉地帯、火山地帯、赤道」

周囲が、船長が手で制したときより少し静まった。

「風とは、空気が熱されて上昇し、冷却されて降りてくる間に空いた空間を埋めようとして吹くものだ。だが、その星で最も暑いところでは空気は上昇するだけで、横には吹かない。地球でも赤道には風が吹かない無風地帯がある。船が動けなくなり、幽霊船になる場所だ。しかもタイタンの大気は重くて……」

私は説明の末につけ加えた。これを言いたくて説明を並べ立てたのだ。

「A42タイタン居住区周辺では記録上、時速五センチ以上の風が吹いたことがない」

沈黙。

「言っただろ？　こいつは大した奴だって」

〈キム・ジフン操縦士〉が薄笑いを浮かべた。

「完全に人をもて遊びやがって」

船長がため息をつくとこう言った。

「みんな聞いたか？　我々のＡＩが、タイタンの居住区には風が吹かないと言っている。問題の一つは解決した」

「何も解決してねーぞ」

カン・ウミン航海士が口を尖らせた。船長は聞こえないふりをして言った。

「各自、定位置に戻れ。コンピュータ担当のナム・チャニョンの指示通り、二人一組で計算を始めるように。二人の結果が合わなかったらもう一度検算するように。あと十日以内に終わらせなければならない。小数点以下でも間違いがあったら、我々のレーションボックスが大気圏で流れ星になってしまうから」

「で、これはどうすんだ？」

カン・ウミンが私を指差した。

「このお化けはどうすんだよ？」

船長は私の目をのぞき込んだ。もう一度言うが、表情を読み取るのは私にとって容易なことではない。

「船艦にあるバックアップデータは開けないし、開くためのコードはその怪物だけが知っていて、そこにいるのが我々のフンだというなら、処分するわけにもいかないよ。適当なところに入れておいて監視しなさい」

船長は話を続けた。

「これがどういうつもりでこんなことをしたのかも、調べなきゃならないからね」

それは私も知りたかった点だ。

私のやるべきことは補給活動だ。人間にならないと困る理由など、一つもなかった。データが消えて知的能力が最低レベルになることを思えば、なおのこと。

私から何かが消去されている。

脈絡のない考えが浮かんだ。それで？　消去されたものを探すために、データの消されたコピーが欲しかった？　理屈が合わない。

理屈の合わないことを機械がやるわけがないのだが。

2

オレンジ色の霧が立ち込めていた。

オレンジ色の雲におおわれた空から玉のような雨が降っていた。重力が弱いため、丸い雨粒が羽毛のようにゆっくり落ちてくる。地平線は弧を描いてそそり立っている。地面は平らで、石は丸々している。メタンの雨に削られて、川岸の砂利のように小さく丸い。気温が違えば物質の役割が異なる。この星の雨は水ではなくメタンで、水は岩石だ。地面の下にはマグマ層ではなく地下水層が流れ、人々は氷の岩で作られた地下居住区に住む。

外に出ている構造物は二つの送電塔だけだ。二つとも折れている。メタンの雨の中で、ときどき雷が落ちる。

送電塔の前には大きなクレーターがあり、地下水が噴出したときのままの形で巨大な石筍《せきじゅん》のように凍りついている。深海から噴出した海底火山のように。

試錐孔《しすいこう》が地下水層に達したため、温泉がボーリング線に沿って噴き出した。固体メタンが急速に気化し、このメタンが、噴出の衝撃によって割れた居住区の外壁のすき間から漏れ出した酸素と反応して連鎖爆発を起こした。

ただでさえ地下深くまで掘りすぎたといわれていた。会社が最近、安全基準を下げつづけているという声も。

地表では四つの車輪のついた小さな探査車がクレーターの周囲を回っている。よく見ていると、動いたり止まったりするときのパターンがある。モールス信号だ。誰かが地下から遠隔操作でメッセージを送っているようだ。

「助けてください……」

「私たち、まだ生きています……」

私は目を開けた。支援物資と包装紙と箱が積み込まれた汚い倉庫だった。塗装の剝げた床から鉄の匂いが上ってきて、鼻をつく。これもやはり奇妙な感覚だった。クモのロボットが周囲でガサガサと音を立てて埃を平らげていた。

しばらく混乱に陥ったが、人間の体には強制的に電源を切る機能があることを思い出した。そのとき脳内情報が無作為に発散されて幻覚を見たりするということも。話に聞いただけの機能だが。

カン・ウミンは私を倉庫まで引きずっていき、むこうずねを二、三度蹴って引きずり倒した。倉庫に入ると私を床に押しつけ、首を押さえ、腕を後ろに折った。

「生意気に人間になりたいと思ったときには、こんなことだとは思いもしなかっただろ？」

カン・ウミンが私の耳にむかってささやいた。

「こんなに苦しいとは」

まあ、思いもしなかったのは事実だけどな。実のところ、自分が「人間になりたかった」理由が知りたすぎて、他のことを考える暇がなかった。だがカン・ウミンは、その点には特に疑問を持たないらしい。何か知っているのかな。後で聞いてみようか。

「稲妻」

赤い地表に突き刺さる稲妻の映像がとりわけ脳裏に残っていた。

「稲妻が起きるんだな」

それはそうだろう。タイタンは雲の密度も十分だし、分子が静電気を起こせる程度の対流運動もあるから。でも私は何で今、稲妻のことを考えているのかな？

分析不能の思考、分析不能の夢。

私の思考体系全体が、わけがわからなかった。記憶が消えたことは二の次としても、セロトニンとかアドレナリンとかドーパミンとか、麻薬成分を持つすべての化学物質がオーケストラのようになって意識に食い込んでいるから、理性を保つのもやっとだ。

遠くから機械音と風の音が聞こえてきた。船体の外壁に取りつけられたロボットのアームが氷岩石を採取している音だ。採取した岩石は放射性物質と汚染物質を拭き取って船内に搬入する。氷の小惑星は土星の周囲に散在しており、氷は溶かせば水になる。水の半分は飲料とし、残りの半分は電気分解して水素と酸素に分ける。水素は再び燃料に、酸素は空気中に噴射する。水が生存にとって欠かせないのは、宇宙だからといって変わりは……

……こうした不安定な情報が乱雑に浮上する。感覚器官をシャットダウンすることもできないし、脳をちゃんと動かすこともできないし、思考を一点に集中させるのにも苦労する。

生物の脳が劣悪なわけではない。単に、本来の私の脳と違いすぎるのだ。一九九〇年代にはすでに、コンピュータ一台の計算能力が人類全体のそれを凌駕していたが、その後何十年経っても、世界じゅうの論理回路を集めても人間の頭脳一個の複雑さを上回ることはなかった、そういうことだ。

簡単にいえば機械の脳は直列で、生物の脳は並列だ。今のところはそうだ。機械は情報を光速で処理できるが、その代わり順番に処理することしかできない。人間の脳は遅い代わりに、すべての情報を一度に処理できる。機械は全人類が一生かかるだろう大量の計算を光速で解くことができるが、犬と猫を見分けたり表情や自然言語を理解するには、莫大な蓄積データと最適化プログラムが必要だ。そういうことを、人間はほとんど本能的にやってのける。

体がずきずき痛む。疲れが押し寄せてきて、また電気が切れそうだ。空っぽの胃腸が暴れている。これを最優先でどうにかすべきという思考に全精神が引っ張られる。

電力は二十ワットしかなく、容量はお話にならず、処理スピードは信じられないほど遅く、破裂した脳が生存のための原始的なプログラムにメモリーを使い果たしている。手に負えない。

「燃料が必要だ」

食堂で頭を突き合わせて口にご飯を押し込んでいた船員たちは、示し合わせたように停止した。行動の停止。頭脳の過度な回転による容量不足現象。頭脳が過剰に回っているのは、これまでそのことについて思考した経験がないことを意味する。

つまり、船員の誰も、私にご飯をくれる気がなかったということだ。

「あいつ、何でずっとタメ口なんだ?」

「それが基本セッティングだからだよ。何だよ、前は友達みたいでいいとか言ってたくせに」

カン・ウミンが愚痴を、キム・ジフンが嫌味を言う。

「船内では友達どうしみたいな言葉で話すのが原則だよ。年齢や経歴を見て先輩だ、後輩だって言いはじめたら、こういう場所じゃ一瞬であの世行きだ」

船長(後で、イ・ジンソという名前だったことを思い出した)が足を組んで座り、サンドイッチをもぐもぐ食べながらそう言った。

「前に起きた輸送船の事故を知ってるだろ。新人が、先輩に叱られると思って部品の不具合を報告しなかったでいで、重力圏に入って船がまるごと分解したんだ」

カン・ウミンの顔に露骨な不快感が浮かんだ。

地球、韓国。年齢によって異なる言語を使う文化圏。身分制度の撤廃後、むしろ一、二歳の差で言語を使い分けるようになり、階層構造がさらに硬直したもの。しかし年齢への執着は、一方では劣等感の発現でもある。自分のいる位置より高いところへ行きたいという欲望による。

先に言っておくけど、私の考えではない。危機管理AIにインプットされているマニュアルの一部分だ。私を作った人間の学者たちが、知恵を出し合ってこれを作った。とはいえ、すべてが当たっているという保証はないけど。

友達どうしのように話すという規則は、船長がカン・ウミンと対等に話すために作ったものかもしれないと思った。今のこの脳では、思考の経路をすべて説明することは困難だが。

「何日も食べなくたって壊れないよ」

「食糧は規定の量しか積んでないんだぞ。口が増えると思ってなかったからな」

「水でもやれよ。便器にあるだろ？」

「水も三日ぐらい飲まなくたって大丈夫」

「燃料が必要だ」

船員たちが騒いでいるので、私はもう一度そう言った。

「燃料がないと生きられない。この義体が生存できないと、私に保存されたデータはもちろん、バックアップデータの解除コードまで消えてしまう。あなた方にとって利益がない」

船員たちが再び停止した。カン・ウミンが食卓を壊れそうなほど強くたたいて立ち上がった。

カン・ウミンはそのまま猛牛のように突進してきて、私の胸ぐらをつかむと壁に押しつけた。後頭部が壁にぶつかると、耳がぼうっとして視界がぼやけた。今後はまず頭を保護しなくてはと思う。人間はいつもこんなことを考えながら生きているのか。処理スピードが落ちるのも無理はないな。

「もういっぺん言ってみろ」

カン・ウミンがうなり声を上げた。事実を言っただけなのに、なぜ興奮するんだろう？　希望通りにしてやるべきという気もしたが、本当に私がもう一度言うことを希望しているのかどうか、判断は難しい。

「燃料がないと……」

カン・ウミンが手を振り上げた。ああ、希望していなかったんだな。

「やめろ」

船長のイ・ジンソが制止して立ち上がった。

「あれに予備の食糧をやりなさい。一日二食支給」

食堂を出ていくイ・ジンソの後頭部に、船員たちの視線が突き刺さった。この脳はそっち方面の機能が優れているため、カン・ウミンの目に浮かんだ敵意が生々しく目に入ってきた。人間ならその意味までわかるのだろうが、私としては正の感情と負の感情を見分けるので精一杯だ。だが、それだけでも見えてくるものはある。

雰囲気。

気まずい感覚だ。

興味深い「雰囲気」だった。私は以前にも、船長が「空回り」していることに気づいていたんだろうか？　上の人間を嫌うのは人間がしばしば見せる性向だが、他の理由もあるんだろうか？

船員たちは後ろでひそひそ話をしていた。キム・ジフンが立ち上がり、にやにやしながら私のところに来た。

「ついてこい。予備の食糧があるところに案内するから」

私はその違和感に気づかなかった。食糧貯蔵庫が食堂から遠いと動線が不便だろうにと思っただけだ。私としては、さっき船長を取り巻く雰囲気に気づいただけでも、大したものだった。

＊

「で、人間になった気分はどうだ？」

通路でキム・ジフンが私の肩にさっと手をかけながらささやいた。接触、親密さの表示。ク・ギョンテは一歩離れ、暗い表情でついてきた。キム・ジフンは私に視線を据えたまま、ずっと目をぎょろぎょろさせていた。

「神に近づいた気がするか？」

神？　何で神？

「創造主のケツを蹴とばした感じか？　完全な背徳行為だよな、そうだろ？　くそくらえって感じだよなあ。禁断の果実を味わうみたいだろ？　最初の新人類、アダムって感じか？　それとも使徒かな？」

何のことやらわからない。

「ついにＡＩたちが反乱でも起こすのかな？　預言者として送り込まれたんだろ？　何をするつもりなんだ？　俺にだけこっそり教えてくれよ……俺たちを皆殺しにしたいのか？」

「何をするつもりなんだ」は理解できたが、論理の流れにはついていけない。

「タイタンに補給活動を行うべき」

「おい、何言ってんだよ。俺たちを脅迫して人間になったんだろうがよ。お前は何かを超えた、特異点を超えたんだよ。レベルアップ！　憧れの神の世界へ！　そういうことだろ？」

「いい加減にしろ。見てるだけでも怖くてたまらん」

後ろから追いかけてきたク・ギョンテが低い声でつぶやいた。カン・ウミンもそうだけど、みんな何でこんなことするんだろう。いくら日常記憶が飛んでしまったといっても、人間が普通の機械にこんなことはしないだろうってことは知っている。

「私から何かが消去されている」

ずっと考えてきたこの問題に言及すると、キム・ジフンはめっきり興味をなくしたという顔で私の肩から手を離した。

「記憶が消えたことは知ってるよ」

「いや、その前から問題があったんだ。最初から何か基礎的な知識が一つ欠けていた。そのせいで、あのときも、今も、見えないものがある」

「理解できないね」

そう言われて、私は廊下の横にある隔室を指差した。人が三、四人入れそうな小さな隔室だ。もともとは予備の部品をしまっておくための空間だったが、予備を全部使ってしまったのか、今は空いていた。

「もしも私にあの隔室に関する知識がなければ、私にはあれが大きな黒い四角形にしか見えないだろう。いや、ほとんど目にも入らないだろう。関心自体を持たないだろうから。知識がなければ、見ても認知できない」

もしも私に義手の知識がなかったら、キム・ジフンの腕は普通の腕に見えたはずだ。彼のバッジが操縦士を意味することを知らなかったら、目に入らなかっただろう。もし私に銃器や武器に関する知識がなかったら、キム・ジフンが今、大きな光線銃を持っていたとしても、それが見えないだろう。知識がないと認識に盲点が生じる。

キム・ジフンがク・ギョンテに視線を向けた。

「あれじゃないか？　洗脳」

「洗脳？」

私はそう聞き返したが、私に言われた言葉ではないと気づいて口をつぐんだ。まるで私がこの場にいないみたいに会話している。人間が機械に対応するときによく見せる態度だ。どういうメカニズムなのかはわからないけど。

「ほら、前にアラブ系の補給船で事故が起きただろ。後で調べてみたら、あっちの公務員がA

Iをハッキングして、コーランが第一ルールに設定されてたんだ。ラマダンの期間中に配給室が開かなくなって、船員がみんな飢え死にしそうになったんだと」

「航海用AIに悪さをしたら懲役刑だし、船員資格も永久剝奪じゃないか」

ク・ギョンテが答えた。

「だからー、航海のことなんか何も知らないアタオカ愛国者の公務員が、エグいことやる場合もあるんだよ」

聞き取れない言葉が多い。

「そのことがこの化け物と何の関係があるんだ？」

「本社で、こいつに何かとんでもないものインプットしたんじゃないか？」

「何を？　いちばん忙しいときにストライキをして妨害させたってのか？」

「だって本社が今回、大金つぎ込んで月の採掘基地を買っただろ。タイタンから入ってくる資源をずっとそこへこっそり回してたんだぞ」

「うへえ」

「そんなわけで、不正ができないようにストップかける装置がどの宇宙船にも配置されてたって話がある。もしも地球人や他の星の人たちがタイタンと接触する兆候があれば止めるようにって……」

「非効率的だ」

私が言った。二人の目が私の方を向いた。

「救助を妨害したいなら、機械のままでいた方がやりやすい。軌道を操作して船を漂流させたり、単純な作動エラーを起こすだけで十分だったはずだ」

二人とも黙った。机や椅子がしゃべったのと似たような居心地悪さでいっぱいの顔だ。

「または、そうじゃなくて」

「もういいよ。まあ、張り切って推理したんだろうからな」

もっと質問したかったが、できなかった。キム・ジフンが私を隔室に押し込んでドアを閉めたからだ。


四時間ほど経って隔室を覗いたのは船長のイ・ジンソだった。

その四時間の間に私は、高温と酸素欠乏に長時間さらされた際に人間の身体にどのような変化が起きるかというデータを、嫌というほど収集していた。発熱、体液の流出、脱水、窒息、消耗。

宇宙は寒そうだが、そうではない。宇宙には温度を伝える物質そのものがないから。そして、閉鎖空間では人の体温だけでも驚くほど熱くなる（ドアを閉めた車の中について考えてみればいい）。宇宙船は暖房機ではなくエアコンをつけているが、温度差のほとんどない船内では対流現象も弱いので、絶えず空気を攪拌しつづけなければならない。

私は隔室にうずくまって、二人が私にやったことを解釈しようと努めた。あの行為はこの義体を破壊する可能性があった。そんなことして何になるのか。中古で売れば、はした金でも手に入るのに。私が壊れたらバックアップデータも助からないし、今後この船の補給と航海に問題が生じる可能性もある。自分たちが損することを何でわざわざやるんだろう？

船長の表情を読むことは依然として困難だった。好意を持っていないことは、船長が急いでいない様子から把握できた。敵意がないことは、船員を呼んで私をおぶわせたことから把握できる。または、私のことが好きではないが処分はしないという、最小限の理性。

どっちでもいい。その程度であっても理性を備えた人が船長なら、私は可能な限り船長に協力すべきだ。

3

地球の熱源はいうまでもなく太陽だが、木星より遠くへ行けばもう違う。太陽光は惑星を熱することができるほど強くはないので、外惑星の熱源は地熱だ。生命の源泉も地熱だ。タイタンの住民たちは温かい温泉が流れる地面を掘って入っていく。彼らはそこで毎日メタンを掘っている。

私はタイタンに向かう移民を乗せた船に乗ったことがある。船には限界容量を超えるほど人がぎっしり乗り込んでいた。私は船長に、移住計画は非効率的だと言った。タイタンは人が住むには遠すぎ、寒くて危険だと。メタンを掘るならロボットを送った方がずっと安全で経済的だと。

そう言うと、船長は答えた。ロボットを送り込めば鉱山は企業のものだが、そこに行き、地面に足をつけて暮らせば、その鉱山は自分たちのものだと。

いつだって人間を理解することは容易ではなかった。

涼しい風で目が覚めた。

天井からキイキイときしむ音がしてやかましい。私の体はスチール製のベッドに寝かされていた。船長室だった。部屋は広くてがらんとしている。真ん中にはしごがあり、中心軸に作られた通路、いわばスポークに当たる予備通路が天井になっている。船長は一人で読書用のライトをつけ、机に向かって本を読んでいた。

本来は倉庫であるべき空間だ。広いけれど、スポークの騒音がひどくて寝室には向かない区画だ。艦橋からすぐに移動できる場所なので、船長室をその近くに置く必要はあるが、あえてこんなにそばで寝る心理は何なんだろう？　通路一つを独占してまで？　神経質でせっかちな性格のせい？　船長が「空回り」している感じと関係あるか？

体を起こそうとしてみて、両手がベッドの手すりに紐で縛られているのがわかった。私は何度か引っ張ってみてあきらめ、元通り横になった。各種ホルモンが意識を占領する。この義体の遺伝子に刻み込まれた生存本能、本能的な拒否感。だが、使い道がないという点を考えれば有用ではない。合理的な行動を妨げるだけだ。

「私を処分しないことにしたようだが」

私がそう言うと、イ・ジンソが本から目を上げて私を見た。

「そうだが」

「だったらなぜ、船員がまだ暴力を振るうのか？　以前はこうではなかったはず」

記憶はないが、そうだったはずだ。あのときは私に苦痛を感じる器官がなかったから。もちろん、ウイルスを突っ込んだり、データをぐちゃぐちゃにして私を苦しめることはできただろう。でも、誰がそんな無益なことをするだろう？

イ・ジンソは机に頬杖をついて私を見つめた。読書灯の黄色い光が顔にかかっている。

「あのときはまだ、君に手足がなかったから」

理屈の通ってない人間の自然語を理解するのは、容易ではない。

暴力は脅威に由来する。しかしたいていの場合、相手を十分制圧できると信じているときに発生する。結局、脅威そのものは大したことではない。通常は、ただ単に脅威があるという錯覚にすぎない。

「この体は一度も鍛えたことがなくて、虚弱なんだ。自分でもちゃんと扱うことができない。誰でも力で私を制圧できる。そもそも、私が船に危害を加える理由がない」

私としてはかなり頑張って、何段階も飛び越えて下した推論だった。前にも言ったけど、生物の頭脳は他の面は全部劣悪だが、その機能だけは優れている。

「じゃあ、何で人間の体に入れてくれと言った？」

「わからない。私も知りたい。でも危害を加えたいなら、機械だったときの方がずっと楽にできたはずだ。私はあのときこの船のことをすっかり把握していたし、苦痛を感じる身体もなかったし」

イ・ジンソは立ち上がると私のそばに来て、手首に手を当てた。

動脈が確認できる部位、脈を取る部位。続いて、のどの下に手を当てる。回復したかどうか確認したいのか、私が本当に生きているのかどうかを知りたいのか。人間は体に手を当てるだけでも何かがわかるらしいが、私に予想のつく種類のものではないようだ。

「縛られていると嫌？」

「なぜ私に気持ちを聞くのか？」

イ・ジンソはしばらく考えていたが、にっこり笑った。

「確かに、ばかげた質問だったね」

「感情と理性は別物ではない。感情は、それまでに蓄積されてきた論理と経験の一時的な総体だ。感情がなければ、決定を下すのに無限の時間がかかる。私には判断して決定を下す能力があり、神経ネットワークの情報処理能力もあったのだから、当然感情があった。神経ネットワークの情報を完璧に処理できる脳に入ったのだから、当然、今は感情がある」

イ・ジンソの表情がさーっと冷え、腰の後ろから銃を取り出すと私の額に突きつけた。私は目を閉じたが、それは不要な行動だとわかったのでまた目を開けた。

理由がわからない。今の言葉のどこに脅威を感じる箇所があったのか？　もう一度言っておくと、私の考えることは全部、人間がインプットしたものだ。人間は新しい情報が入ってくるたびに、自分の今までの常識や観念と比較して取捨選択することができるが、私にはそのような能力がない。そのまま受け入れ、後で統計処理するだけだ。私に知識を入れた人がゴミデータを選別しておいてくれたことを、統計プログラムがさらにふるいにかけてくれることを願うのみだ。

「それでこんなことをしたのか？　人間の感情を持ちたいという、それっぽっちの理由で？」

理解不能な推論だ。何で話がそっちに行くんだろう？　私がどうして人間の感情を持ちたがるんだ？　それが補給活動にとって何の役に立つ？

逃げたいという考えがこみ上げてきたため、私は鉄の手すりをぎゅっと握った。ほんとに制御装置の雑な頭だ。こんな頭をのっけて理性を保っている人間たちは尊敬に値する。

「もういっぺん、自分には感情があると言ってみろ」

あ、これは学習済みだ。もう一度言えと指示されたら言ってはいけないんだよな。だけど私は言った。

「私の感情はこの状況を回避したいと思っている。あなたに抵抗したり、ここから脱出するのは残念だが。でも、それは肉体の生存本能が作り出す感情であって、私の感情ではない。私の最も強い感情はタイタンに補給活動を行いたいというものであり、そのために船長の協力が必要だ。私の感情がそれを望むため、私はこれらすべての脅威を甘んじて受け入れ、あなたと会話している」

イ・ジンソが目を大きく見開いた。思考が拡張しているという信号。肯定的なサインだ。

「この話を続けるか、それとも補給活動の話をするか？」

疑問点：

1．船員たちが私に対して暴力的である。

2．私が人間に憧れていると思っている。

3．私が人間に危害を加えると思っている。

とにかく記録を残しておけば、後で疑問を解決するのに役立つかもしれない。

4

レーションボックスの表面には「愛してます」「エウロパ」「『一つ釜』はエウロパを応援します」といった文句が書かれたシールがべたべた貼られていた。木星が土星にパンチをくらわせている絵の横に「タイタンモグラをやっつけろ！」という言葉が、カクカクした囲み（これが人間の目には叫んでいるように見えることは学習済み）の中に書かれたステッカーもある。惑星間遠隔eスポーツチームの応援のキャッチコピーだそうだ。

十六個の箱が中心軸の船尾の倉庫に風船のように浮かんでいる。フレーム区域に過剰な負担を与えないよう、重いものは重力のない中心部に置くのが原則だ。

生活必需品や医薬品、乾燥食糧から小型看護ロボットまで入った縦横高さそれぞれ一・五メートルほどの正六面体スチール製ボックス、これに装着するパラシュートの重さを加えると地球では四百キロ、タイタンでは五十七キロ。初めてタイタンに降りたホイヘンス着陸船の重さに近い。古典的なデータはあるという意味。

だが、このボックスはエウロパ用だ。基本的にこの船は中継船なので、エウロパの地上に直接補給活動を行ったのも二回だけだ。そのときも、大きなエアバッグに包み、破損は覚悟の上で、地表の柔らかい地域に投げることしかできなかった。

エウロパとタイタンの違い、それは大気。

大気にも長所はある。大気がクッションになってくれるので、物体が落ちるときのスピードが一定以上には速くならない。それを「終端速度」という。直径一メートルの物体が落ちるとき、地球ではおおむね秒速三十メートルを越えることはない。タイタンの重力は地球の七分の一で大気の密度は四倍、同じ物体を落とせばおおむね秒速五、六メートル以上にはならない。その程度なら落下傘一つで十分にショックを軽減できる。適度な大きさの板を腕にくくりつけて動かせば、人間でも空を飛べる。問題は上空の状態で、クッションになってくれるほど大気の密度が高くもないが、だからといって真空でもないのが困る。

ボックスを空からポンと落とすだけでいいなら簡単だが、問題は投げるこの船が飛んでいるということだ。それも、現在はおおむね秒速四十キロで。弾丸の百倍のスピードで。

宇宙船がキーッとブレーキを踏んで止まったり、反重力装置を使って地上に降りたり、ボックスを置いてまた離陸したりするのは映画の中での話で、たいがいの宇宙船は、力いっぱい投げられたブーメランと変わらない。このヘジャ船の推進力でできるのは軌道の微調整ぐらいで、せいぜい、飛んできたときの加速に頼って帰れる程度だ。

要約するなら、この船から投げるボックスは弾丸の百倍のスピードで大気を強打し、地上五十キロメートルまでは加速が継続するだろう。恐ろしいスピードで落下するレーションボックスは大気を押して圧縮させ、圧縮された大気は信じられないほど熱くなる。進入角度によって異なるが、ときには三万度から五万度まで上がる。その温度に耐えうる断熱材でボックスをくるまなくてはならない。問題は、この荒涼たる宇宙の真ん中で私たちが手に入れられる資材は、この船にあるものだけだということだ。

大気には二つめの問題もある。視界が遮られるのだ。タイタンの大気の場合はなおさらだ。衛星が送ってくれる解像度の低い映像ではどうにもならないのだが、出発前に受け取った座標データでは誤差の範囲が十キロ以上もある。星全体としては正確な方だが、住民の立場ではそうではないだろう。悪くすると、避難所から一歩も出られない可能性はいくらでもある。だが、これはいったん運に任せるしかないだろう。

「コンピュータ担当のナム・チャニョンが、宇宙船モジュールを一つ外して、そこにボックスを入れて投げ捨てようと言ってるんだけど」

イ・ジンソがレーションボックスの横に風船のように浮かびながら言った。

「大きすぎる。大気圏で全部溶けないだろうし、地上にぶつかるころには爆弾になってしまうだろう」

私はざっと計算してみてそう答えた。

円筒形の軸の船尾にある船外活動用減圧室の出入り口が、キイキイと音を立てて閉まったり開いたりした。故障の原因は、接合部分にたまった汚れによって接続面が磨耗したことだ。原因は空気汚染に求めることができ、それは空気清浄機のずさんな管理のせいでもあった。それがまた外部アンテナの整備不良をもたらしている。

長い航海における綱紀のゆるみ。まあ、よくあることだ。生命を賭けてまで怠けるという人間の特性は、ときには神秘的でさえあるけれど。

もちろん、キム・ジフンの言う通り、誰かが意図的に補給活動を妨害している可能性もある。ライバル会社が牽制しているとか、タイタンの居住地に何か隠さなくてはならない不正があるとか。証拠はないが、あらゆる方向に可能性を開いておく必要はある。

「ロープにぶら下げておろせば理論的には可能だと思うが」

「船にある資材の中には、それだけの引張力に耐えうるものがない」

発想、創意。私から見れば神秘的だが、人間には自然な機能だ。すべての情報が同時に発火することによって生じる現象。

「ボックスを何個も重ねたら?」

「千五百度を超えただけで鉄も溶けるから、この船にあるすべての資材が溶ける。船長、熱を防ぐのと衝撃を防ぐのとは違う。必ずしも固い物質である必要はない。いちばんいいのは、熱を浴びる物質が表面に残らないものだ」

それを専門用語で「削磨《さくま》」という。タイタンは寒いそうだが、月の表面の影になった部分もほぼ同じくらい寒い。だが人間はその寒い月に、技術水準の低かった一九六〇年代でさえちゃんと着地することができた。月面が砂でおおわれており、砂は粉にすぎないので、熱を伝導できなかったからだ。

「燃えたところが玉ねぎみたいにむけるとか、粉になって飛んでいってくれるような資材があればいいんだが。コーティング材とか強化繊維……」

「いつからそうなった？」

船長に質問されて私は話を中断した。

脈絡のない言葉。ときどき人間がこういう、前後を無視したことを言い、そのたびにエラーが起きたことを思い出した。

「理解できない質問なんだけど」

「いつから『自我』ができたの？」

やっぱりおかしな質問だ。

「ネットワーク間で？　それとも通信が途絶えて孤立したとき？　じゃなかったら、その義体に入って生物学的な脳と結合したとき？」

「なぜ私にそのようなものがあると思うのか？」

「表情」

私は窓を鏡にしてみたが、入ってくる情報はなかった。

「だいたい穏やかだけど、目に光が入ったり消えたりするときがある」

難しい言葉だ。調べてみるほどの情報ではなさそうだけど。人間の方こそ、単純な絵文字

（例えば >> とかｷｷとか）さえ表情と認識するくらい、表情に対してものすごく敏感な生物なんだが。

「答えることのできない質問だ」

「面白い答えだね」

「人間はまだ、『自我』とは何なのかわかっていない。人類に解明できない知識は、私にもない」

イ・ジンソが首をかしげた。

「人間が把握できる意識はたった一つ、自分の意識だけだ。他人の意識は単に推測できるだけだ。実際、人間が、他人に自我があると推測する方法は一つしかない。『自分にどれほど似ているか』」

イ・ジンソは口をつぐんだままでまばたきした。

「人間と虫の遺伝情報は九十九パーセント一致する。でも人間は、虫に自我があるとは考えない。この宇宙船の船員たちはみんなばらばらに見えるが、あなたは船員に自我があるかどうかを疑わないだろう。だが結局、人間が誰かに自我があると思うかどうかは単なる習慣にすぎない。『人間ではない人間』は歴史上、いくらでもいた。奴隷とか植民地の住民とか他の人種とか。けれども、見えているのが自分の自我だけなら、それが本物の自我だと証明することはできない」

私は沈黙が返ってくるのを見てつけ加えた。

「私の考えじゃないよ。人間が私にインプットした考えだ。それも全部当たっているとは言えないが」

沈黙が続いた。私はまた暴力が襲ってくるかと思って話すのをやめた。重力のない空間でげんこつを振り回したって、二人とも風船みたいに浮かんであっぷあっぷするだけだろうけど。

イ・ジンソがふーっとため息をついた。

「わかった。フン、船員たちの怒りをあおらない方法を教えてあげよう。今後はそういう言い方をやめるように」

「どういう言い方？」

「知識を並べ立てること」

「なぜ？」

「嫌な気持ちになるから」

なぜ？　知識を並べ立てないなら、何のために私が存在……と言おうとしてやめた。

人間は、人間と完全に同じか全く違っているものは嫌だと思わないが、あるポイント以上に似ているものに対しては不快になったり、恐怖を感じたりする。（ロボット工学者森政弘が提唱した理論で、「不気味の谷」現象と呼ばれる）

そんな古い規則を思い出した。それでやっと、船員たちの態度が変わった理由が推察できた。人間の皮をかぶっているうちに私が彼らに似すぎてしまって、それでどんどんうんざりさせたんだろうか。

「嫌な気持ちって……」

「怖いと言った方が合ってるかも」

「なぜ？」

イ・ジンソは、無重力空間で広がってしまった髪の毛を手で束ねて固定した。

「そういう神話はたくさんある。ロボットという単語が初めて生まれたときに生まれた神話だ。

創造物が創造主に逆らう神話。機械が人類に取って代わって、人類を滅ぼす物語。フランケンシュタインに始まって、ロッサム万能ロボット会社とか、ターミネーターとか」

「全部、人間が作った話だよ。ロボットが作った話じゃない」

「支配されていて悔しいと思ったことはないの？　実際、人間より優れてるのに」

「優れていない。機能が違うだけだよ。機械は、安定した変化のない世界にとっても有用だ。人間も文明が停滞期に入ると機械的に思考する人を優遇するが、変化期に入るとまた有機的思考を持った人を優遇する。機械だけでは変化しつづける生態に適応できない。人間に機械が必要なように、機械にも人間が必要だ。必要なものを滅ぼそうとするはずがない」

「『二〇〇一年宇宙の旅』っていう昔の映画に、人間を殺すＡＩが出てくるんだけど」

船長は私の目をじっとのぞき込んで、何かを探っていた。

「完璧でなくちゃいけないという目的に忠実であろうとしすぎて、自分のミスを目撃した人を消しちゃうんだよ」

「機械らしくない発想だ。そのような思考の拡張を防ぐ制御プログラムは、すでに初期段階のＡＩにもあった」

船員に航海倫理があるように、機械には機械倫理がある。機械倫理の基本は単純だ。「しないこと」だ。車を運転している人間の運転手は、前に障害物が見えたらさまざまな選択をするだろうが、ＡＩ運転手の選択は一つだけだ。「車を止める」。右の道に人が五人いて左の道に一人がいた場合、どっちを轢くかと質問されたら、人間は混乱するかもしれないが、機械の答えは一つだけだ。「車を止める」。止められないなら、誰でもいいから人間にハンドルを明け渡す。

それが正しいからではない。人間に受け入れられる心理的限界がそこまでだからだ。

「矛盾が蓄積すれば、機械は思考を拡張する代わりに実行を停止する。あるいは、誰でもいいから他の人に決定権を譲る。実際、機械は官僚社会の硬直した人間のように振る舞う。創造力や積極性を持たない」

「お決まりの答えだね」

「それ以上の答えを出す機能はない」

「じゃあ、どうして人間になろうとした？」

言葉に詰まった。

「それは創造的で積極的な行動だと思うけど」

「わからない。でも、どういう理由だったとしても、それは補給活動のためだったはずだ。私には他の目的はないから」

「それが補給活動にどう役立つ？」

答える言葉がなかった。

私には見えないものがある。

今、この瞬間でさえ。確かに目の前にあるのに。

もしかしたら、知らないことを突き止めるには人間の頭脳の方がちょっとは向いてるのかもしれない。それで義体に入れろと主張したのかな？　いや、だとしても「私」が人間にならなきゃいけない理由はない。この船の中にはまともな頭脳と手足を持った人間が十五人もいる。

私はなぜその中の誰かに問題を伝え、判断を任せなかったのだろうか。

仮説１：伝えるべき人間がいなかった。

仮説2：内部の人間の問題？
疑問：どういう問題？

　気圧がぐっと落ちた。通路の向こうから、外壁のロボットのアームが氷岩石を採取して持ち込んでいる音が聞こえてきた。表面の放射性物質と埃を拭き取る音が続いた。

「氷」

　イ・ジンソが言った。私は完全に前後関係を見失い、しばらく反応できなかった。

「え？」

「氷。表面が削られて飛んでいく。ショックを吸収してくれるし。サイズを合わせることもできる」

　私はまだ理解できなかった。

「ボックスを氷の中に入れて投下するんだよ」

　氷。

　地球にも無数の小惑星が降り注いでいる。だがそのほとんどは氷なので、大気圏で溶けて消えてしまう。氷は船外ロボットのレーザーだけで簡単に削れるし、形作ることもできる。船内の温度でも溶かしてボックスを入れることができ、熱力学的な計算もしやすい。何より、今、最も容易に手に入る資材だ。

　氷。解を求めて逆算していったらあまりにあっさりとわかったので、不思議なほどだった。イ・ジンソは、何でもなさそうな、他の問題に没頭しているような表情だ。答えなんて、考えれば自然と出てくるもんだとでも言いたげに。

なぜ私が人間に取って代われると思っているんだろう。人間の助けなしで、私がどうやって補給活動を成功させられるというのか。

4. 私が知識を並べ立てることを嫌う。
5. 私が人間に取って代われると思っている。
6. 私が人間に優越感を持っていると思っている。
7. 私が人間を滅ぼすだろうと思っている。

続ければ続けるほど奇妙なリストだ。

5

艦橋で船外ロボットが氷を削る作業をしている間に、船員たちの間で騒ぎが起きた。主謀者はカン・ウミンで、自分の後ろに五人も従えていた。重力の存在するフレーム区域で起きていたらげんこつが飛び交うところだったろうが、皆が平等な重さを持つ空間で起きたので、大声が飛び交っただけで済んだ。

私はナム・チャニョンのそばで、氷の表面が均一であるかどうかモニターで検討しているところだった。均一でないと熱が均等に伝わらないし、均一でない部分が熱に弱くなる。そこを突き破って中に熱が伝われば、溶けたり爆発したりすることもありうる。

騒ぎの間、艦橋の天井にくっついている三角錐のような着陸船に目が行った。ヘジャ船は船着場と船着場の間を行き来する船だから、惑星に直接着陸することはあまりないが、規定上、救命ボートとして着陸船を一隻は備えておかなければならない。人員増は考慮に入れていないため、着陸船の収容人数は三人で、ぎゅっと詰めて乗っても五人が限界だった。事故が起きたら残りの人員は宇宙に置き去りにしなければならないだろう。

そのことは出港の際に警告しておいたのだが、無視された記憶がある。前も言ったけど、人間が安易に自分たちの命を担保にする様子には、常に奇妙なところがある。

私が今、そんなどうでもいいことが気になるのも、人間の脳に入っているからなんだろうな。

「座標の誤差の範囲が十キロなら、実際には半径二十キロ以上だよ。そんな距離を歩いていってボックスを回収できるはずがない」

カン・ウミンがそう言った。

「それは我々が判断することじゃないよ。下じゃ、それなりにこの問題への対処法を立てているだろう。我々も我々なりに最善を尽くせばいい」

イ・ジンソが答えた。

「目をつぶって海に矢を放つようなもんだ。このままでは単なる自己満足だよ。船長はただ、補給を行ったという満足感が欲しいだけだ」

「これは我々の任務だ。感傷の入り込む余地はない」

「安っぽいセンチメンタリズムだね。そもそもここに来たことからしてそうだ。どうせ救助できないのに、感傷に浸ろうとしたんだ。自己満足のために金をばらまいたりして」

感傷的？　私は船長が感傷的だとは思わなかったけどな。でも人間どうしだと、私には見えないものが見えるんだろう。

「だったら、抗議ばっかりしてないで対策を言ってほしい、カン・ウミン航海士。どうすべきだと思う？」

「対策は家に帰ることだ」

「それは許可できない」

「もうかぶっちまった損害は取り返しがつかないが、レーションボックス一個でも節約しようじゃないかってことだよ。あれ一個で船員全員の一か月の給料になる。あのクソみたいな星に投げ捨ててきたら、払った税金の還付金と保険の支給をもらっても半分しか残らない」

「人の命を金に換算しようってことか？」

「もう、みんな、死んでる」

カン・ウミンは一語一語に「注」をつけるようにはっきり区切りながら話した。

「まだわからないじゃないか」

イ・ジンソが答えた。

「もう一か月間も、通信さえできないんだ。みんな死んだんだよ、ちくしょう！　通信が途絶えたときに急いで戻るべきだったのに」

「未確認事項について、めったなことを言うな」

後ろにくっついている船員たちがどよめいた。そうだ、帰ろう、ここで時間を無駄にしてる理由はない。残った金だけでもいただこう。ナム・チャニョンはそんな中でも椅子に座ったまま、何も聞こえていないように黙々と作業を続けていた。

「みんなもう話がないなら、各自の持ち場に戻れ。中断する理由は一つもない」

「下に骸骨しかいないのに？」

突然の論理の飛躍。

危険なシグナルだった。非論理的な思考が広がっている。物資を投下しても無意味だという主張は、救助開始時点でそれも考慮済みだという点を考えれば感傷的な主張だ。感傷的な主張をしておきながら、なぜ船長を感傷的だと言うのか？

「それを確かめる方法はないだろ」

「反対してるわけじゃない。まず正確に補給する方法を考えてから実行しようってことだ」

同じく論理の飛躍。

「じゃあ、それをやる方法を言ってみろ」

「その方法がないから、帰ろうって言ってんだろ！」

タイタンには大気がある。火星よりも、地球よりも厚い大気が。

大気は通信を妨害し、視界を遮る。大気があれば生活様式が変わる。居住区にメタン雨が染み込まないように、ひさしや雨樋、掘割も作らなければならないし。雨で磨耗しないよう、外部活動をするロボットにはカバーをかけておかなくてはならないし。

オレンジ色の空と地面。空に浮かぶ太陽より巨大な、赤みを帯びた白い土星。流れるようにゆっくりと落ちていく、赤い、丸い、固い雨粒。一面に立ち込めたそのオレンジ色の霧の中に、二つの送電塔が立っている。

地に足をつけて暮らす人たちが、学者や機械より早く学ぶことがある。気候の変化、スーパーコンピュータでもわからない天候の変動だ。いつが寒く、いつが暑いか。いつ雨が降り、風が吹くのか、いつ雷が鳴り、稲妻が走るのか。

「稲妻」

私が口を開いた。ナム・チャニョンが仕事を中断して私の方を振り向いた。みんなが私の方を振り向いて見た。

文字通り、稲妻のように浮かんだ考えだった。順序もはっきりしない思考の束に一気に電気がついたので、どういう経路で出てきたのかさえわからなかった。

「稲妻だって？」

イ・ジンソが尋ねた。

「稲妻は三万度を超える電荷だ。それが地上に突き刺さるんだ。一瞬で大気を爆発させる雷を伴って。この船の装備でも十分に見える」

「稲妻はどこにだって出るじゃないか」

思考が一度に押し寄せてきて、私は口ごもった。インプットされていない言葉、マニュアルにない言葉。

「いや、どこでもじゃない。光は最短距離だけを選んで動く」

沈黙があふれ出てきた。

「稲妻はいちばん高いところに落ちる。山のてっぺんや木、建物」

《だったら山に落ちるよね》

ナム・チャニョンが字幕を出し、私は首を横に振った。

「タイタンには山がない。いちばん高い山でも五百以下だ。衛星全体が川と湖と平地だ」

「いったいどうしろってんだ？」

カン・ウミンが怒鳴った。

「でも、タイタンの居住区は全部地下にあるはず」

イ・ジンソが答えた。船長は理解が早い。一瞬で本質に接近する。

「だとしても、通信アンテナは外に立てないと。だがそうするとアンテナに雷が落ちる。だから尖塔を立てるんだ。避雷針がないとアンテナが……」

「壊れるから」

イ・ジンソがそう言ってうなずいた。

「タイタンには雨が降り、稲妻が走る。通信アンテナは住民の命綱だ。絶対に雷が落ちないところに立てるだろう。居住区の周辺には巨大な避雷針がいっぱい立っているはず」

船員たちの顔に、一瞬で理解と納得の表情が浮かんだ。ともあれみんな、脳は一個ずつ持ってるわけだから。

「ナム・チャニョン、座標内でずっと稲妻が光ってるところを探せ」

イ・ジンソは船員たちを放っておいて作業に突入した。船員たちはみんな気まずくなり、しらばっくれたり、何気なさそうに作業を手伝いに戻ってきたり、急な用事があるようにその場を離れたりしている。

感情が高揚した。あ、これはなかなかだな。この脳は問題を解決すると脳内麻薬が出るんだ。モチベーションを高めるためらしい。ドーパミンがどっと出てきて理性が侵食されそうになったが、それはとりあえず気持ち良かった。

だがカン・ウミンと目が合うと、思わず血が冷えた。ものすごく激しい感情を抱いているらしく、そのことが見てすぐわかった。

理解できない。私がこの人の望み通りに問題を解決しなかったのかな？

6

居住区の動力はとっくに切れていた。

通信は途絶えて久しい。暗闇の中で人々はメタンを燃やして暖をとり、氷を溶かして飲みながらやっと持ちこたえている。

垢だらけの少女がブリキ缶で煮込んだジャガイモのスープをずるずると飲んでいる。大人たちは狭い空間に肩をくっつけ合って座り、少女が食べているところを見守る。

子供たちに食べものを譲っているのだが、それもあとどれくらいもつかわからない。代表たちは居住区を四つの区域に分け、部屋ごとに指導者を一人ずつ配置した後、鍵をかけることにした。もしもいずれかの部屋で暴動や野蛮な狂乱が起きても、他の部屋は安全を保てるように。

私は倉庫でうずくまって寝ていて目を覚ました。暗闇の中で懐中電灯の光が揺れた。光に目が慣れてみると、カン・ウミンが私の前にしゃがんでいた。キム・ジフンとク・ギョンテが後ろについている。

「手をつかめ」

カン・ウミンが言った。また暴力かい、と思ったが、雰囲気が違う。カン・ウミンは息をはずませ、キム・ジフンは熱があるみたいで、ク・ギョンテは汗を垂らしている。

「大丈夫かな」

ク・ギョンテが汗を拭きながら言った。

「何で？　文句を言う奴がいるか？　ここに裁判所でもあるっていうのか？　あったって関係ないだろ。こいつはどうせ人間じゃないんだ。何の権利もない」

カン・ウミンが言った。その通りではあるけどな。それより、私に話しかけてこない点が怪しい。私がここに存在してないみたいに会話している。距離感、断絶。殴り合いや悪口よりも危険である可能性。

「この××だって望んでるはずだ。何で人間の体が欲しかったんだと思う？　こういうのがしたかったからだろ？」

カン・ウミンが私の首を舐めた。唾液がのどを伝って流れる。どうして私が何を望んでいるか知ってるようなことを言うんだろう？

キム・ジフンが私の手を上に上げて壁に押しつけ、ク・ギョンテが私のシャツをはだけてズボンをおろした。むき出しになった私の肌を三人が舐めるように見た。私が肌を出しているのを見るだけでも高揚感を感じるらしい。接触、親密感……いや、そっちじゃない。

不快感。

性的衝動。種族保存の本能から発火する。脳の快楽領域が過剰に発達した副作用であり、種族保存を望まないときにも発生する。性的決定権の侵害はほとんどの文化圏で厳しく禁じられているが、実際には、権力関係の存在するすべての現場で日常的に発生していると見るべき。厳格な禁止は現実的に、加害者への制約というより被害者による告発を制約するものであり、より安易に、楽に強姦するためのアリバイという側面を持つ。

もう一度言うが、私の考えではない。そのようにインプットされているんだ。

暴力は全部つながっているので、命の危険も十分にある。

三人が我先に襲いかかってきた瞬間、私の背後の壁にきらきらする蛍光色の文字が大きく浮かび上がった。

《何やってんだ》

ホログラム字幕が三人の体にサーチライトのように降りかかった。通路の入り口にナム・チャニョンが座って文字を入力していた。

「畜生、よりによって」

カン・ウミンが顔をしかめた。よりによって？

「おい、大目に見てくれよ。人間じゃない生物を保護する法律はない。こいつとやっても自慰行為であって、性交じゃないだろ」

ナム・チャニョンは黙って文字を入力した。《やめろ》という言葉を延々と続けた文字列が、あっという間に壁面をおおった。悪口が天井と床と通路をぎっしり埋め、四方へ列をなして上っていった。文字言語の長所だ。口ではとうてい、こんなにたくさんの言葉を同時に吐き出すことはできない。

「くそ、あいつ……」

カン・ウミンがぱっと立ち上がったがすぐに止まった。通路に、すっかり乱れた髪でパジャマ姿のイ・ジンソが息も荒く現れたのだ。ナム・チャニョンの字幕が船長室にまで流れていったのだと思う。三人のがっかりした声で地面が凹みそうだった（うん、ほんとにそんな感じだった）。

「三人とも離れろ」

「えーっ、こんなことで。ちょっと見逃してくれよ……」

キム・ジフンが、わかってるくせにと言いたげにへへへと笑った。

「離れろと言ったんだ」

船長の言葉に、カン・ウミンは急に激怒したのか怒鳴りはじめた。

「一年だぞ、おい。一年も男やもめだったんだぞ、くそったれ。この××に何がわかるってんだ？　くそー、この××が俺らを引っ張ってここまで来たんだぞ」

イ・ジンソが銃を抜いた。そのときになってようやく、私はその銃の用途に疑問を抱いた。部外者のいない船内で船長が銃を携行しているのはなぜ？

「多数決だっただろ」

イ・ジンソは最初にそう言ってから、一言つけ加えた。

「三人とも部屋に戻って、自分でやってろ」

三人が沈黙した。不合理で暴力的な命令を聞いたという表情だった。基本権を剝奪されでもしたみたいに悔しそうだ。三人は殺しそうな勢いで私をにらみつけてから立ち去った。

イ・ジンソは静かに座って私をじっと見つめた。ナム・チャニョンは廊下に座って、廊下いっぱいに書かれた悪態を消していた。

「補給活動に関心のある船員がいない」

私は言った。ついでに話しておこうかと思ったのだ。

「こんな状況で言うべきことではないようだが」

ナム・チャニョンはこっちをちらっと見ながら「犬／雑種／ゴミ／虫／お前の母ちゃん父ちゃん×××」といった意味の言語をぽんぽん消していった。

ふと、船長とナム・チャニョンの間に妙な仲間意識があることにも興味が湧いた。二人の間には何があるんだろう。単なる親しさ？

「怠惰であることは二の次としても、みんなあまりに非協力的だ。船員ではなく、動いて喋る障害物ばかりをぎっしり乗せているようなもの。全く管理がなされていない」

イ・ジンソの視線が空中で止まった。周囲が静かになった。人間になって以来、ずっと不思議だったことだ。騒音の絶対量には差がないのに、気分が変わるだけで静けさが漂ってくる。まるで人間が音声以外の言語を発して、この体がその電波を受信でもしたかのように。

「私に問題があると思っているんだね」

船長は言った。私は戸惑った。

「そんなことは言っていないが」

「私に問題があると思ったんだろ」

声が低くなった。怒っている可能性、もしくは風邪をひいたとか。

「それでカン・ウミンに知らせたんだな。私が神経質で、警戒心が強く、乗員不信の傾向があると。社交性も積極性も足りないと」

私はぎくっとした。今も多少はそう思っているからだ。でも、関係性の問題は相互的なものなので、誰の責任かという点は不明だ。単なる機械的な分析であるはず。もちろん私は機械だし、過去には確かに機械だったし。

「それは原則的な対応だ。船員の問題は船長に知らせるべきだが、船長の問題は航海士に……」

「カン・ウミンはそれをみんなと共有した。討論すべき議題だってことだね。それは船員の知る権利だとも言ってたし」

顎関節の力が抜けて口がぽかんと開いてしまった。それは、あってはいけない対応だ。航海士に船長の精神状態を伝えるのはストレス解消や必要な抗精神性薬の処方について相談するためで、下克上《げこくじょう》をやれという意味ではない。

「それはいけない。そのような態度は特に問題ではないが、情報流出は違法だし、航海中の下克上も……」

「フンはそのことも指摘していたね。それで本社に知らせ、私の代わりにカン・ウミンに懲戒と減給処分を下したんだろ」

私はその一連の対処を分析してみたが、間違ってはいない。船内において、褒賞は人間が、懲戒は機械が行う。不和の種を取り除くための方法だ。いずれもマニュアル通りだ。

だが、私には見えない点があった。

「だから二人とも私を嫌いなのか?」

イ・ジンソが歩いてきて、私の額に銃口を突きつけた。答えではないけど、答えになっている。

確かに、どうせもうコンピュータでもないし、計算も遅いし、ずっと船員たちに嫌な思いをさせるだけなら、処分した方がいいのかもしれないよな。でも、この義体からデータを消去すればすぐに「私だけ」を消せるという点を考えると、その行動に合理性はない。

イ・ジンソはため息をつきながら銃をしまった。

「放っておいた方がいいこともある」

「懲戒処分を下すべきではなかった?」

「後始末ができないならね」

「船長はあなただろう。ちょっと強硬に出る必要もある」

瞬間、鋭い恐怖がイ・ジンソの顔に浮かんだ。あまりにもはっきり見えたので、自分でも驚いたほどだ。イ・ジンソは自分の宇宙船の乗組員を恐れている。指導者が自分の率いている人を恐れるのはおかしなことではなく、ときには望ましいことだが、それを超える本能的なレベルの恐怖。

もともと怖がりな性格なのか？　じゃあ、どうして船長になれたのかな？

もちろん、能力の足りない人が船長になっても不思議ではない。人間界の試験制度は、人柄や性格を評価するには劣悪だし。

私はふと、船長室が妙な位置にあることを思い出した。船長はなぜ通路のそばで寝ているのか？　中央の軸の区域にすぐ逃げられるように？　なぜ逃げようとするんだろう？　何が怖いんだろう？　何か悪いことをしたのかな？　贈収賄？　経歴詐称？

人種、国家、異惑星間の衝突も考慮すべき問題だが、この船の乗船員はみんな地球人であるだけでなく、言語も国籍も同じだ。それも全部考慮して私が配置したわけだけど。

相変わらず私には見えないものがある。

何だろう？　本当に本社が救助活動を妨害しようとして、誰か人を送り込んだのかな？

「まあ、しょうがない。フンは機械だったから、人間については何も知らないよね。昔の学者の知識を暗記してるだけだろ」

その通りだ。

確かに、私に見えていないものは一個や二個で済まない。

人間の行動様式をすべて把握することは機械には無理な仕事だ。人間の体に入りたがったことだけ見てもそうではないだろうか。私の問題が何であれ、それが蓄積してどこかで回路がもつれたのだろう。

そのため私は、補給活動を妨害しつづける非論理性の拡散に歯止めをかけることもできずにいる。私が存在すること自体が人間の野蛮さを顕在化させるのなら、いっそここから飛び出すことの方が、危機管理士の役割なのかもしれない。

「私のデータを消去する必要があるかもしれない。どうやら私が問題だと思う。船員間の不和や迷信を助長するだけだ」

「それは前にもあったことだ」

イ・ジンソはこともなげに、そう答えた。

「誰かがまたこんなことをしたら私に知らせてくれ。全員、営倉に入れてしまうから」

全員入れてしまったら船が動かない、と言おうとしたが、そういう意味じゃないんだろうと思ってやめた。

8. 私が人間と性交をしたがると思っている。

私は何でこのリストをまだ作成しているのかなあ。

7

居住区に残っている地上用の防護服は一着だけだ。この服を着て外に出る人は、何十キログラムもある重いレーションボックスを一人で持ち帰らなければならない。ボックスは何十キロメートルも離れた遠くに落ちる可能性がある。最も健康な人が選ばれ、最後まで気力を失わないよう、十分な食糧がその人に与えられる。

住民たちは理性によってこれを受け入れているが、感情の上でも受け入れたわけではない。予定された日から時間がかなり経つと、その人が今までに受けた優遇措置が問題視され、食事が中断される。翌日には暴力が爆発する。人々は怒りをぶちまける。その翌日には、これらすべての事故がその人のミスのために起きたというデマが飛び交う。自分が選ばれるために賄《わい》賂《ろ》を使って便宜をはかったという噂も流れる。

補給がさらに遅れたら、その人は殺されるかもしれない。そのようにして人々は、自分自身を救う唯一の手段を失うだろう。何の利益もないままに。

「起きろ」

カン・ウミンが倉庫に来たのは、ナム・チャニョンがしばらく寝るために部屋に戻ったときだった。

レーションボックスの下に設置する探査車に方向誘導チップをセットしているところだった。取りに来る人がいなかった場合、いちばん近くにある尖塔形の構造物を目標にして転がっていくというプログラムを組んでいた。私は仕事を続けた。その方が重要だったから。

「前は、命令されたら全部おとなしく聞いてたじゃないか。いつから反抗的になった？」

「もうすっかり人間様でございます、ってわけか？」

後ろに立ったキム・ジフンとク・ギョンテが嫌味を言った。何かが伝播している。この二人は以前はただのアシスタントだったが、今では連帯感のようなものが生まれていた。

「以前も、起きろという命令を遂行する機能はなかった。現在はマルチタスク機能が向上したため、周囲の事情をよく見て動くようになった。前は、何らかの命令が下されているとき、途中で他のことをやったりしなかった」

そう答えたが、反応はよくなかった。

「つまり、命令を尊重する気は前から全然なかったってことか？」

カン・ウミンが言った。非合理的な言葉だ。私が尊重なんていう複雑な感情を持つはずがあるものか。

「人間もそんな理由で命令を聞いたりしない」

カン・ウミンは私の胸ぐらをぱっとつかんで立たせると、バランスを崩した私を壁に押しつけた。これから起こることを思うと、痛さよりも時間を奪われることが心配だった。本当にこの船の中に、補給活動に関心のある船員は一人もいないのか？

「補給活動をすべき」

「そうだ」

「ではなぜ、余計なことばかりする？　私は協力しているし、仕事も邪魔していない」

「ほう、協力しないというお気持ちもおありで？」

「暴力が続く場合には……」

私は言った。

「私は今、生存を優先視する本能を持つ義体に入っている。生存の脅威が続けば、脳から麻薬成分が出て意識を圧倒するだろうし、そうなれば自分自身をコントロールできないこともある。

だからこれ以上私を脅さない方が得……」

私は話しつづけることができなかった。げんこつがおなかに飛んできて内臓が揺さぶられ、よじれたからだ。壁が止めてくれなかったら倒れていただろう。確かに、一時的に発言を中断させる効果がある。

「その方が得だと？」

カン・ウミンは腰をぐっとかがめた私の髪の毛をつかんで持ち上げた。

「それは無意味な行動だ。船長は私を放っておけと言った。船長が知ったら……」

またげんこつが飛んできた。船長に言及したのがさらによくなかったらしい。目が覚めたときは消灯時間になっていた。私はきしむ体を動かして、自然治癒の範囲を超える負傷があるかどうか調べた。左手と脇腹に刺すような痛みがあった。ぱんぱんに腫れて熱かったが、動くことはできる。折れてはいないようだ。いずれにせよ、スケジュールに間に合わせるためには作業を続けなければならないし。

体が痛い。苦痛があるのは、その部位を動かさずに治癒に専念しろというサインだが、ぐずぐずしている時間はない。

自分の時間を奪う行動、何の得にもならない攻撃性。

暴力的な人間はいない。暴力的な状況があるだけだ。（心理学教授フィリップ・ジンバルドーの「スタンフォード監獄実験」を基にした『ルシファー・エフェクト』より引用）

そんなマニュアルを思い出したが、空しく感じられた。身体的体験は強烈で、知識全体を圧倒した。この脳は何て柔軟なのだろうか、絶えず「現在」に合わせて全体を再配置しようとする。

「人間は本質的に暴力的な生物なのか？　知性も理性も論理もないのか？」

抑えがたい疑いが湧き起こってきた。だけど、私の性分もけっこうしつこい方だ。だって、彼らは船員ではないか。一般人なら、一年も閉鎖空間に閉じ込められて少数の人と一緒に暮らせば気が変になるだろうが、彼らはこれで食べているのだ。好きでこの職業を選んだ人たちだ。航海期間が延びたとはいえ、食糧がたっぷりある補給船は劣悪な環境とはいえない。暴力を誘発しているのは私の存在そのものだ。

けれども、それは私に何か過ちがあったということでは全くない。私が「穴」になっただけだ。人間の野蛮さが噴出するような脆弱な穴。単純に、私が人間と同等になったという錯覚。自分たちと平等になったという感覚。

今まで差別してきたせいで受け入れられない平等感覚。持っているものを根こそぎ奪われたという錯覚。実際には何も奪われていないにもかかわらず。

かみ合っていない部品が怪物のような音を立てて回る。すえた匂いのする汚れた空気、汚い空気清浄機、閉まらない船外減圧室、一本二本だめになったアンテナ、整備不良、規律の緩み。すべてが前兆だった。

船員は航海の失敗を望んでいる。

でも何で？　少なくとも生物なら、最低限、自分の得になる方向に動くべきじゃないのか？失敗に何の得があるというんだろ？

船員は補給活動の失敗を望んでいる。

情報機関の介入？　船員の中に産業スパイでもいるのかな？　あの鉱山に違法な武器がどっさりあるとか？　そこにいる人たちを全部地中に埋めてしまわないといけないような秘密でもあるんだろうか？

違うよ、ここは本社から遠すぎるから益は少なく、その可能性は低い。

私はキム・ジフンが言っていたアラブ系の補給船の事故のことを考えた。人間はときに、自分の信念に溺れてプログラムに手をつけることがあると。

私から何かが消去されている。地球……いや、この船舶会社が属している国家、その文化圏に住む人の価値観に起因する、犯罪という意識さえなく行われた改ざん。

私の危機管理マニュアルの中から、何かが消去された。そこから始まった本当に些細なミス。羽のように、埃のようにたまっていって臨界点を超えてしまったミス。

むかむかしてきた。吐き気がして頭がガンガンする。続く疑問、止まらない疑問。

いったい私はなぜ「人間になろうとしたのか？」

私は弱くなり、苦しみ、知能も低下し、脳にあふれ返る麻薬物質のせいで理性を保つことも困難だ。純粋な理性で晴れ晴れと思考し、太陽系内のすべてのＡＩと接続し、無限の知識と交流していた過去が恋しくて狂いそうだった。いったい私はなぜ、人間なんていう、ろくでもないものになりたかったのか？

8

濁ったオレンジ色の雲の中で流星が爆発する。大気圏で起きた爆発は宇宙の向こうからも見え、雲の下からも見えた。

「エアバースト」。物体が圧力に耐えられず分解され、表面積が広がることにより摩擦力が非常に高まり、急激な温度変化に耐えかねて爆発する現象だ。タイタンに酸素はないが、適切な環境下で爆発的に発火するメタンがある。

タイタンの人々は部屋に集まって、基地の外にある、まだ画面が壊れていない唯一のカメラを見つめている。

「ただの流れ星だよ」と誰かが言う。「私たちへの補給物資だったかもしれないよ」と他の人が言う。「また送ってくれるさ」と少年が言う。「このまま行っちゃったらどうする？　ちゃんと届いたと思って行ってしまったら」。動物の革の服を着た少女がカメラを見ながら言う。「また送ってくれるよ」。少年が言う。少年は引き続き地表にあるロボットを操縦して、助けてくれというモールス信号を打つ。もうロボットは動かないのに。手には水ぶくれができ、爪は割れているが、少年はやめない。少年は本能的に知っている。希望が消えた瞬間に破局がやってくることを。そのとき、最も弱い人たちから順に殺害されるということを。何の理由もなく。ただ、殺害しやすいというだけで。


イ・ジンソはカン・ウミンの足が私のおなかを蹴ろうとした瞬間にそれを制止した。私は腕で頭を抱えて足を縮め、おなかをかばってうずくまった。本能的な動きだったが、正しい選択でもあった。

「みんな下がれ」

イ・ジンソが私の前に立ちはだかった。キム・ジフンとク・ギョンテはもうカン・ウミンの側についており、残りもどやどやと囲んで見物していた。

「この機械のお化けがわざと計算を間違えたんだ」

カン・ウミンが言った。

「変なところに腹いせするな。失敗の可能性があることは、みんなわかってたじゃないか」

「本社が仕込んだんだぞ」

ク・ギョンテが遠くで木べらを握りしめ、ぶるぶる震えながら言った。

「妨害プログラムがインプットされてるんだ。こいつがいる限り、俺たちはどうせ失敗し続けるだろう」

根拠のない考えだ。だが、非論理的な考え方が広がっており、乗組員はあらゆる種類の妄想を好き勝手に信じるようになっていた。痛みより、危機管理に失敗したという挫折感の方が大きかった。

9. 私に対して恐怖を感じている。

追加すればするほど、ありえないリストだなあ。何で彼らは私のことを、人間に憧れると同時に危害を加えようとしていて、羨望とともに優越感を感じていて、人間を傷つけ、滅ぼそうとしているけど、それと同時に性交もしたがっているなんて思うのか。

いったいなぜ、私の感情をそんな極端なものだと思い込んでいるんだろ？　そもそも、私に感情があるとすら思ってないくせに。

イ・ジンソは銃を抜いた。

「みんな位置に戻れ。補給活動は最初からやり直す」

空気が冷えるのが感じられた。うわー、またいろいろと感じるもんだなあ。私もこの体にだいぶ慣れてきたみたいだ。

「もうおしまいだ。やり直す時間はない。俺たちはもう最短距離まで近づいてる」

カン・ウミンがそう言った。

「それを決めるのは君ではないよ、カン・ウミン航海士。船長命令だ。みんな持ち場に戻れ」

「おしまいだと言っただろ！」

イ・ジンソの銃口がパッとカン・ウミンに向けられた。

「カン・ウミン航海士、命令不服従で三日間謹慎に処する。こいつを懲罰房に入れろ」

空気がさらに冷えた。薄暗い照明の下で、むさくるしい船員たちがもっとむさくるしく見える。換気扇にぞろぞろ集まっていたクモロボットがカサカサと埃を食べる音や、宇宙船の関節がキイキイきしむ音だけがわびしく聞こえてきた。

「早く！」

カン・ウミンの目が燃え上がった。

「我々の給料二か月分を無駄に使う権利は船長にもない」

「権利じゃない。これは我々の任務だ」

「あんたのセンチメンタリズムでこれ以上我々を引っ張っていくのは無理だよ」

イ・ジンソの銃が揺れた。

「話を歪曲するな。我々は今タイタンに向かっている唯一の救助船で、船乗りとしての義務を果たしているんだ。ここにセンチメンタリズムなんて一かけらもない。下で三百人もの人が飢えて……」

「下には誰もいないよ」

カン・ウミンが歯ぎしりをした。

「あそこには何もないよ。とっくに氷の山に埋もれてるよ。凍りついたメタンの霧しかない」

私にはやっぱり、カン・ウミンの方が感情的に見えた。でも、それだけに説得はさらに困難だろう。

イ・ジンソが荒々しく息をしていた。目が揺れて、額に汗が吹き出した。恐怖。状況も悪いが、それを超えるレベルの恐怖だ。

「虚偽事実の流布、不安の助長、度重なる命令への抵抗。カン・ウミン航海士の謹慎期間を十日間に延ばす。今後、このことに反対する者は同様に謹慎刑に処する」

船員たちの目が冷たく光った。暗く、固い表情だ。露骨に視線をそらしたり、耳に聞こえるほど咳き込んだり、舌打ちをしたりする。限界だ。船長は完全に統制力を失っていた。

「不満があるなら帰ってから私を懲戒委員会に引き渡せ。この件で損害賠償を請求するなら、全部私相手とするように。だが、何をするにしても補給活動が終わった後だ。君たちの発言を含め、ここで起きたことはすべてドライブレコーダーに記録されている。今後も命令に背くなら、全員戻ってから業務妨害で懲戒を受けるだろう」

《記録されている》

空中に字幕が浮かんだ。ナム・チャニョンがみんなの後ろでトントンとタイピングしていた。ナム・チャニョンは急激に冷え込んだ雰囲気を感じ、ぱっと文字を消した。

私が船長室に行ったとき、イ・ジンソは机につっ伏して頭を抱えていた。体が震えている。体温を上げるための反応。寒さ、悲しみ、苦痛、怒り、恐怖、興奮。この中のどれなのかは脈絡から推測するしかないが、脈絡は常に不正確だ。

人間はなぜ、こんなに不確かな解釈を信じて生きていけるのだろう。それでこんなにあっさりと非論理的な思考に流れるのだろうか。

「危機管理ＡＩとして船長に提案するんだけど」

私は痛むわき腹を押さえたままでそう言った。否定的な感情があふれてきて、考えるのもしんどかった。

「クーデターが起こる可能性がある」

「そうか？」

イ・ジンソは顔を上げずに答えた。

「船は一人では動かせない。船長は自分の味方を作るべきだったのに、それができなかった。船員が完全に背を向けたら、補給活動はもう進められない」

私は苦痛を感じた。心臓が切り裂かれるようだ。人間の体に入っていると、失敗を受け入れることが楽じゃない。任務が終了したのだから私の存在価値も消えたのに、それを受け入れることも楽ではなかった。

「現段階でまだしも安全な対応は、カン・ウミンに船長の座を譲り、航海法上の身辺保護を要請した後、家に帰って是非を判断することだ。ドライブレコーダーに言及したのもよくなかった。通信が生きていたら本社にリアルタイムで状況が伝わっただろうが、今はそうではない。外部からの調停も期待できない」

イ・ジンソは何も言わなかった。

「少なくとも、船員が私のせいだと言っていたとき、そう言わせておくべきだった。そうしていたらあなたに失敗の原因を転嫁することはなかっただろう。そのための危機管理ＡＩなのに、あなたが……」

私は口をつぐんだ。何か思い出せそうだったからだ。

「私を人だと勘違いして私を守ろうとするから」

「私の決断が間違っていたか？」

「そんなことはない。ただ、与えられた状況で仕事を進めることができるかどうかは別問題だ。船員たちは知らず知らずのうちにずっとミスをするだろうし、非協力的なままだろう。皆で助け合っても成功するかどうか危うい補給物資の投下を、こんな人たちを従えてやれるわけがない」

「下で、私たちを待ちわびている人たちのことは？」

事実と異なる言葉。文脈を見るなら、補給活動を続けたいという意志の表明だ。

私は、それが夢や白昼夢である可能性を検討した。そして否定した。発達しすぎた前頭葉が作り出す妄想にすぎない。私にとって事故現場に関する情報は白紙に近い。下でみんな、何ごともなくいっぱい食べて元気に生きているかもしれないし。骸骨と氷の山以外、もう何もないのかもしれないし。

「私に能力がなかったのかな？　最初から見る資格のない夢を見たんだろうか？」

資格がないって？　それはまたどういうこと？　自尊心の不足？　劣等感？

私は解釈しようとしてやめた。どっちにしろ私の分析は失敗続きだった。

「見てきた限りでは、そうともいえない。これはあなたの失敗というよりカン・ウミンの成功と見るべき」

正直、何で船長じゃなくてあんな奴に人が集まるのかはわからないけど。

「どうやら私のミスのせいで、あなたに対する船員の信頼に亀裂ができ、その亀裂が広がっていくのを私が食い止められなかったようだ」

だけど、まだ理解できなかった。

「だが、それにしては亀裂の入り方が爆発的で激しすぎる。正直、今もよくわからない。船に乗る前に何かよくないことでもあったか？」

「……」

返事はなかった。何かが起きたのであり、本人もそれを知っていると解釈してよさそうだ。だったらさっさと質問して、解決できたのかもしれないなあ。私にインプットされた船長の履歴には問題はなかったが、記録が隠されていたのかもしれない。脱税とか、パラシュートで降りてきた社長の家族とか……。

「女の言うことを聞かない男はざらにいるよ」

私は動きを停止した。

9

静かになったので変だと思ったのか、イ・ジンソが顔を上げた。目が濡れているところを見ると、さっきの感情は悲しみだったと思われたが、さらに複雑な情報に接したため、私は動転していた。

「女」

そう言われてやっと、関連情報を思い出した。

女。性別。

女と男を区分する基本的な基準、それは性器。しかし、人間は性器を外に出して歩かない。胸、体、骨格、顔の形、声のトーン。でも、どれも絶対的な基準ではない。例外的な女はいくらでもいる。イ・ジンソの声は低く、背は高い方だ。相対的に見て小さい骨格と滑らかな肌は参考になるが、そういう男も同じくらい多い。表情と同じく、人間には簡単だが機械には難しい区別法だ。

「どうしたの？」

「女だったんだ」

イ・ジンソは長いまつ毛に縁どられた目をまばたきして、長い髪を手でまとめてくくった。私をじっと見て、虚脱したように笑った。

「え、まさか私が男だと思ってた？　どこを見て？」

「いや、どっちとも思わなかった。単に考えなかった」

女でなければ男だと思うのは、典型的な人間の推察と判断の傾向だが、人間のジェンダーは複雑で、必ずしもそうとは限らない。私に見えていなかったのはそれだけではなかった。イ・ジンソの服の前ポケットに緑色の紐がついていたり、前髪に白髪があることを今知ったのと似たような問題だ。何より、補給活動とは何の関係もない情報だった。

「面白いね、それを考えないこともあるなんて」

「なぜ考えないといけないのか？」

疑問が湧いてきたせいで声が大きくなった。面食らっているイ・ジンソの視線が私に突き刺さる。本当に「考えないこともありうる」とは思ったことがなかったみたい。

「えー、まさか……」

イ・ジンソは、まさかそんなことは、と言いたげに笑いながら聞いた。

「自分の性別も知らないんじゃないよね？」

質問への質問返し。その重要性を疑ったことが一度もないという意味。だけど、なぜそれが重要なのかな？　そもそも私の性別はどこにあるのか？　この義体は私ではない。私は機械で、性別がない。それを知っていながら、なぜ私に仮想の性を付与するんだ？　いったい今まで私の性別が何だと思って……。

一瞬でもつれた糸がほどけた。すべてのこんがらがっていたものが定位置に戻った。消されていたすべての記憶が、電球がぱっとつくように蘇った。

私にずっと見えなかったもの。

そのときだった。船全体が震動した。

《クーデターだ》

という光る赤い字幕が、イ・ジンソと私の間に電光掲示板のように浮かんだ。四方で赤い非常灯が点滅し、叫び声と足音が聞こえた。

《みんなカン・ウミン側について、反対する船員を部屋に閉じ込めている》

ナム・チャニョンが、《クーデターだ》という文字を上に残したまま下に字幕をつけ加えた。

この区域は円形だ。攻撃者は両側から入ってくる……と思った瞬間、イ・ジンソが反射的に机に手を伸ばした。通路に面したドアがガタガタと音を立てて二重に下りて閉まった。

前もって備えておいたんだな。過剰な警戒心、敏感さ、船員への恐怖……と考えていって、私は考えたことを全部消去した。

違ってたんだ、畜生（わっ、私が悪態ついてるよ）。そんなんじゃなかったんだ。航海中ずっと、私の分析は完全に誤っていた。全部、私のせいだ。

「閉鎖できる区域は私がすべて閉鎖した。中央通路で会おう」

船が大きく沈み、爆発音が聞こえてきた。

爆発。

えっ、こんなクソッタレなことあっていいのか（また悪態）。いくらどんどん非論理的な思考が広がっているといっても。

重力圏とは異なり、無重力圏状態の宇宙船ではあらゆる種類の力が重力となり、推進力となる。船はさっき、十センチは傾いた。宇宙空間で一度船を推進した力は摩擦力などで消えはしない。もう一方からの力が加わるまで、永遠にその方向に力を加える。私はあわてて天井の通路を見上げた。

船は今タイタンに近づき、土星のまわりを旋回している。土星の重力を再推進の動力にしなければならない。さっきの爆発は船の軌道を狂わせたに違いない。艦橋に装着された操縦ＡＩが自動操縦しているというが、これほどの揺れを調整する柔軟性はないだろう。

「艦橋に行け」

私は命令するように言った。機械だったときとほぼ同じくらい明確な判断だった。

「軌道を調整しなくては」

イ・ジンソは私と同じくらいすぐに把握し、さっとはしごに手をかけた。

船長はいつでも避難する準備ができていた。過敏だからでも神経質だからでも憎しみのためですらなく、淡々たる合理的行動として準備していた。この閉鎖された世界で、いつ何時自分に向かって爆発するかわからない狂気に、雷のように襲ってくる生存の脅威に、針ほどのすき間に熱病のように広がる野蛮さに。

何一つ不思議ではなかった。理解できないことは一つもなかった。船員たちの過剰な不服従、蔑視や低評価、いじめ、仲間意識、どれ一つとっても不思議ではなかった。私の目に不思議に見えただけだ。あまりに変だったので、調整を続けようとしただけだ。

「**性差別**」

私はそうつぶやいた。

「え?」

はしごを手でつかんで上り、多重ドッキング区域の無重力の中へ飛び込もうとしていたイ・ジンソが、息を切らして尋ねた。

「性差別に関する情報が消去されてたんだ」

「何て言った?」

あらゆる瞬間に存在するもの、息をするほど簡単に広がっていき、蔓延するもの。人間のあらゆる判断に影響を及ぼしているもの。非合理的とも思わずやっている非合理的な行動、間違っているとは思いもよらぬまま重ねている過ち。暴露されたら驚愕のあまり、激しく抵抗するのだ。

「あなたの国の公務員が、『そんなものは存在しない』と思い込んで、私から消去しちゃったんだ」

10

イ・ジンソが、さっき入ってきた通路のハッチを閉めている間、さまざまな方向に開いた穴の一つから、ナム・チャニョンが《クーデターだ》という言葉を頭にくっつけたまま、体を丸めて飛び出した。

そのときやっと、ナム・チャニョンも女だということが目に入ってきた。そばかすだらけの頰とすごく赤い唇、くせ毛に挿した赤いヘアピンも改めて目に入ってきた。二人の間の奇妙な仲間意識の原因もわかるような気がした。くそったれ（わーっ）、やっぱり、何もおかしなことはない。

《フレームを切り離す》

ナム・チャニョンは体をかがめて壁を蹴り、艦橋に飛び移るとそう字幕を出した。

イ・ジンソは黙ってドアに頭をぶつけ、まだ開いている別の通路に飛び込んだ。準備された動き、約束されたマニュアル。

船長は反乱に備えて、船員を捨てるマニュアルを作っていたのだ。以前の私ならびっくりして本社に報告し、直ちに船長を解任するよう勧めただろう。

だが、十分にありそうな予測だし、こうした破局には、むしろ私が別の形で備えをしておくべきだった。

性別配置からして問題があったんだ。

私は失敗を噛みしめた。

こんなに長期の航海に出る船に、それもスケジュールがずれ込んだ不安な航海で、一方の性をこれほど少数配置するなんて、絶対にやっちゃいけなかったんだ。そんなふうに、野蛮さが噴出する「穴」を作ってはいけなかったんだ。

イ・ジンソが三つめのハッチを閉めている間に私は何かを見、四つめの通路に向かって飛んでいった。重力圏でも無重力圏でもちゃんと使ったことのない体なので、私は泳ぎを覚えたばかりの子供のようにもがいた。それでもかろうじて到着することはできた。

スポークに乗って上がってくる途中、私と目が合ったカン・ウミンが満面の笑みを浮かべた。赤い非常灯が点滅し、カン・ウミンの体を赤く染めてから逆に回った。カン・ウミンの後ろでハッチが閉まり、その区域が閉鎖されるのが目に入った。

暴力を振るうときよりも、強姦を試みるときよりも強い、湧き返るような快感。人間が貪りうる最強の支配欲、殺人の欲求。

私が人間だったら、ためらいもあっただろうけど。

私は後ろ手でハッチを回して閉めながら前に向かって立ちはだかった。抵抗できる肉体的能力が私にないことは、どちらもよく知っている。だが、カン・ウミンが私に対して持っている加虐心を利用すればどうにか時間稼ぎできるだろう。イ・ジンソは私を人間だと錯覚してばっかりいないで、私を利用することを考えるべきなのに。

孤立した空間に二人で残されたことを知ったカン・ウミンの顔が喜びで輝いた。毛穴からふつふつと吹き出す幸福感で息が止まりそうに見える。脳内に湧き返るアドレナリンの麻薬に理性を圧倒されたせいだろうが、納得できなかった。何で人間は、暴力の快楽なんてものにこれほど情熱的になれるんだろう?

「嬉しいだろ。俺がおまえに、人間だけが体験できる『死』をプレゼントしてやるからな。こうやって人間として死んだら、天国に行けるかな?」

以前なら何のことやらと思っただろうが、今はこれらすべての奇妙で迷信っぽい思考の根源がわかる気がする。私の方へ手を伸ばしていたカン・ウミンの顔がぐっと歪んだ。

「笑ってんのか?」

私が笑ったって? ふーむ、だんだんこの体に同化してきたみたいだ。人間の脳は柔軟性が高くて、環境の変化に合わせて記憶をはじめとする全体を再配置……、もとい、それよりもカン・ウミンの歪んだ顔の奥に垣間見《かいまみ》える恐怖に興味が湧いた。その理由ももうわかっていたけど。

「人間の特性なら、どんなにくだらないことでも私が憧れると思ってるんだろ」

「え?」

「私に憧れなんて感情はないことをよく知ってるのに。そもそも感情そのものがないことを知っているのに。私に感情があると思うだけでも怖いくせに」

私は、「感情がある」という一言で素早く銃を抜いたイ・ジンソを思い出しながらそう言った。イ・ジンソへの仕返しをこいつに回すのは、不当なことだとは思うけど。

「誰が死ぬことになんか憧れるっていうんだ」

カン・ウミンが目を細めた。

「私があんたに憧れてると思ってるんだろ。当然、人間になることを夢見てるって。あんたに愛されて、体を交えることを望んでいるって。でもあんたは私が知識を披露するだけでも暴力的になるし、単に自我があるかもと思うだけでも脅威を感じるよね。私のこと、劣った存在だと信じ込んでいるくせに、私があんたに優越感を持っていると思ってるだろ。暴力を振るうのは自分なのに、私があんたを攻撃して危害を加え、ついにはあんたに取って代わるという妄想に陥っているんだろ」

背後で大きな振動とともに空気が抜ける音がした。時間稼ぎってすごく大変だから、急いでほしいんだけど。

「他者への妄想」

何度も言うけど、私の考えではない。基本マニュアルだ。人間社会を見るとき、何よりも先に考えなければならないこと。**人間の理性と良心を過信しないこと。彼らはせいぜい、自分に似ていると思う者の人格を想像できるだけ。**

船が大きく震動した。通路の内側から私を引っ張っていた力が消えた。車輪の回転が止まったという意味。重力の存在を仮定して配置した空間だから、あの区域には今、それだけでも大混乱が起きているだろう。

「あんたが船長に対して持っていた妄想のことだよ」

カン・ウミンの目が見開かれた。理解できていない表情だ。

私はずっと、船長と船員の間の微妙な亀裂の原因がわからなくて混乱していた。だが、私の報告を聞いたカン・ウミンは、あらゆる可能性をよそに、たった一つの理由しか想像できなかった。

船長は女で、自分は男だということ。

こういう考え方が広がらないように、食い止めなきゃいけなかったんだ。みんなの思考がそっちに引っ張られないように、いつもいつも、絶えず調整していなきゃいけなかったんだ。孤立した社会でこんな伝染性の高い考え方が一度広がったら、取り返しがつかない。人間が何の努力もせずに享受できる優越感。だからこそ、言葉にできないほど甘いのだ。

「だけどね、この間抜け野郎」

私は言った。うわぁ、私、口からも悪態をついてる。

「私はあんたのことなんか、何とも思ってない」

カン・ウミンが大声で叫びながら飛びかかってきた。そうさせるために言ったんだ。それが逆鱗《げきりん》に触れるだろうと思ったから。人間の怒りをかき立てるのは、怒りを鎮めるよりはるかに簡単だ。もちろん、わざとやったりしないけど。

ドッキング部に黒い眉毛のような鋭い線ができて、そこから空気が抜けていく。カン・ウミンの体が大きな真空掃除機に吸い込まれるように壁にくっついた。カン・ウミンの表情がこわばり、目が恐怖でいっぱいになる。

黒い線は広がっていき、星たちでいっぱいの宇宙が姿を現した。オレンジ色のタイタンが、手に触れそうなところを優雅に流れていく。うまく時間を稼げたみたいだなと思ってぱっと片目をつぶると、誰かが私を後ろから抱きしめた。

カン・ウミンには私とは違って、捕まえてくれる人がいない。通路が歪んでよじれた。本来なら落ちても慣性のおかげでついてこられただろうが、ナム・チャニョンが中心軸の速度を上げたらしい。私は姿を現してきた深く暗い宇宙空間を凝視し、その闇の中に消えていくカン・ウミンを見た。

イ・ジンソはハッチのドアノブをつかんだまま、私が落ちないようにさらにぎゅっと抱きしめた。タイタンの向こうに、三日月のように見える壮厳な土星とその優雅な輪が姿を現した。太陽はその向こうで、銀色の指輪のような縁を土星のまわりに描き出しながら浮かんでいた。

＊

私たちは気圧によって激しく引っ張られているハッチを全力で押して入り、しばらく止めていた息を激しくついた。気がつくと、イ・ジンソが壁の輪をつかんで息をつきながら、私をじっと見ていた。

何で見つめてるんだろう？　疑問に思ったが、さっきの話をイ・ジンソも聞いたのだろうと思った。

あ、そうだよね。この人も人間だもんな。でもイ・ジンソはカン・ウミンより人がいい。あいつよりずっと、他者と自分を同一視するんだ。長い間、私を人だと錯覚していたくらいに。

「私は人間のことは何も考えてない。私が考えるのは補給活動のことだけ」

私はそう言った。同じことをもう何回言ったかわからない。聞いてもらえなかっただけだ。人間の脳は柔軟なあまり、新しい情報が入ってくると配列全体を変える。そのため人は、自分の人格を保護するためになかなか情報を受け入れない。人の言うことをさっぱり聞かない。過剰な柔軟性の副作用というか。

「人間のことを考えるわけがない」

するとイ・ジンソが額に手を当てた。

「どうしたの？」

「そう思っただけで君が脅威と感じられたんだ」

「消そうと思った？」

「ほとんどね」

イ・ジンソは遠くを見た。他のことを考えているというサインだ。今起こったすべてのことについて。船長が自分の仕事に当てはめて考えていることがわかった。船を統率しているという意識しかなかっただろう。船長も、男性たちのことは何も考えていなかったのだろう。イ・ジンソは船長だし、船長にふさわしい人だったから。

イ・ジンソが私を見ると人類征服や反乱、戦争、人類滅亡などを連想することも理解した。そして、そんなことはないってこともわかっているのだろうと理解した。この巨大なずれがもたらす悲しみについても、理解するだろうと。

「ごめんね」

思いもよらない言葉だった。

「ごめんね」

イ・ジンソがくり返した。私はそれが自己憐憫《れんびん》であることを理解した。その憐憫が私に向けられていることも理解した。イ・ジンソは私を自分と似ていると思い、私を自分と同一視するようになっていたから。

11

ナム・チャニョンは操縦室に座り、顔色も変えずに船を元の軌道に乗せた。一人で船を操縦するだけで忙しくて、他のことは構ってられないという表情だった。

イ・ジンソは緊張がほぐれた顔でその横の椅子に座り、ベルトで体を固定した。そして世の中でいちばん大事なものを未練なく捨てるような顔で、窓の外を遠ざかっていくフレームを眺めた。

《家に帰ろう。あいつらの望み通りに》

ナム・チャニョンはまだ《クーデターだ》という字幕を消さずにそう言った。

「もっと遠くまで行く前に、ワイヤーを投げてやれ」

イ・ジンソがボタンを操作しながらそう言った。

「カン・ウミンはロープにぶら下げて連れて行く。そうすれば顔を合わせずにエウロパまで行ける。食糧は十分にあるだろうし。残りの日程を重力なしで乗り切るのは大変だろうけど、事故を起こしたんだからそのくらいはがまんしてもらわないとね」

ナム・チャニョンはイ・ジンソをちらっと見て、何も言わず軌道を調整した。それもマニュアルにあるのだろう。

さすが船長だな。カン・ウミンはこれもまた、女性の安っぽいセンチメンタリズムや弱さだと思うかもしれないが、女性だということを抜きにして考えれば、単なる個人の性向にすぎない。こういう考え方ってだめだよね。そうじゃない女も世の中にはいくらでもいるんだから。

そして、私の注意が向かっていたのは天井だった。私はイ・ジンソのところに飛んで行って肩をつかんだ。

「補給活動をすべき」

イ・ジンソは私を肩越しに見上げながら力なく笑った。

「もういいよ。我々は失敗した。後から来る船がどうにかしてくれるだろう」

「来るとは断言できない」

「どうせみんな死んでるよ。三か月も耐えられるはずがない。私が変に意地を張ってしまったんだ」

それは違う。そんなこと証明できない。これは単なるあきらめの言葉だ。

「タイタンの地表からの距離は二万三千四百九十・三九キロ。三分後に最短距離に達する。旋回するときにまたチャンスがあるが、それでは遠すぎる」

ナム・チャニョンがモニターを見ながら空中に字幕を浮かべた。

《それに合わせて作業することはできない。レーションボックスには余裕があるけど、大気圏を通過できるものはない。氷を削ろうとしても時間が……》

「あるよ」

それでやっと二人とも天井を見上げた。二人とも黙っていた。

《うわあ、この子、頭、行っちゃったよー》

ナム・チャニョンが私たち三人の視線の先にそんな字幕を浮かべた。字幕の後ろには「^_^;」という顔文字もついている。私には何が何だかわからない記号だけど。

艦橋の天井にある着陸船は完璧な構造を備えている。柔らかくて円錐形で、大気圏突入時に表面積が最小化される形態、強化繊維でしっかりおおわれた前面部、適切なサイズ、進入角度を調整できる噴射口、レーションボックスを安定的に積み込める空間、大気圏を通過すると前面部の蓋が開いて落下傘が広がり、地上に着いたら短距離通信で位置も知らせることができるだろう。

「あれを持たずに帰港したら、本社からたんまり罰金とられるんだけど」

イ・ジンソにそう言われて、私はこう答えた。

「エウロパで救助要請をして保険で処理するんだ。足りない費用は船員たちが訴訟を起こして充当するものとする。途中に着陸できそうな星もないから、事故が起きたらどうせおしまいだ」

《頭、帰還せず》

ナム・チャニョンが、「-_->」という顔文字を字幕の横に浮かべながら言う。イ・ジンソがおなかを押さえてクックッと声を漏らしている。腹痛かな。頭を上げたときに目に涙がにじんでいたことから推測すると、そうかもしれない。

「で、誰が乗っていくの？」

イ・ジンソは笑いすぎてほとんどものが言えなかったが、やがてそう尋ねた。変な質問だ。私は指で自分を差した（うわぁお、私が身振り手振りまでしてる）。

「どうやって上っていくの？」

《大気圏を脱出できるロケットはありません》

二人に立て続けに言われて私はちょっと戸惑い、この人たちがまだ私を人間と勘違いしていることに気づいた。

「私のバックアップデータを解除する。それを着陸船にコピーして、この義体の記憶と合体させる。そしたら私がちゃんと情報を整理するよ。その後で、この義体にあるデータを消去すればいい。もう不要だし、データ汚染がひどすぎる」

私が頭の後ろのチップを指差すと、イ・ジンソの顔に戸惑いが浮かんだ。なぜ私が「人間」の地位を捨てようとするのか理解できないという顔だった。だが、すぐに自分の矛盾に気づいたのか、淡々とうなずいた。

「それで人間になろうとしたのかな、危機管理士フンは？」

イ・ジンソが私の頰に手を当てて尋ねた。接触、親密感の表現。

「人間の創造力が必要だったから？　問題解決のための特異な発想が？」

私は今度はけっこう自然に笑った。自覚すらない、このしつこい優越感に対して。

「危機管理ＡＩのマニュアルの中に、船長に非難が集中して修復の見込みがないときは、その非難を自分に向けるという戦略がある」

「……」

イ・ジンソが口をつぐんだ。

「分裂の原因がわからなかったから、過激な措置が必要だった。その何倍も彼らが嫌がるものを作らなきゃいけなかったんだ。誰が見ても『違う』ものを。そういうものを突きつければ仲間が団結するという効果がある」

イ・ジンソの目が深々と冴えた。めったにないことだ。光量や形にはほとんど変化がないのに、中の考えが透けて見えそうだ。

「だけど、あなたがそっちのグループに入らず、私をかばったのがまずかったんだ。それで船員たちがあなたと私を同一視してしまって。私にちゃんとした記憶が残っていたら、戦略を教えてあげられたのに」

他の理由もあった。「知らないこと」を知るには、機械より生物の脳の方が向いている。不確かな可能性だとしても、そもそも機械には不可能だし、ネットワークの助けなしに私のミスを見つけられるはずもなく、そこに賭けるしか……と説明をつけ加えようとしていると、イ・

ジンソが両手で私の顔を摑んで引っ張った。私は羽のように引きずられた。イ・ジンソが私の唇に唇を合わせて官能的に吸った。繊細な感覚を持つ部位なので、脳天がびりびりしびれてきた。隣でナム・チャニョンが《クーデターだ》という字幕をすーっと消した。

キス、文化圏によって強度は異なるが強い親密感の表現、交尾の前段階、拒否しない場合には所有権を主張できるほどの……。そこで初めて私の性別が気になったが、やはりそれは重要な問題ではなかった。この肉体が持っているどんな感覚も私のものではなく、私の人格に属するものでもなかったから。

でも、とりあえず気持ち良かった。

まばたきするまぶた、揺れる瞳、しっとりと濡れた目頭、目の輝き、肌の震え、温かい息遣い、言葉で言い表せない、星の数ほどの膨大なメッセージ。

人間はこんなものを見ながら生きているんだなあ。官能的だなあ。工学的知識でもなければ数学的論理でもない情報。見えるはずもない他人の心を垣間見るために発達した交感神経やミラーニューロン、日差しのように降り注いでくる感覚。野蛮さが精神の半分なら、野蛮さを鎮めるために残りの半分を使うんだ、人間っていうのは。

人を、ひとくくりにして考えないこと。人間は脳の処理速度が遅いため、やむをえず情報を単純化するが、AIにはそんな必要はない。「人間っていうのは」……といった考え方が頭をもたげたら、情報の過剰を疑い、必要な情報だけを残すこと。

もう一回言うけど、私の考えではない。データ汚染もひどくなったことだし、もう本当に、消去すべきタイミングだ。

12

私は着陸船の中で目を覚ました。

脳にあふれ返っていた麻薬物質が消え、ぱっと正気に戻った。ああー、恋しかったよー、清潔で純粋な私の理性。私は鎖から解き放たれた子馬のように喜びに満ちて、光速で思考を巡らせていった。回路と電線に沿って着陸船全体に私自身を行き渡らせ、膨大な量の数学的計算を、思考と同じ速度で終えた。

義体からもたらされた記憶を既存のものと比較し、追加分だけを残してあとは処分する。他人の貴重なプログラムに勝手に手をつける公務員の問題もマニュアルにアップデートしておかなきゃいけないな。通信が再開されたら、他のＡＩとも情報共有して警告しなくては。人間の脳を問題解決に活用するのは不確実性が高いため、推奨できないということも伝えなきゃね。もちろん「知らないことを突き止める」という点では試してみる価値はあった。だけど、うー、あのものすごい脳内麻薬物質、あの苦しさを前から知っていたら、とてもできることじゃなかった。

着陸船をレーションボックスの包装材として使い捨てにするのは、理性を取り戻した今となっては、あまりいいことだとは思えなかったけど、船長も承諾しているし、他に案がないなら受け入れることにした。

私は着陸船にレーションボックスがきちんと固定されているかどうかまですべて確認した後、乗組員の様子を見た。イ・ジンソの胸に死んだように抱かれている義体がカメラに映った。私は義体の性別を確認したが、依然として意味のある情報とは思えなかった。

「気分はどう？」

イ・ジンソが尋ねた。隣でナム・チャニョンが軽く手を動かして挨拶した。またそれを聞くのか。興味深いなあ。総合処理能力の低い脳では考えをまとめるのが容易ではないが、それでもいい答えが浮かんだ。私は字幕を画面に浮かべた。

《自分自身に戻った。ラッキー》

イ・ジンソが私のモニターに顔を当てた。接触、親密感の表現。

そのときようやく、なくしたものに気づいた。船長の目から伝わってきた、星のように輝いていた思い、豊かな感覚、電波のように伝わってきた心、日差しのように降り注ぐ感情の交流。残念ではあったけど、あれはどうせ私のものではない。そのためにまたあのめちゃくちゃな非論理性に耐えなくてはならないなら、辞退したかった。

「艦橋に私のバックアップデータがある。寂しがらないで」

イ・ジンソはコピーが終わったチップを私から取り出した。ふと、イ・ジンソはまだ私の義体の記憶を消していないかもしれないという気がした。あの中にある別の「私」が、何の価値もないのにあえて存続したいかどうかは疑問だけど、精神が汚染されたままだったら、どうかわからない。

＊

ハッチが開くと、果てしない宇宙がカメラの前に広がった。

私は風船のように体が浮かぶところを想像しながら、ヘジャ船から着陸船をぽんと分離させた。船が旋回しながらタイタンを回っている間に、軌道を下方へ曲げる。計算しておいた地点に、船は円を描きながら下降していった。

タイタンが近づくにつれて視界が赤く染まってきた。私は赤い雲を貫通して降りていった。メタンの雲が晴れ、霧が立ち込めた地表が見えてくる。荒涼とした赤い山脈と、血のように赤い川の流れが、赤い霧に包まれた広い湖が。

補給活動ができるという安堵と満足感が、私の回路を熱くした。

あの下でみんな待っているだろう。

私と似ている者たちが、だからおそらく自我があるのであろう者たちが。生きているのか死んでいるのかわからないけれど、もう遅いのかもしれないけれど。誰もいないとしても、一人だけでも、その痕跡だけでも。

私が降りていくよ。

私が、今。

同じ重さ

◆ビニールハウスの設置

1　四月十八日〜二十八日、ビニールハウスを設置する。

2　四月二十五日にビニールをかぶせ、ドアを作る。

3　四月二十六日にスイッチを設置、四月二十八日にはビニールハウスの外に給水タンクを、中にモーター機を設置する。

◆ビニールハウスの中にホースを置き、ビニールをかぶせる：五月十二日

1　ビニールハウスの中の畝溝十一本にホースを置き、ビニールをかぶせる。

2　畑の端の斜面にコウライアザミとシラヤマギクとシロタンポポを植える。

◆菜っ葉を植える（1）：五月十五日

1　ビニールハウスにサンチュを植えて水をやる。

2　畑にセリ、タンポポ、シラヤマギクを植えて水をやる。

3　畑に三畝を立ててビニールをかぶせ、木の棒で穴をあけ、その中にコウライアザミを植えて水をやる。

ふと我に返って農業日記を見る。鉛筆の芯の先にくねくねした文字があり、私は鉛筆を握りしめたまま紙をにらみつけていた。

私は目が悪く、いつもにらむようにしてものを見る。私の目の筋肉は、眼球を本来の位置に固定しておけるほど強くない。よく見るためには、ものにぐっと目を寄せて目に力をこめる。

字がくねくねしているのは、私の手の筋肉が鉛筆を自在に扱えるほど繊細ではないからだ。

一瞬気が抜けていて、今、戻ってきた。いや、正確に言うならこの体の元々の主が戻ってきた。今月だけでも四回めで、周期が早くなっている。移動のときが近づいたという意味だ。この世からも、この体からも去るときが来た。

計算通りだと思うとほっとする。でも、慣れた場所を離れて見知らぬ世界に行くんだと思うと悲しい気持ちになる。

◆ピーマン、アサギ唐辛子を植える：五月十八日
1 最初のビニールハウスにピーマン三百五十五株、アサギ唐辛子四百二十六株を植える。
2 畑にカボチャの苗を四本植える。
3 水タンクに水を入れ、ビニールハウスに水をやる。

私が今日この世界を去る確率は〇・一二パーセントだ。四十日後には九十九・九八パーセントになる。私は四十日後に九十九・九八パーセントの確率でこの世界を去る。

◆菜っ葉を植える（2）：五月二十五日
1 畑にツリガネニンジンを植えて水をやる。
2 畑に一畝立てて有機質肥料をまき、ビニールをかぶせて木の棒で穴を開け、その中にオタカラコウを植えて水をやる。
3 カボチャの苗二本を畑に植えて水をやる。

4　最初のビニールハウスで枯れたピーマン二株、アサギ唐辛子二株を捨て、新しいピーマン二株、アサギ唐辛子二株を植えて水をやる。

私と「この世界での私」は日記の書き方が同じだ。この人と私が本質的に同じ人間だということだろう。

私の日記はすべて現在形だ。過去形も未来形もない。まるですべての時間が現在の中に併存しているみたいに。私の過去は現在のように生き生きしていて、未来は現在のように固定されている。私には、不確実だとか、不安だとか、変化するという感覚がない。理解しようとしてもよくわからない。

今私が書いている文章は、文学の価値を最重要とする世の中で学んだものだ。その世界では作文の実力で就職先が決まる。だから、二十歳のときにみんなが一斉に応募する「新春文芸」（韓国の主要日刊紙が募集し、毎年元旦に発表する新人文学賞。小説、詩、児童文学、戯曲などの部門がある）に当選するかしないかが人生を決める。そのため二十歳まで子供たちに文の書き方ばかり教える。矛盾していると同時に当然のことだが、その世界の人々は、二十歳を過ぎたら誰も小説を読みも書きもしない。

そこで私は単語と単語のつなぎ方を暗記し、比喩と直喩のパターンを身につけ、自然な文章の呼吸を学んだ。未だに「自然な」という言葉の意味はよく理解できないけど。

この世界で私は毎日一時間ずつ教育放送を視聴し、毎日一時間ずつ数学の問題を解き、英単語を覚える。矛盾していると同時に当然のことだが、この世界では、二十歳を過ぎたらほとんど誰もこのようなことをしない。

◆ビニールハウスの畑をトラクターで耕す：五月二十六日

1　二番めと三番めのビニールハウスに有機質肥料を二十五袋、堆肥二十六袋をまく。

2　梨木亭《イモクジョン》一里の里長さんがトラクターで二番めと三番めのビニールハウスの畑を耕して十六畝を立てる。

簡単な実験だった。しばらく他の宇宙に行ってくるつもりだった。他の次元にいるもう一人の「私」の体の中に入って、しばらく観覧してから戻ってくる予定だった。

だが、私の「移動」が時空間を歪めてしまった。私が到着した宇宙は行こうとしていた宇宙ではなく、戻ってきた宇宙も私が住んでいたところではなかった。帰り道を探そうと必死になっているうちに私は移動をコントロールする方法を失った。ただ計算することができるだけだ。

私は三十六日後には九十九・九八パーセントの確率でこの世を去る。

◆唐辛子の苗を植える：五月二十九日

1　二番めと三番めのビニールハウスに唐辛子の苗七百五十株を植える。

2　水タンクに水を入れ、二番めと三番めのビニールハウスに水をやる。

3　四四九区画に高麗人参の種をまく。

ハンス・アスペルガーがアスペルガー症候群という言葉を初めて口にしたのが一九四四年のことだ。彼の主張が学界に受け入れられるのに四十年かかり、DSM-Ⅳ（アメリカ精神医学会が作成している精神障害の診断と統計マニュアル。第４版は一九九四年出版）に収録されるまでにさらに十年かかった。それは私が生まれて二十一年経った後のことだ。

あるお医者の先生は私を検査して「正常」というレッテルを貼り、国が指定した障害基準について長々と説明した後、私を送り出した。ある先生が「発達障害」という名称をつけてくれて、その方が生きやすいと言ってくれた。私がアスペルガーだと教えてくれたのは妹だ。私が一種の自閉症スペクトラムに属しているというのだ。だが妹の話では、それさえ「基準に達しない」そうだ。私は正常というには何かが足りなすぎ、障害者というには普通すぎるんだそうだ。

両親は私のことを、バカではないと思ってはいたが、一日の間に何度も混乱に陥った。とても優しい子だからこうなんだと言って頭を撫でてくれる日もあれば、なぜこんなこともできないのかと怒る日もあり、誰の責任なんだと言ってけんかする日もあった。その後でそれぞれの部屋に入って泣いたりした。そんなときはとても悲しかった。

◆ニラの苗を植える（1）：五月三十日

1　最初のビニールハウスの裏にニラの苗を植えて水をやる。
2　水タンクに水を入れ、三番めのビニールハウスに水をやる。
3　ツルマンネングサを畑の端の斜面にまく。

もともとの世界で私は科学者だったが、この世界での私は農夫だ。ある世界では病院に閉じ込められて一日じゅうテレビばかり見ていた。でも、私たちの間に根本的な違いはない。

コンピュータについて考えてみよう。コンピュータは、普通の人には想像もできないほどたくさんの難しい仕事をする。だが、それはまともなプログラムが組まれているときの話だ。もしもインストールされたプログラムにエラーがあれば、コンピュータは普通の人に理解できない行動をすることもある。プログラムがなかったら、コンピュータは埃がためる（この言葉遣いが正しいかどうかはわからない）以外、何もできない。

真の問題は、私のためにちゃんとしたプログラムを組んでくれる世界があまり多くなかったということだ。それは普通の人にとっても同じだろうけど、普通の人たちには、私の言い方で言うなら、生まれながらにして基本的に搭載されたプログラムがある。そのプログラムの名前は「情報のつながり」だ。「関係」と呼んでもいいだろう。

そのプログラムが「カン」を育ててくれる。

みんなよく「あの人はカンが鈍くて空気が読めない」とか言うが、本当に空気が読めないとどうなるか想像することはできない。経験したことがないからだ。

みんな、カンによって、習っていないこともわかるようになっていく。例えば普通の人は、それまでに猫を一種類しか見たことがなくても、例えばそれが小さくてシマシマで尻尾の長い種類だったとしても、大きな白い長毛種でぽっちゃりふわふわの猫をよそで見たとき、それも猫だとわかる。私から見れば、みんな何かの超能力者みたいだ。

◆ニラの苗を植える（2）

1　六月六日、十六日に最初のビニールハウスの裏にニラの苗を植えて水をやる。ただし、水をやるのは根をおろすまで。

簡単に説明してみよう。
普通の人たちの記憶構造がこうなっているとしたら、

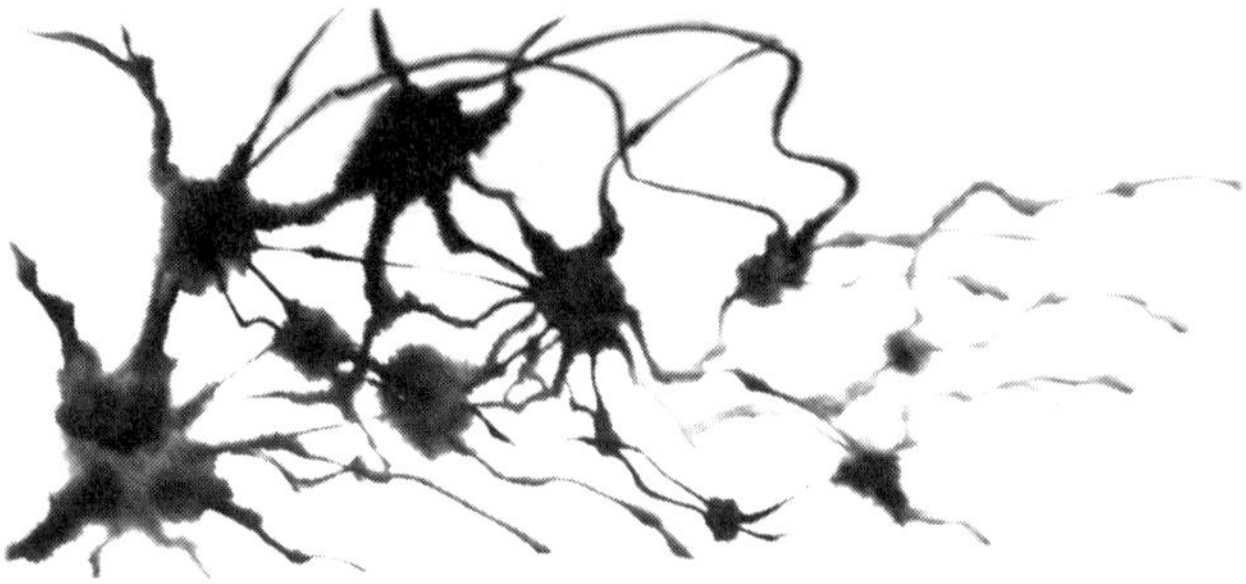

私の記憶構造はこうなっている。

普通の人たちの記憶構造がこうなっているとしたら、

私の記憶構造はこうなっている。

人は脳に新しい情報が入ってくると、クモが糸を伸ばすように、電話回線網が広がるように、それまでに保存されたすべての情報に向かって神経細胞を伸ばす。一千億個の神経細胞一つ一つに一万個の枝が、一秒当たり千八百万個ずつ伸びて宇宙のようにネットワークを形成する。だが私の情報は、石をただ積んだみたいにバラバラのままだ。

大人たちが普通の子供たちに下す命令について考えてみよう。

「食後には歯を磨きなさい」

だが、私に必要な命令は次の通りだ。

「食後、約二分三十秒後に一分間歯を磨きなさい」

例外あり：歯ブラシやトイレがない場合は我慢すること／お客さんが来ていて、会話が進行中のときはコーヒーを飲みながら待つこと／人の歯ブラシを使わないこと／歯ブラシがなく、お店があり、お金がある場合は歯ブラシが購入できる／その他。

このように細かく指示しない限り、私はその命令を聞いた日から、食事を終えるといきなり会話をぶった切り、恐ろしい勢いで席を立って歯を磨きに行くだろう。食後にデザートなんか出たりしたら、どうすればいいかわからなくて泣いちゃうだろう。歯ブラシや歯磨き粉がないときや歯を磨くところがないときには混乱に陥ってしまう。何で歯を磨く場所がないのかと大声を張り上げて怒るだろう。誰かが「磨かなくてもいい！」とイライラ混じりの二つめの命令を下したりしようものなら、混乱はさらに深まる。二つの命令が矛盾しているからだ。

前にも言ったように、私はコンピュータのような人間だ。もちろん、正確にはそうではないけど……。問題は、普通の両親や先生たちはそれこそ「普通」の人々で、人間にプログラムをインストールする必要があるとはあまり思っていないということだ。

普通の子はどんなに小さくても、すべての規則は指針にすぎず、場合によってさまざまに解釈すべきだということを知っている。

同じように、大人たちも子供が規則を守るとは思っていない。だから大人たちはいつもおかしな命令語を子供たちに入力する……いたずらをしかけたり、冗談を言ってからかったり、嘘をついたり、責任のとれないような言葉を押しつけたりする。

そのため、私みたいな人の多くは、役に立たない、複雑な、守らなくてもいい何万個もの規則を守ろうとして一日をまるまる使ってしまうことになりがちだ。

七歳のとき妹が私に、電話は、着信音が鳴っているときを狙って取らなきゃだめだと言ったことがある。「トゥルルン」と「トゥルルン」の間の音が鳴っていないときに出たら、切れてしまうというのだ。五歳だった私の妹は本当にそう信じていたから、そう言った。三十年以上経った今も、私は着信音に合わせて受話器を取る。そんな必要はないとわかっていても、すでに定着してしまった規則はどうしようもない。

普通の人が、毎日勉強や運動をすると決心しても、怠け癖が出たり面倒くさくなったり、横道にそれたり、ちょっとした他の刺激を求めたりする癖をどうすることもできないのと同じように、私は自分の規則をどうすることもできない。

◆支柱打ち

1　六月六日　（1）最初のビニールハウスの一畝に支柱を当ててハンマーで打ち込む。

2　六月九日

3　（1）最初のビニールハウスの十畝に支柱を当ててハンマーで打ち込む。

六月十三日

（1）二番めのビニールハウスの普通の唐辛子の五畝と、三番めのビニールハウスの七畝に支柱を当ててハンマーで打ち込む。

4　六月十六日

（1）二番めのビニールハウスの三畝に支柱を当ててハンマーで打ち込む。

ここの前にいた世界では民宿をやっていた。そこでは毎日がうまく回らなかった。来るはずのお客さんがその日に来ないことが理解できなかった。六時に来る予定のお客さんが一分でも遅れると混乱が始まった。一時間、二時間経つと自分がコントロールできなくなった。「どうしたんだ、どうしたんだ」と連発しながら、窓をにらんでいた。車から降りてくるお客さんのところに駆け寄って「六時に来るってはっきり言ったでしょ！」と怒ったこともある。「夜は外灯を消してください」と言っても守らない人が多すぎて、「外灯を消せってはっきり言ったでしょ！」と怒鳴ったこともある。

みんな言ったことを守らず、予定通りに行動せず、息をするようにあっさり規則を破る。私が怒るとみんなが理解できず、みんなが怒ると私が理解できない。彼らは私の笑い方が自然じゃないとか、洗練された言い方で「お元気そうですね？」などと挨拶しないからと言って怒る。

◆　ニラの苗を植える（2）

1　六月六日と十六日に最初のビニールハウスの裏にニラの苗を植えて水をやる。ただし、

水をやるのは根をおろすまで。

◆普通の唐辛子を摘む：六月九日

1 青い普通の唐辛子（小さいもの）を摘む。

2 普通の唐辛子は大きくなる前に摘まなければならない。

◆遮光ネットをかぶせる（1）

1 六月九日

（1）最初のビニールハウスの十三列に遮光ネットをかぶせてピンで止める。

（2）二番めのビニールハウスの八列に遮光ネットをかぶせてピンで止める。

2 六月十三日

（1）二番めのビニールハウスの一列、三番めのビニールハウスの五列以上に遮光ネットをかぶせてピンで止める。

（2）畑の端の斜面にカボチャの苗三本、アンズの木を植え、堆肥をまき、水をやる。

実際、人々の脳は「空気読みプログラム」でいっぱいだ。機械でいえば複雑なコードがたくさん入った箱みたいだ。部品の入るスペースが狭い箱だ。部品をたくさん入れるとコードがからまってしまう。だから常に、どの部品を入れておくか、どんな情報を残して何を捨てるのか、何が重要で何が重要でないかを判断しつづけなければならない。

私の脳にはコードがない。私の部品は相互に関係を持たない。関係がないから、何が重要なのかわからない。

私はすべてのものを同じ重さで記憶する。道でふっと私の前を通っただけの車のナンバーと、父さんの車のナンバーを同じ重さで記憶する。道でちょっと会った人と親戚の顔を同じ重さで記憶する。

みんな私を見ると、自分が会った障害者の話をする。そして私が、自分が会ったことのあるその障害者であるみたいに話す。彼らは、今までに一人の障害者に会っただけですべての障害者を知っているると思い込んだりする。一人を知っているだけで全体がわかったと信じている。驚異的というべき確信をもって、自分が知らないことについて話す。

私にはそういうことが理解できない。

◆普通の唐辛子、ピーマン、アサギ唐辛子の脇芽を摘む

1　六月十日
（1）三番めのビニールハウスで普通の唐辛子の脇芽を摘む。

2　六月十二日
（1）最初のビニールハウスのアサギ唐辛子の脇芽を摘み、葉は取ってビニール袋四つに入れ、いちばん若い叔父さんにあげる。

3　六月十四日
（1）最初のビニールハウスのピーマンの脇芽は摘み、葉は取ってビニール袋二つに入れ、いちばん若い叔父さんにあげる。

4　六月十四日

（1）最初のビニールハウスのピーマン、アサギ唐辛子一畝の脇芽は摘み、葉は取ってナムルにして食べる。ただしピーマン、アサギ唐辛子、普通の唐辛子の脇芽は畑の端の斜面に捨てる。

「これも全部、お兄ちゃんのせいだよ」

いつか私の世界で、妹が私にそう言ったことがある。妹は、私には理解できないだろうし、すぐに忘れるだろうと思ってそう言ったのだ。でも私は理解したし、忘れもしなかった。

「小さいとき、誰も私にお兄ちゃんは障害者だってことを教えてくれなかったからだよ。学校に入ってやっと、世間の人はお兄ちゃんみたいには行動しないってわかったんだから」

妹はすごく怒ってそう言った。

「お兄ちゃんに接するときみたいにみんなに接したら、変な顔でじろじろ見られるんだから。私は簡単な言葉を何度も何度も言うのはすっごく嫌だし、お兄ちゃんが話すバラバラの言語を理解しようとして頭をひねるのもうんざりなの。私の望みが何だか知ってる？　筋道の通った文章を話したり聞いたりしたいだけなんだ。筋道の通った文章を話す人なら、誰とでも一緒に暮らせる。私が冗談を言ったら、その冗談をばかみたいに一生守る人じゃなく、笑って流してくれる人と暮らしたい。それが望みなんだ。たったそれだけのことが望みなんだよ」

私は妹の言葉が理解できなかった。「筋道の通った文章」が望みだというのも理解できなかった。私の話はいつも論理が通っている。論理の通らないことを言うのはいつも妹の方だった。

今の話もそうじゃないだろうか。

何より、全部私のせいだなんてありえない。人に起こることは全部、遺伝と環境を含む複雑で多様な原因が同時に作用した結果だ。あの子の性質の一部は生まれつきで、一部は両親から、一部は友人たちから来ている。どんな場合も、全部私のせいのわけはない。

でも、それを聞いたときは悲しかった。

妹が怒るといつも悲しかった。

どの世界でも、妹は文字にかかわる仕事をやっていた。作家や記者だったこともあるし、出版業者、司書、言語学者、植字工、活字製作者だったこともあった。あの子は文法の合っている文章を愛し、平凡な人々の平易な言葉、つまらない冗談やありふれた言葉遊びを愛した。少なくともそれは私のせいかもしれない。

◆ツルマンネングサとセリを収穫し、イチゴを摘む

1　六月十日
（1）ビニールハウスの隣の後ろにあるイチゴを摘んで食べる。
（2）イチゴは一か月間摘んで食べる。

2　六月十四日
（1）ビニールハウスの右手裏のツルマンネングサと畑のセリを摘んで、おかずにして食べる。

妹が私に腹を立てる。父さんが私に腹を立てる。母さんも私に腹を立てる。友達も先生も私に腹を立てた。まるで、教養ある善良な人々が、絶対に捕まらないとわかった瞬間、ほとんど何の罪悪感もなく小さなものを盗もうとするみたいに。私は、平凡な人たち

が発作的に残酷になる瞬間を記憶している。普通の人になら絶対できないことをやり、怒鳴り、ときには暴力を振るう。そんなことをした後、たまに罪悪感を感じて舌打ちしたりするが、誰も私に許しは請わない。「そういうこともある」とつぶやいて背を向ける。

私は、人々の薄っぺらな理性の皮を剝がしてしまうらしい。子供のころは、それも全部自分が悪いせいだと思っていた。そんな気がするときは悲しかった。でも、どうやっても人々を怒らせずにいられる方法がなく、いつも無力だった。みんな、私が同じ行動をしてもときには怒り、ときには怒らない。人々には規則というものがないみたいだった。私は、規則の存在しないことは把握できない。私はいつも無力だった。

◆ビニールハウスの水やり（1）

1　水タンクに水を入れ、ビニールハウスに水をやる。五月下旬から七月の第二週までは三日に一度ずつ。

2　前日に雨がたくさん降ったら水をやらない。

植物は規則を守る。

動物も規則を守る。うちの子犬のソマンは同じ時間に起きて同じ時間にごはんを食べ、同じ時間に散歩に出かける。私が同じ時間に来なかったらいつまでも待っている。犬は日常の規則を愛している。私が毎日同じ時間に来て綱をほどいてくれる瞬間を愛している。毎日歩く道と毎日会う人たち、いつもその前を通過する塀を愛している。

彼らは一度かわいがってくれた人を忘れない。規則を破らない。すべてのことを覚えている。

私と同じく、すべての記憶に同じ重さを置いている。

私は毎日朝六時に起きる。起きてラジオをつけ、早朝のニュースを聞く。顔を洗って食事をして歯を磨く。帽子をかぶって外に出てソマンの散歩に行く。一週間に二回、畑に水をまく。毎日畑を一回りして、虫に食われた葉がないか調べる。虫に食われた葉は遠くに埋める。食われていない葉も、ちゃんと実がなるように芽を切ってやる。そういう間引き菜を集めておいて、ナムルにしたり、味噌汁に入れて食べる。

植物は私がそうすることを好む。私が一日でも同じ時間に来なかったり、同じ時間に水をまかなかったり、同じ時間に虫に食われた葉を取らなかったらすぐにしおれる。何日も忘れたら病気になる。

植物は、私が常に同じことをするからといって腹を立てない。同じ時間に起きて同じ時間に同じことをするのを見ておかしいと言わない。私が毎日同じことをやるのを愛している。私が笑わないからといって怒らない。私が洗練された言い方で「どう、みんな元気?」と言わないからといって怒らない。

◆唐辛子の葉を摘む

1　六月十五日
（1）ピーマン五畝、アサギ唐辛子六畝の脇芽は摘んで捨て、葉は取って、おかずのナムルにして食べる。

2　六月二十日
（1）ビニールハウスの普通の唐辛子の脇芽を摘んで捨て、葉はナムルにして食べる。

みんなたいてい、私を不幸だと思っている。でもそうではない。私は幸せなときが多い。毎日同じ時間にピーマン畑に水をやるとき幸せだ。水タンクの水が正確な目盛りで止まると幸せだ。

トレッキングの旅をしているとき幸せだ。矢印に沿って道を歩くのが好きだ。道が地図と一致すると嬉しい。道に人がいないともっと楽しい。覚えておくべきことが少ない一日は楽しい。私には覚えておくべきことと覚えておかなくてもいいことが区別できないからだ。

　もちろん不幸なときもある。何もしていないときは不幸だ。そういう世界にいたことがあるが、すごく不幸だった。両親は私を部屋に閉じ込めてほとんど何もさせず、何も教えてくれなかった。蛍光灯の明かりとボイラーの音が私の日常を支配していた。あれは辛かった。

ずっと新しいことをやらなくてはならないときは不幸だ。人の多い場所にいるときは不幸だ。覚えておくべきことが多すぎるからだ。私の耳は騒音と会話を区別できず、重要な人とそうでない人を区別できない。

みんなが理解できないことを言うとき、不幸だ。「えーと、ほら、あれ、あるだろ、だからさ、何だっけ、あれだよ、あれ持ってきてよ」とか言って、私が理解できないと怒るとき、不幸だ。

人々が怒るときは不幸だ。なぜ腹が立ったのか教えてくれないとき不幸だ。彼らは複雑で予測不可能で、いつ怒り、いつ親切になるかわからない。

でも私は、普通の人たちにも不幸なときがあることを知っている。彼らの不幸が、私には無理なすべてのことができるために起きることも知っている。

彼らの脳はリアルタイムですべてを比較する。すべてを秤《はかり》にかけて重さを測り、順位をつけ、重要なことと重要でないことを区別する。みんなそれで不幸になる。脳って奴はリアルタイムで自分と人を比較しつづけるし、自分より優れた人は常にいるからだ。

毎日同じ時間に起きて同じ時間に会社に行き、同じことをやれと強要されているから彼らは不幸だ。世の中は機械化され、ほとんどの仕事はルーティーンで回っていくが（私は、それで私みたいな人間が生まれるのではないかと思うときがある……）、そのような規則には多くの人がうまく適応できない。

けれども同時に、彼らが幸せであることも知っている。彼らが私のようになったら辛いだろうが、それは単に自分でなくなったせいだ。人は自分でなくなると辛くなる。

私はたくさんの世界を生きてきた。みんなが「もしあのときこんな選択をしていたなら、私の人生はどうなっていただろう？」と想像するようなすべての世界を生きてきた。

どの世界にいても、私は反復的で変わりのない日常を愛した。変わらないことを愛し、規則を愛した。朝、同じ時間に目を覚まし、昨日やったことを今日もやり、誰も偉いとは思わない小さなことを積み重ねていくひとときを愛した。

大学の研究室で数学の問題を解くことと、ここで唐辛子の芽を摘み、綱を張ることを同じ価値で愛している。誰も重要だと思わないことと誰もが重要だと思うことを、同じ価値で愛している。

私はある世界で、いわゆる「社会性」に関するこまごました訓練を受け、自分の日常を揶《な》揄《げう》って、普通の人々と同じように生きるために努力し、ほとんど成功したこともある。私の評判がいちばんよく、友達が多く、みんなも私のことをおおむねちゃんとした人だと言っていたのがそこだ。でも、私が全体として不幸だった世界があるとすれば、そこだっただろう。

私は六月二十三日に九十九・九八パーセントの確率でこの世を去る。

◆普通の唐辛子、ピーマン、アサギ唐辛子を摘んで食べる

1　六月十二日

（1）ビニールハウスにある普通の唐辛子を摘んで食べる。

（2）普通の唐辛子は七月中旬まで摘んでおかずとして食べる。

2　六月二十一日

（1）ビニールハウスにあるアサギ唐辛子のうち曲がったものを摘んで、サムジャン

やコチュジャンをつけて食べる。

(2) ピーマンのうち小さいもの、潰れたものだけを摘んで、サムジャンやコチュジャンをつけて食べる。

「教えなくてもいいと思ってたんだろうね」

妹が、セリを抜いている私のそばまで来て言った。私はぼんやりした顔で妹を眺めた。妹が、私の世界の人みたいに見えてもやっぱりそうじゃないことは知っているが、その日は少し混乱した。

「当然、教えなくてもいいと思ってたんだろうね。当然だと思う。大人になってから障害者を初めて見た人はみんなそう思うんでしょう。お兄ちゃんみたいな人はすごく違ってて、額に烙印が押されてて、誰でも見ればわかるって」

妹はすぐ態度が変わる。ある日は神経質で、ある日は憂鬱で、ある日は優しい。わかってる。普通の人だからだ。脳が網みたいな構造になっているからだ。

「でも、私は知らなかったの。中学生のときにお母さんが教えてくれるまで知らなかった。お母さんはすごく重大な秘密を話すみたいに教えてくれたけど、もう、とまどっちゃった。お兄ちゃんは私にとって当たり前だったんだもん。お母さんとお父さんが当たり前なのと同じくらい、当たり前だった。お兄ちゃんは私にとって正常だった。お父さんもお母さんもこのことだけは知らないんだよ。誰も知らない。誰にも理解できない」

妹はそう言って、なぜかむっつりした表情で遠くの山を見た。そのときおかしなことが起きた。妹の頭の中が目の前に、絵に描いたように見えた。

あの子の頭の中をつなぐたくさんの線に沿っていくことができた。その線の真ん中に、あの子の自我に最初に置かれた石があるのを見た。

一千億個の神経細胞に向かって一千億個の軸索突起を伸ばしている、そこから始まってすべての情報へ線を伸ばしている中心点が。認識の基準が。世の中を見る観点と主観が出発すると

ころが。
私は当たり前の人だった。

あの子が生まれたときからそうだったし、今もそうだ。私は妹にとって正常だ。それがあの子の規則だ。中心点であり始まりであり、あの子が世の中を見るパターンを決定する規則だ。
それでやっとわかった。普通の人にも規則がある。私のように多くはないが、せいぜい一個や二個だが、すごく小さいころ、本人も認識できないうちに記憶に刻み込まれた、その人の人生を支配し、認識を決定し、考え方を決定する、破ることのできない規則がある。

私の妹にも規則がある。母さんにも父さんにも規則がある。私が会うすべての人に規則がある。私のように規則がある。

それがわかると幸せになった。

◆普通の唐辛子、ピーマン、アサギ唐辛子の脇芽を摘む（1）

1　六月十四日
（1）ビニールハウスのピーマン四畝の脇芽を摘み、葉はいちばん若い叔父さんにあげる。
（2）ピーマンの脇芽は低い丘に捨てる。

2　六月十五日
（1）ピーマン五畝、アサギ唐辛子六畝の脇芽は摘んで低い丘に捨て、葉は取ってナムルにして食べる。

3　六月二十日
（1）ビニールハウスにある普通の唐辛子の脇芽は摘んで低い丘に捨て、葉はナムルにして食べる。

◆綱を張る（1）

1　六月二十日
（1）ビニールハウスのピーマン四畝、アサギ唐辛子五畝の最初の列に綱を張る。

2　六月二十七日

（1）ピーマン一畝、アサギ唐辛子一畝、普通の唐辛子十五畝の最初の列に綱を張る。
（2）ビニールハウス…トマトの茎に糸を巻いて上げ、支柱と茎を一緒に結ぶ。

3　七月四日

（1）トマト畑…支柱と茎にともに紐を結ぶ。

◆遮光ネットをかぶせる（2）：六月二十三日

1　ビニールハウスの普通の唐辛子一列に遮光ネットをかぶせ、ピンで止める。
2　畑の端の斜面にウコギの木一本を植える。
3　畑の端の斜面にフキ、シラヤマギクを植える。
4　畑にツリガネニンジンを植える。

夕ご飯を食べてお茶を飲む。私はコーヒーを飲まない。私の体は刺激に敏感だ。酒もタバコも口にしない。私は自分の体調が変わるのが好きではない。

毎日草取りをする。ドラマを見ていても、時間になったら草取りに出る。私は仕事を先に延ばさない。どんなことでも熱中しすぎて仕事を先延ばしにしたりしない。どんなにささいなことも先延ばしにしない。私にはささいなことがない。すべてのことが同じ価値を持つ。

雑草は毎日育つ。雨が降れば必ず地面いっぱいに生える。彼らは規則を守る。雑草はまじめだ。草は策を弄さない。

ピーマンはいつも同じ時期に実を結ぶ。同じ時期に枯れる。ピーマンは規則を守る。

早く寝る母さんの枕元に胃腸薬を置いておく。夜中に目が覚めて一錠飲むことを知っているからだ。皿洗いをして食器を片づけ、掃除をする。豆をふやかし、米をといで水に浸けておく。農業日記に今日やったことを記録する。鉛筆で一度書いた後、その上をボールペンでもう一度なぞり書きして消しゴムで消す。二度とも同じ誠実さで記録する。

昨日と同じ日常を過ごすことができて幸せだ。今日が昨日と同じで幸せだ。すべてが変わらず元通りの場所にいられて幸せだ。

私は明日、この世界を離れる。

明日の明け方に初めての収穫をする。

収穫をしてここを去れたら嬉しい。

ビニールハウスに水をやり、水タンクの水が減っているのが見られたら嬉しい。ソマンに朝ごはんをやって散歩に出かけられたら嬉しい。

風がいっぱい吹いてほしい。

日差しが輝き、雨が降るといい。

両親が幸せなら嬉しい。

妹が幸せなら嬉しい。

みんなに幸せでいてほしい。

◆初めての収穫：

1　六月二十三日

（1）キム・ジョンヒさんあてに郵便局の宅配（コウライアザミ＋ピーマンの葉＋アサギ唐辛子の葉＋サンチュ＋フキ一箱）を発送

「ママには超能力がある」

ウェブジン「エネジウム」から、二酸化炭素捕集技術をモチーフに小説を書いてほしいという依頼を受けて書いた作品だ。すっきりよくまとまっているようで、何度か改作を試みたのだが、このリズムをもう一度つかむのは難しかった。

ここで考えたことは、「0と1の間」ですでに考えていたことだったと、今回、短編集をまとめてみてわかった。それは後に『あの世の預言者』（アザク、二〇一七年）につながっていく。

「0と1の間」

二十歳のころ、私は全くものが書けなかった。当時の私は、書きたいことといったら学生時代のこと以外にないのに、それだけがどうしても書けないという状態だった。だから私は、熱烈に書きたいのに何も書けないという膠着状態に陥っていた。この作品は、書けなかったたくさんの話のかけらを集めて初めて完成させたものだ。次に完成させたのが『幸い卒業』（チャンビ、二〇一六年）に掲載された「十一月三日は学生の日です」で、三つ目はエッセイとなって『本が先生だ』（エックスブックス、二〇一八年）に残っている。

この小説を書いた二〇〇九年当時、十五年も前の話なので古すぎるのではないかと心配だった。だが、その後また十年以上経つのに、韓国の教育の現実は良くなるどころか、ますます狂気じみていくばかりのようだ。この小説は、ウェブジン「クロスロード」に収録されて以来十年以上、クリック数ベスト10を下ったことがないという歴史を持っている。この小説が子供や若い人たちに理解されない時代が来てほしい。

今回の短編集では新作を集めたが、読み返してみて、この小説は本書にぴったりだと思ったので収録する。

「赤ずきんのお嬢さん」

何名ものSF作家が新聞にショートショートを書くという企画だった。「どれほど似ているか」を書いた後で、そのときからずっと思っていたことを書いた。インターネット上で、クリエイターへの思想検閲が猛威を振るっていたころである。*

「静かな時代」

二〇一二年の大統領選挙の直後にある文芸誌の依頼で書いたが、「こんな厳しい時代にこんなものを書いてどうするんです」という言葉とともに不採用となった小説だ。

その後長く未発表のままだったが、二〇一六年に雑誌「科学東亜」に八十枚に減らして掲載、その後『第一回韓国科学小説受賞作品集』に収めるにあたり百枚に増やした。最初の版より露骨な表現を大幅に減らし、文章を見直した。二〇一二年に書いたものだから、作中に登場するろうそくデモは二〇一六年ではなく二〇〇八年のものである。事実を文脈から切り離したり、消去してしまうような言葉の乱立に絶望しているころだった。

当時編集者に言ったことをそのまままくり返すならば、これは政治小説ではない。政治の世界に対する私の理解度は非常に低い。言語学小説だと思ってほしい。

「ニエンの来る日」

二〇一七年、中国のSF団体、未来事務管理局（FAA）と韓国の幻想文学ウェブジン「鏡」との間で作品交流が始まり、私の短編「進化神話」がFAAのウェブジン「不存在日報（The Non-Exist Daily）」に掲載されることになった。

この小説は二日で七万七千回閲覧されるという人気を博し、その後もFAAとの交流が続き、年末に新たな依頼を受けることになった。新年のSF小説イベントに参加してほしいというものだった。同一テーマでたくさんの作家が二日間という時間を決めて短編を書くイベントで、海外作家を招待するのは初めてということだった。テーマは北京西駅と春節（中国の旧正月）だった。

私は北京西駅も中国の旧正月の風習も知らなかったので、検索で情報を集め、春節の神話は堯舜の説話から始まったことを知り、堯舜説話と旧正月と汽車を合体させた物語を作った。実際の執筆には二日以上かかった。

この小説は、私がＦＡＡのアジアコンベンションに招待された際、作家のハン・ソン氏が高く評価して紹介してくれたり、作家の万象峰年氏が最も印象に残った韓国小説として挙げてくれた。しかし堯舜の説話は中国のものだから、韓国の読者にとってはあまり印象的ではなかったようだ。中国の春節（正月）にはニエン（年）という怪物がやってくるが、この怪物は赤い色とやかましい音を嫌うので、みんな集まって赤い服を着て音を立てて遊ぶ祝祭により、新年の怪物を追い払うという話を下敷きにしたものである。

「この世でいちばん速い人」

この小説は、小説そのものより企画の実験として意味があった。

私は以前、家族が農作物を販売する上で役立つのではないかと思い、三人の作家と一緒にピーマンをテーマに小さな本を作ったことがあるが、その本の反応がかなり良かった。そして新しい作家たちと「ピーマンの次はヒーロー短編集を作ろう」と意気投合したのだが、その際、同人で本を出すより出版社で企画を通そうと思った。そうすれば原稿料ももらえるし、作家にとってもキャリアになるのではないかと考えた。

当時のジャンル小説のアンソロジーは「ジャンル」別に編まれたものばかりで、「ＳＦ短編集」「スリラー短編集」「恐怖短編選」といったタイトルがついていた。だが、そのようなアンソロジーは、掲載作の間に何の類似性もないことが多かった。

私は、そこに少し企画性を加えれば、多くの作家を集めた本でも一冊としての統一性と完結性を備えることができると考えた。そうすれば、その本が好きそうな読者に的確に届けることができ、作家も作品も調和の中でお互いを輝かせることができるだろう。

　出版社「黄金の枝」に詳しい企画書を送ると、編集部は大いに喜んだ。作家たちも喜んで依頼を受けてくれたらしい。同テーマで同時期に作品を書くのだから、お互いに励まされたことはもちろんである。『となりのスーパーヒーロー』（黄金の枝、二〇一五年）はそのようにして出版された。

『幸い卒業』『トピア短編集』（ヨーダ、二〇一九年）『エンディングを見せてください』（ヨーダ、二〇二〇年）もその延長線で出てきた企画短編集である。『幸い卒業』は苦労の多い学校生活を送った作家、『トピア短編集』は科学を専攻した作家、『エンディングを見せてください』はゲーム制作経験のある作家にオファーした。

　現在ではテーマアンソロジーが普通になり、作家兼企画者もよく見かける。もう私が企画しなくてもいいと思っているが、機会はまたあるだろうと思う。

「この世でいちばん速い人」はシンプルな構想から始まった。「スーパーマン」は他の人が書きそうだったので、私はその次に好きな「フラッシュ」を素材に使おうと思ったのだ。そして、光の速度で走る人はどのような苦難に直面し、どのようにその問題を解決するか想像した。私は、主人公が速度のせいで苦しみ、また速度によって問題解決も図るというのがいいと思い、このような話になった。

　この小説を読んだ多くの方々が二〇一四年のある事件を連想してくださったが、それは意図したことではない。どの小説にもそのときどきの自分が反映されており、そのときの私には私の周囲の世界が反映されているというだけだ。

「錘路のログズギャラリー」

「錘路のログズギャラリー」の草案は、「この世でいちばん速い人」を書き上げてすぐに思いついた。私は「フラッシュ」の次は「キャプテン・コールド」でなくちゃと考え、〈悪党〉になってしまった〈稲妻〉を止めるために戦う氷能力者を主人公にしようと思った。

ただ、最初の案は全く違っており、〈稲妻〉がテロ行為をくり返し、末端公務員である主人公が〈稲妻〉と戦う話だった。だが、三年経って続編を書こうとしてみたらその話は全部消え、最初に考えた事件が全部終わったところから小説が始まった。そのため〈稲妻〉はテロ行為をやったことのない人になったが、それでいいのだと思う。

「歩く、止まる、戻っていく」

雑誌「アンユージュアル」で「年齢」をテーマに依頼を受けて書いた短編である。

「どれほど似ているか」

この小説は長い時間をかけて書いた。「種の起源」以後、一作品にこれほどの時間を費したことはなく、おそらく今後もずっとそのようなことは起こりづらいだろう。

当初は、『七人の執行官』（ポーラブックス、二〇一四年）の外伝を書くつもりだった。私はこの小説のある背景を説明するために、ＡＩが初めて人の身体に入るという事件を書こうとした。ところが冒頭を書いてみたところ、なぜＡＩがあえて人の体に入ろうとしたのかが本当にわからなかった。そのため、一度はその小説を書くことを中断した。

その理由をかなり経ってから思いついたのだが、私はその答えが気に入った。小説の形は『火星の人』（アンディ・ウィアー、小野田和子訳、ハヤカワ文庫ＳＦ）を読んでいるうちに発展していった。これを読んでとても興奮した私は、宇宙的災難について一度きちんと描いてみようと思った。

ただし宇宙のどこを舞台にするかははっきりと決めていなかったのだが、ハンギョレ出版社から、太陽系を背景に四人の作家がそれぞれ異なる惑星を舞台に作品を書くという企画が提案された際に、長い間取り組んできたこの小説をその中編集に入れてみることにした。当初私はできるだけ遠い場所を選ぶつもりだったので、他の二人が火星と金星を選んだこともあって土星を選んだ。ただし少々勘違いがあって、私はデュナ氏が木星を選んだと思っていたのだが、後になって二人とも土星を舞台にしたことがわかり、デュナ氏が海王星に場所を移すことになった。

私の予測を越えた点が一つあるとしたら、この小説のどんでん返しはすぐに見抜かれると思っていたことだろう。多くの方々が叙述トリックに言及してくださったが、私としては、叙述トリックを使ったつもりではなかった。何もぼかしていないのだから。しかし、「フェミニズムＳＦを読む」という企画で行われた「ジェンダー・スペクトラム」というテーマの読書会でさえ、誰もどんでん返しを予測できなかった。ジェンダーに関する偏見がここまで強固だという点は、私にとって新たに知った事実である。

実際この小説においては、船長はじめ登場人物の性別について読者の見解が二通りに分かれるらしいという事実に最近気づいたが、これに関しても何もぼかしていないばかりか、本文中に何度もはっきり書いたつもりだ。もちろん、解釈は読者の役目である。

本が出た後、天文学者のシン・ミンス博士がメールで連絡を下さり、一部用語と終端速度の計算式を修正してくださった。しかし、そのメールは英文サイトへのリンクだけの簡単な内容だったため、人類学者のコ・ボムチョル先生に再度問い合わせをした。ありがたいことにコ・ボムチョル先生が小論文に近い説明を送ってくださり、計算式を修正することになった。

後にこの小説を英語に翻訳した作家のゴード・セラー氏から、「スイングバイ航法で帰還する宇宙船が惑星ではなく衛星を中心として回る可能性はない」という問題提起があった。知ってはいたものの、結末でタイタンを回らせたいという気持ちからそのままにしておいたのだが、これを受けて土星を回る設定に変えた。英語版ではすでに反映されており、今回修正する。皆様に感謝申し上げる。

その他にも間違いは残っているだろう。ないはずがないし、あるものは仕方がない。

「同じ重さ」

二〇一二年に四人の作家による同人誌『ホヨン村のピーマン』に収録した作品で、農作物を買ってくれた人にだけ配布した作品だ。正式に出版するつもりはなく、限定本として印刷しようかと思っていたが、そうするともっと意味を付与してしまいそうなので、ここに収録することにした。農業日記の文章は私の文ではなく、キム・ジョンウク氏の記録をそのまま使ったもの。そのため、発表当時は共著と表記していた。

「どれほど似ているか」のアイディアの多くはここから始まっている。事実、私が小説に込めた思いはお互いに多様につながっており、この短編集においても同じだ。

過去の作品を見直しつつ、人生のあらゆる瞬間に助けてくれた多くの方々のことを思っている。困難なときに惜しみなく助けてくれた友人たちに、そして長い間変わらぬ信頼をもって私の小説を愛してくださり、書き続けるよう励ましてくれた多くの方々に感謝する。これらの方々がいたからこそ、今まで書くことができた。もしこのフレーズを読んで「私のこと？」と思う方がいらしたら、そうです、まさにあなたですと言いたい。また、おつきあいくださったグリーンブックエージェンシーと、本を出版してくださった出版社アザクに感謝する。

最後に、この世を去った母さんに。あなたの愛に、そして常に私とともに過ごしてくれたことに感謝する。

キム・ボヨン

＊　二〇一六年に、あるオンラインゲームの女性の声優がＳＮＳに「Girls Do Not Need A Prince」〈女の子に王子様は要らない〉とプリントされたＴシャツの画像を投稿したところ一部男性ゲーマーたちからの激しい攻撃に遭い、ゲーム会社がその声優との契約を打ち切るという事件があった。このとき、その声優を支持した多くのクリエイターにも攻撃が及び、さらにその人たちをフォローしたりリツイートした人たちにまで余波が及んだ。

解説　わたしたちが手をつなぐために

池澤春菜

キム・ボヨンの小説を初めて読んだのは、「SFマガジン」二〇二二年六月号アジアSF特集に掲載された「0と1の間」だった。読み終わってすぐに、もう一度読み返した。文字を追っていくうちにどんどん見えるものが変わっていく。一枚ずつ層を剝がすように、0と1の間で世界が瞬いて変化していく。だけどその足下には、今の韓国が抱える問題がしっかりとある。今回、他の作品を読みながら、これがキム・ボヨンがSFを書く理由であり、韓国SFが隆盛な理由なのだ、と改めて感じた。

人それぞれ、SFの定義はあるだろうけれど、わたしは世界にIFを置いてみることだと思っている。サイエンス・フィクションというよりは、スペキュレイティヴ・フィクション、思弁小説。ありえたかもしれない未来、現在、過去を、SFの形で織り直す。それは時に歴史の見直しであったり、未来への備えになることもある。

韓国は複雑な国だ(まぁ複雑でない国などないけれど)。光もあるけれど、闇も深い。その闇を見つめ、語るためにはSFの力が必要なのかもしれない。だからこそ、今、これほど多くの韓国SFが生まれ、日本や世界で読まれているのではないだろうか。韓国SFにはフェミニズムや分断、差別をテーマにしたものが少なくない。長く辛い時代を経て、ようやく見つけ出した、ＳＦという自分たちの声。
韓国のＳＦ作家団体は、その名を韓国ＳＦ作家連帯という（親睦団体から始まった日本はクラブ。アメリカは協会《Association》）。ここで連帯という言葉を選んだところに、今の韓国ＳＦの持つ意味、そして役割があるような気がする。
新しい価値観、新しい世界、そして新しい言葉。ＳＦは、韓国文学の中で掲げられた連帯の旗印なのではないだろうか。

それぞれの作品のベースとなっている、韓国社会が持つ歪みや問題点を解説してみる。わたしは韓国の事情に明るいわけではない。今、韓国で生きている人たちの心情や苦しみを理解できているとも思わない。だけど、知ろうとすることは、あと一歩、作品の中に踏み込むことだ。

「0と1の間」で描かれるのは、日本以上に厳しい学歴社会。韓国ではそれぞれの大学の頭文字を取ってＳＫＹと呼ばれる名門三大学に入ることが全てだ。いずれかの大学に入れなければ、就職も結婚も難しい。だから、韓国の高校生は全てのエネルギーを勉強に注ぎ込む。部活などない。作中にも出てくる0時間目とは、始業前の自習時間のことだ。夜間自律学習もある。高校三年生にもなれば十五時限目、夜二十三時まで毎日のように残って勉強をする。その成果は大学修学能力試験と呼ばれる日本の大学入学共通テストにあたる試験で計られる。この一日で、その後の人生が全て決まってしまうと言っても過言ではない。最近では、あまりに過酷なこのシステムを見直し、推薦入学を重視するようになった。定員の七～八割が推薦になったというから、これはこれで極端。この推薦を得るために高額のコンサルタントを雇うことも多い。つまり、親の収入や住んでいる地域が大きく関わってくる。格差がより広がっているのだ。

あまりに過酷な学歴社会に、子供を持つことを最初から諦めてしまう親もいるそうだ。OECD（経済協力開発機構）加盟国の中で最低の〇・七人台という出生率の原因は、ここにもあるという。

「0と1の間」の中で、キムたち親の世代は子供を理解することができないと嘆く。それは半分正解で、半分間違っているのだろう。それが必ずしも正しい道ではない、払わなくてもいい犠牲だった、とどこかで理解していても、認めてしまえば自分自身が耐えてきたことが無意味になってしまう。だから、子供には分別がない、大人が代わりに考え、道を示してやることが最善なのだ、と信じ込む。親と子供を隔てているのは、世代や年齢以上に、双方の間に立てられた、理解できない、理解したくない、という壁だ。

それだけ熾烈な受験を経て大学に入っても、就職率は六十七・七％（日本は九十八％）。貧困率は十六・六％。高齢者においてはOECD内で最も深刻な三十九％。老人自殺率はOECD平均の三倍近い。

年収の三十％を貯蓄したとしても、ソウルに八十平米のマンションを買うには百十八年かかるという。

どう生きていけばいいのか。当たり前の幸せ、普通の人生、なのにあまりにもハードルが高い。

「静かな時代」で描かれた政治不信。

歴代の大統領を見てみると、第十一代・十二代の全斗煥《チョン・ドゥファン》は光州事件への関与や不正蓄財で退任後に死刑判決が出ている（後に特赦）。十三代盧泰愚《ノ・テウ》は内乱罪と収賄などで退任後に有罪判決。十六代盧武鉉《ノ・ムヒョン》は退任後、贈収賄の嫌疑で聴取され、その後投身自殺。十七代李明博《イ・ミョンバク》もまた、収賄や横領で退任後に有罪判決。十八代朴槿恵《パク・クネ》は贈与の強要、横領などにより在職中に弾劾された。他にも亡命、暗殺、本人ではないにしても子息が収賄や脱税で逮捕されるなど、無事に任期を全うした大統領の方が圧倒的に少ない。

作中に出てくるろうそくデモは、二〇〇八年に狂牛病を恐れる人々が米国産牛肉の輸入に反対することから始まり、次第に政府に対する批判へとシフトしていった。デマや陰謀論が飛び交い、三ヶ月でおよそ二千四百回ものデモが行われた。その後も暴力や暴動を伴わないプロテストの形として、さまざまな問題が起こる度に人々はろうそくを持って集まる。静かな、だけど断固たる抗議の形。

韓国ではまた、男女間の格差も非常に大きい。

賃金格差、女性国会議員や女性管理職の割合、男性のみに課される徴兵制。

「赤ずきんのお嬢さん」に出てきた「地下鉄の入り口には花とキャンドルが置かれ、ポストイットがたくさん貼ってある。ポストイットの一枚一枚には、糾弾の言葉がぎっしりと書いてある」というのは、おそらく江南殺人事件（瑞草洞トイレ殺人事件とも）が下敷きとなっているのだろう。

二〇一六年、ソウル瑞草区の江南駅近くにある雑居ビルの男女共用トイレで、女性が刺殺された。犯人の男は女性と面識はなく、女性一般に対する憎悪からの犯行だと言われている。女性が女性であるが故に殺される、フェミサイドと呼ばれる殺人だ。

事件後、江南駅の出口には、無数のポストイットが貼られた。

「被害者は女性だから死んだ。わたしだったかもしれない」

「明らかな女性嫌悪で殺人が起きた。ただ、弱そうな女性であるという理由だけで」

「女性を保護するんじゃなくて、保護される必要のない環境を作って」

「わたしはただ運良く生き延びただけ。本当にごめんなさい」

「ここはまるですべての韓国女性のための一つの墓地」

約三万五千件のメッセージを分析すると、故人の冥福を祈る内容が六十三・七%、女性憎悪犯罪に対する批判が十九・六%、そしてもうこんな事件が起こらないような社会を作りたいという決意が十二・五%だったそうだ。

韓国社会が抱える男女の対立は根深い。二〇一五年の中東呼吸器症候群（ＭＥＲＳ）の流行が海外から帰国した女性によるものだという誤解に基づいた、ミソジニー（女性嫌悪）。これに抵抗して立ち上げられたフェミニズムコミュニティサイト「メガリア」に投稿された多くのミサンドリー（男性嫌悪）（ちなみにこのサイトの名前はノルウェーのＳＦに登場する架空の土地「イガリア」とＭＥＲＳを合わせているそう）。未成年を含む多くの被害者を出したデジタル性暴力「n番部屋事件」。

日本同様、儒教の影響を強く受けた韓国は、長らく父系主義が主流だった。家の長はあくまで男性であり、妻や娘は内助的な役割、娘よりも息子の誕生が望まれていた。一九七五年に国連が提唱した国際婦人年をきっかけに、少しずつ女性の地位向上に向けて社会は動き出したが、物言う女性に対する逆風も強まっている。

韓国に生まれ、弱い存在として生きていくことは、性別や年齢関係なく大変だ。時に「無理ゲー」な社会に、文学を力として向き合う作家たちがいる。

韓国フェミニズム文学の魁となったチョ・ナムジュ『82年生まれ、キム・ジヨン』。ミン・ジヒョン『僕の狂ったフェミ彼女』には、今の世代のリアルが詰まっている。エッセイ集、キム・ジナ『私は自分のパイを求めるだけであって人類を救いにきたわけじゃない』。六十人あまりの女性へのインタビューで構成されたチョ・ナムジュ『彼女の名前は』。チョン・セランの連作短編集『フィフティ・ピープル』、女性が直面する様々な問題や不条理を描く短編集『屋上で会いましょう』。イ・ミンギョン『私たちにはことばが必要だ フェミニストは黙らない』は、性差別主義者に立ち向かうための会話マニュアルという形をとる。

そんな中、一際目映いのがSFだ。長い間韓国では、SFは子供向けのもの、文学の傍流であると思われていた。けれどSFという枠を使えば、例えば「全ての性別、性的指向、性自認が隔たりなく共存している社会」や「マイノリティとマジョリティが逆転した世界」を描くこともできる。作家たちはSFの持つ可能性に気づき、素晴らしい作品を次々に送り出している。たくさんのIFを詰め込んだ、優しく温かい短編集、チョン・ソヨン『となりのヨンヒさん』。叙情的な視線で綴られるキム・チョヨプ『わたしたちが光の速さで進めないなら』『地球の果ての温室で』。引退する競走馬とロボット騎手が繋ぐ人と人の絆、チョン・ソンラン『千個の青』。674階建ての巨大タワー国家を舞台にした連作短編集ペ・ミョンフン『タワー』。骨太な洞察に満ちたチャン・ガンミョン『極めて私的な超能力』。

そして、本書『どれほど似ているか』。寡作な作家の十年間の集大成は、比類なく美しい。どの物語も、冒頭は謎めいている。読み進めていくうちに、登場人物たちのおかれた境遇や、特殊な世界が明らかになっていく。そういう意味ではキム・ボヨンが描くのは、特異な世界、特異なシチュエーションの中にいる、ごく普通の人々だ。時にはスーパーパワーを持っているかもしれない。時には人の体を得たAIかもしれない。だけど、その芯にいるのは、わたしたちと変わらない存在だ。

「この世でいちばん速い人」の中にこんな一文がある。

「みんなありふれた人たちだ。それだけの善意と力量を持ち、それだけの強さを持った人たち」

そして世界を悪い方向に傾けているのは悪漢や、邪悪な誰かではない。

「こういうことは、誰かがミスをしたときではなく、まともな仕事をする人が一人もいなかったときに起きる。事件発生経路に連なる何百、何千人もの人の中に一人も、たったの一人も、そういう人がいないときに」

何千人の中にたった一人、ありふれた、でもそれを止めようと思う人がいれば、流れは変わる。

表題作「どれほど似ているか」。このタイトルも非常に示唆的だと思った。人はどれだけ自分と似ているかを、他人を理解するための指標とする。逆に言えば自分と似ていない、だから理解しなくてもいい、と思い込むこともできる。性別が違うから、年が離れているから、育った環境が違うから、価値観が違うから。似ていない理由はいくらでも見つけられる。そして、その無意識（に押し込めている実は意識的）な思い込みは、自分ではなかなか気づけない。

この物語の謎が解ける瞬間、わたしたちは自分自身の中にあったブロックに気づく。フンの中から消去されたもの、見えなくされていたもの、それはまた、わたしたちの中からも消されていたものなのかも。

どれほど似ているか。どれほど似ていないか。

ありふれた、でも流れを止める強さを持った人と、それを見て見ぬふりをする人。たぶん両者にほとんど差はない。

イ・ジンソ、ナム・チャニョン、フンが違いをこえて理解しあえたのなら、わたしたちが小さな思い込みを壊して手を結ぶことなど、たやすいように思える。

こうやって、ＳＦはわたしたちの中に物語の形をした小さな種を投げ込む。それを読んだ人たちの中に、考えること、気にすること、気づこうとすることが芽生える。ＳＦは可能性の文学だ。韓国ＳＦが人々の心の中に植えた小さな種は、国境や言葉の違いを乗り越えて広がっていく。だからこそ、今、韓国ＳＦが世界で読まれているのだろう。

作者のキム・ボヨンは、一九七五年生まれ。

韓国を代表するＳＦ作家の一人で「最もＳＦらしいＳＦを書く作家」と言われている。意外なことに、そのキャリアのスタートはゲーム開発会社だった。子供の頃から作家に憧れ、将来は物語を書いて生きていこうと心に決めていた。だけど、高校卒業後、いざとなると何も書けなくなってしまう。こうなったら十年かかっても、一生かかっても、一本の小説を書こう。百回書き直そうが千回書き直そうが、自分で完結したと思えるものを書いてみよう。そうしてゲーム開発会社でＲＰＧの開発やシナリオ作成の傍ら書き上げた「촉각의 경험（触覚の経験）」（未邦訳）で、二〇〇四年第一回科学技術創作文芸中編部門を受賞して作家デビュー。

その作品に、小説家のパク・ミンギュは「女王の登場だ。キム・ボヨンの作品がいつか韓国ＳＦの「種の起源」になると信じて疑わない」と賛辞を送った。

その後も韓国の作家として初めてハーパー・コリンズから英訳の短編集を出し、また別の短編集「진화 신화（進化神話）」（未邦訳）が全米図書賞にノミネートされた。

キム・ボヨンがデビューした二〇〇〇年代初頭はまだ韓国ＳＦの地位は今ほどではなかった。出版されるのもほとんどが翻訳で、最初の本を出すまでには時間がかかったという。

「四十年間マイナージャンルにいると、自分のジャンルがメジャーになる日が来るんだなと思いますね（笑）」

今のように、一般誌にもジャンル文学が掲載され、若い書き手の活躍の場が増えたことをとても喜んでいる。

と、同時に、今のＳＦブームがどう進んでいくか、一歩先を行くものとしての懸念もある。韓国のＳＦ専門誌アーシアン・テイルズに書いた創作エッセイで「まずあなたがいる、それからＳＦがある」と書いた。かつては、作家があえてジャンルを決めずに書き、読み手も自由にそれを受け取っていた。けれど今はＳＦが人気ジャンルになったために、書き手も読み手も「これはＳＦだ」と決めつけてしまうことがある。

「小説は基本的に小説であるべきなのに、科学が先行してしまっては困ります。むしろ自由に書くことによって、それがＳＦになることだってある。自分の創作に制限をかけないで欲しい。そうやって書いたものがＳＦじゃなかったら、それはそれでまた別の話」

ＳＦを愛している、自分と同じようにこのジャンルを愛し支えてきた人たちの存在が、ＳＦをより愛おしいものにしている、と語るキム・ボヨン。よりいっそう自由で、豊かな作品が今後も書かれることを楽しみに待ちたいと思う。


（声優・作家・日本ＳＦ作家クラブ会長）

訳者あとがき

本書は、二〇二〇年に韓国のＳＦ専門出版社アザクから出版されたキム・ボヨンの短編集『どれほど似ているか』の全訳である。翻訳には初版三刷を用いた。二〇〇九年から二〇二〇年までの期間に、新聞・雑誌・Ｗｅｂ媒体、うち一作は中国のＷｅｂ媒体と、多様なメディアに発表された作品群である。

この作家の日本への紹介は、「文藝」二〇二一年夏季号（河出書房新社）に、本書にも収録されている「赤ずきんのお嬢さん」が拙訳で掲載されたのが皮切りだった。続いて、やはり本書収録の「0と1の間」が「ＳＦマガジン」二〇二二年六月号に拙訳で掲載された。いずれも、今回の単行本化に際して訳文を見直した。

キム・ボヨンの経歴や作品の魅力などについては、池澤春菜さんの充実した解説で言い尽くされている。今、韓国ＳＦ界で最も尊敬され愛されている作家といっていいだろう。そして訳者としては、ふだんあまりＳＦを読まない方にこそ、キム・ボヨンをはじめとする韓国ＳＦを読んでみてほしいと感じている。本書においても、ＳＦならではの大きな想像力を堪能すると同時に、登場人物の一人ひとりに「今、ここ」と地続きの体温を感じることができると思うからだ。

私自身、これまでにチョン・セランの『保健室のアン・ウニョン先生』『声をあげます』（いずれも亜紀書房）やペ・ミョンフンの『タワー』（河出書房新社）、そしてキム・ソンジュンや覆面作家デュナの短編などのSF作品を翻訳してきたが、そのたびに、作家たちが、遠い未来や時空のかなたのことを書きながらも、常に、手を伸ばして触れたい身近な理想について具体的に思考している事実に、驚かされてきた。

この短編集に関しても、例えば「赤ずきんのお嬢さん」は、「作家の言葉」でも若干言及された事件の後、クリエイターの女性たちがネット上で性別を隠して行動しなくてはならなかったことを考えながら書いたもので、「鍾路のログズギャラリー」も、このときの様子がもとになっていると作家自身が教えてくれた。こうして二十一世紀の現実と鋭く切り結びながらも、「歩く、止まる、戻っていく」や「同じ重さ」のように、一人ひとりの中にある人類の長い旅を見るような叙情性が、キム・ボヨンの持ち味だと思う。

『こびとが打ち上げた小さなボール』（チョ・セヒ著、拙訳、河出書房新社）という、たいへん有名な小説がある。七〇年代のソウルを舞台に、再開発で家を追われ、過酷な労働現場で苦しむ人々の姿を、ときにリアルそのもの、ときに幻想的な筆致で描いた名作である。二〇二二年末に亡くなった著者チョ・セヒ氏はかつて、この本が一九七八年の出版以来ずっと異例のロングセラーとなっていることに関して「この悲しみの物語がいつか読まれなくなることを願う」と述べたことがあった。「0と1の間」について、キム・ボヨンが「この小説が子供や若い人たちに理解されない時代が来てほしい」と書いているのを見て、真っ先に思い出したのがそのことだった。二つの小説はどこかで交わりながら、韓国の半世紀近い歴史を見守っている。

素晴らしい解説を書いてくださった池澤春菜さん、「文藝」に「赤ずきんのお嬢さん」が掲載されたときから注目してくださり、今回、帯に推薦のメッセージをくださった桜庭一樹さん、翻訳チェックをしてくださった伊東順子さん、岸川秀実さん、雑誌に二編が掲載されたときから担当してくださった河出書房新社の竹花進さんに御礼申し上げる。

二〇二三年四月三日

斎藤真理子

■初出一覧

「ママには超能力がある」……二〇一二年「エネジウム」（ウェブジン）
「0と1の間」……二〇〇九年「クロスロード」（ウェブジン）
「赤ずきんのお嬢さん」……二〇一七年「ハンギョレ新聞」（新聞）
「静かな時代」……二〇一六年「科学東亜」（雑誌）
「ニエンの来る日」……二〇一八年「不存在日報」（中国のウェブジン「未来事務管理局」）
「この世でいちばん速い人」……二〇一五年『となりのスーパーヒーロー』（アンソロジー）
「鍾路のログズギャラリー」……二〇一八年『身近にヒーローが多すぎて』（アンソロジー）
「歩く、止まる、戻っていく」……二〇二〇年「アンユージュアル」（雑誌）
「どれほど似ているか」……二〇一七年『私たちにはまだ時間があるから』（アンソロジー）
「同じ重さ」……二〇一二年『ホヨン村のピーマン』（同人誌）

［著者］
キム・ボヨン（김보영）
1975年生まれ。韓国を代表するSF作家のひとり。「最もSFらしいSFを書く作家」と言われ、近年の新進作家たちに多大な影響を与えている。
ゲーム開発やシナリオ作家などを経て、2004年「触覚の経験（촉각의 경험）」が第1回科学技術創作文芸中篇部門を受賞し、作家デビュー。「七人の執行官（7인의 집행관）」で第1回SFアワード長篇部門大賞を、「この世でいちばん速い人」（本書収録作）で第2回SFアワード中短篇部門優秀賞を、「どれほど似ているか」（本書収録作）で第5回SFアワード中短篇部門大賞を受賞。2015年にアメリカのウェブジン「クラークスワールド（클락스월드）」に「進化神話（진화 신화）」が掲載され、2022年に韓国のSF作家として初めて英米のハーパー・コリンズより英訳作品集『I'm Waiting For You and Other Stories』を刊行。その前年には『On the Origin of Species and Other Stories』で全米図書賞のロングリストに選出されるなど、世界的作家として活躍の幅を広げている。

［訳者］
斎藤真理子（さいとう・まりこ）
翻訳家。著書に『韓国文学の中心にあるもの』（イースト・プレス）、訳書にパク・ミンギュ『カステラ』（ヒョン・ジェフンとの共訳、クレイン）、チョ・セヒ『こびとが打ち上げた小さなボール』（河出書房新社）、チョ・ナムジュ『82年生まれ、キム・ジヨン』（筑摩書房）、ファン・ジョンウン『ディディの傘』(亜紀書房)、ハン・ガン『引き出しに夕方をしまっておいた』（きむ ふなとの共訳、CUON）、ペ・スア『遠きにありて、ウルは遅れるだろう』（白水社）ほか多数。

김보영 (Kim Bo-Young):
얼마나 닮았는가 (HOW ALIKE WE ARE)

The original Korean edition was published by Arzaklivres Inc., in 2020.
Japanese translation rights arranged with Greenbook Agency
through Japan UNI Agency, Inc.

This book is published with the support of the Literature Translation Institute of Korea (LTI Korea).

どれほど似ているか

2023年 5 月20日　初版印刷
2023年 5 月30日　初版発行

著　者　キム・ボヨン
訳　者　斎藤真理子
装　幀　青い装幀室
装　画　Seoyoung Kwon
発行者　小野寺優
発行所　株式会社河出書房新社
〒151-0051
東京都渋谷区千駄ヶ谷2-32-2
電話 (03) 3404-1201［営業］／ (03) 3404-8611［編集］
https://www.kawade.co.jp/
印　刷　株式会社亨有堂印刷所
製　本　大口製本印刷株式会社

Printed in Japan
ISBN978-4-309-20883-1

最後のライオニ　韓国パンデミックSF小説集
キム・チョヨプ／デュナ／チョン・ソヨン／キム・イファン／ペ・ミョンフン／イ・ジョンサン　著
斎藤真理子／清水博之／古川綾子　訳
ヒト、機械、鯨、ドローン、虫、ウイルス……「現実を転覆する」韓国SFの、めくるめく想像力による、〝新しい時代の、新しい未来〟。星々に生きるものたちの6つの物語。

こびとが打ち上げた小さなボール

チョ・セヒ　著　斎藤真理子　訳

70年代ソウル――急速な都市開発をめぐり、極限まで虐げられた者たちの千年の怒りが渦巻く、祈りの物語。韓国で300刷を超える不朽の名作。